成為愛神之前

藤山紫 著

THE DAY
I BECAME THE
LOVE OF GOD

沒有記憶、沒有偏見的我，
是成為愛神最好的人選，一切都是最公平的。

第一支箭　瞻仰我的（遺容）

我看著自己的身體慢慢僵硬——這是多麼詭異的敘述，但實際狀況確實是這樣。

看著還溫熱的血液從腦袋裡緩緩流出，我試圖用手撥弄，愚蠢地以爲血液會回到腦殼裡，然而我根本觸碰不到自己，當然也碰不到血，連造成漣漪都沒有辦法。

我坐在地上，沒有太多情緒。

我碰不到任何東西，就像古今中外任何文章對幽靈的敘述一樣——它們透明得像空氣，能存在於所有奇妙狹小的窄隙……

我是空氣……噢，是啊，我竟然現在才驚覺「我已消失」，只剩下一個冰冷的空殼還在失去溫度。

頹喪地往後一躺，我環顧我陳屍的地方——狹小且年久失修的木屋，四處擺放著農具，屋樑上結著厚重的蜘蛛網，網上掛著大大小小蜘蛛的獵物……不論我生前是怎樣的人，我從沒想過自己會在這樣的地方死於非命。

根據長年看《名偵探柯南》的經驗，我相當確定自己死於他殺，卻記不得犯人的樣子、被殺的過程、所有的痛……這感覺很奇怪，照理來說我應該要是最清楚的人，但顯然我什麼都不清楚，忘記了一切。

我叫什麼名字呢？我來自哪裡？今年幾歲？我的頭被砸爛了，我根本不知道我有怎麼樣的一張臉，我有家人嗎？他們知道我遇害了嗎？以及，我爲什麼被殺？

人死後會去的地方對我來說不重要了，不論是天堂還是地獄，我只想知道有沒有人能告訴我，我怎麼了？

當柯南麻醉毛利小五郎後逐步揭開謎題時，那是令我感到最煩躁的時候，活著的人自顧自地、目中無人地敘述自己的難處及對死者的怨恨，死者通常惹毛了大家、死者通常壞到不行……一群人對死掉的人指指點點，沒有人顧及死者的心情。

雖然我失去了記憶，竟然還記得這種雞毛蒜皮的小事，總之，我想表達的是，死者是有情緒的，比如我，成爲靈魂的我。

等等，所以說，我是不是惹毛大家了？所以我才會死？

在屍體被發現前，我哪裡都沒去，只是守在我的身體旁，一動也不動。傳說動物對靈魂特別敏感，這幾天雖然有幾隻流浪狗靠近木屋，但我對牠們發出怒吼後牠們便識相地離開了，這正好印證了傳說。

然後我發現我的時間感竟然和活人一樣，真奇妙，我明明死掉了。但也只是靈魂感受到時間罷了，屍體似乎感受不到，我覺得我的身體爛得很快，很快地長斑、很快地發臭、很快地滲出血水，時間在「她」的身上發狂向前流逝。

如果我在這裡死了一年，我會不會就這樣待在這裡一年呢？我忍不住想。

令人感恩的是，最後我並沒有在這裡太久，我在死亡的第三天被發現了。

感謝這位農夫先生，他在早上巡視時發現倒楣的我躺在倒楣的他的木屋中，並通報了警察和相關單位。

很快就有一群人將我團團圍住，瞬間讓孤單的我有了一點安慰，其中一名警察還是個年輕帥哥，叫作李知雲。

如果我還活著，我一定會打扮得漂漂亮亮去跟李知雲約會，而不是以頭被砸爛的樣子與他相見。我感到羞恥，同時對李知雲感到很抱歉，爲我們的第一次見面感到抱歉。

我從李知雲取得的資料中得知我的名字，我是林品涵，今年剛滿三十四歲……才剛要轉型成年輕有爲的熟女，卻死了。

李知雲啊，我希望你不是那種爛警察，希望你能快點查出兇手是誰……我有奇妙的預感，當我知道兇手是誰之後，我將會得到所有記憶。

「到底是怎麼樣的人這麼狠心……」李知雲看著我的證件語重心長地說。

我注視著他手中的證件，這是我變成靈魂之後第一次看見自己生前的臉，原來長得還算不錯。

不知道是不是因爲頭被砸爛的關係，我一直無法將證件上的人與我聯想在一起，導致我連一點關於自己死翹翹的悲傷都沒有。

當我的遺體被運送上車後，我坐在李知雲身旁享受當一個女鬼的權利，撫摸李知雲的臉龐、偷偷親李知雲一下，讚嘆李知雲眞是我的菜。

在那之前，警察通知了我的家屬。我本以爲會有和警察一樣多的人前來，但來到現場的只有我媽媽陳月雲和姊姊林品妍……聽說，我沒有父親。

看著她們跪在我的遺體旁邊哭得撕心裂肺，我卻沒有任何感覺，不禁懷疑她們眞的和我有關係嗎？還是認錯人了？

不過她們很快指認了我的特徵——我有基因上的缺陷，左耳天生畸形，雖然聽力正常但耳廓是透過手術製作的。

陳月雲輕輕觸摸我的人工耳廓，接著哭了出來，「沒錯……是我的女兒……」後方跟來的林品妍聞聲爲之癱軟，兩人扶著像黏在一起。

我不記得我原本的左耳長什麼樣子，而她們此刻的樣子或許就像我原本沒有軟骨的耳朵一樣。

兩人抱著哭了許久，等情緒稍微平復之後，另一名警察將她們帶回警局。

「有沒有印象她跟人結怨？」李知雲首先訊問陳月雲。

「我其實……不太了解她的交友狀況。」

原本我期待她可能會帶來一點線索，但沒有，且我的母親似乎不了解我，或者說，我和她竟然如此疏離。這麼說其實有語病，現在的我和她是彼此彼此。

我的視線移到李知雲的筆記本，念出她的名字：「陳月雲。」既陌生又普通。

「自從品涵和她老公離婚之後她就變得很奇怪，很孤僻，我沒想到她會變成這樣……」說著說著，陳月雲失聲大哭。

在一旁靜靜看著的我都忍不住喃喃道：「麻煩妳好好說話行嗎？能不能沒說幾句就哭？」

「可以提供她前夫的聯絡方式以及任何您知道的資訊嗎？」李知雲遞給陳月雲一張便條與一枝筆。

陳月雲接過，顫抖的手寫下我前夫的名字：夏常芳，以及出生年月日、出生地等等資料，將她所知少得可憐的事情全寫上去。

我不斷地在腦海翻找關於這個人的記憶，夏常芳，台北人，今年也三十四歲……可沒有，一片空白。一個明明是和我相愛之後結婚的人，我卻沒有和這個人有關的記憶，一張小小的便條寫下的事情都比我知道的多。

「她和夏先生結婚沒多久就離婚了，大概才一年多，說來眞是丟臉。」陳月雲在李知雲做完筆錄一段時間後吞吞吐吐道出更多訊息。

我才知道，原來我的婚姻短得可憐。

她從包包裡拿出我和夏常芳的合照，男人看來不像與我同歲，很年輕，大概只有二十來歲的樣子……就當作我膽小吧，最終我並沒有將陳月雲與林品妍對我的敘述聽完便匆匆離開現場。

離開偵訊室，我坐在警局的門口透氣。我以爲身爲鬼的我會恐懼陽光，更何況現在是夏天，人都怕曬了鬼怎麼可能不怕？而且鬼魂屬於夜晚。結果沒想到我可以享受陽光，任由陽光穿透我的皮膚，不會感到發熱刺痛，也不用再擔心曬黑，反而可以閉上眼睛，感受日光沁入靈魂深處，整個人慢慢暖了起來。

「當鬼很冷吧？」與此同時，有個女人的聲音響起。

「哈？」我睜開眼睛與眼前的女人四目相視，「妳在跟我說話嗎？妳……看得到我？」

女人一頭素淨短髮，膚況看來挺年長，穿著酒紅色的洋裝，背著奇怪的黑色的長型背袋，輕盈地坐在我身旁，「我知道妳的一切，所以我看得到妳，林品涵。」

那句「我知道妳的一切」與直呼我的名字突然讓我明白，眼前的女人和我不一樣，她不是人，也不是鬼，「……妳是神明？」

「可以說是，也即將是。」

我雙眼發亮，態度急切，「所以妳可以告訴我妳知道的一切嗎？我什麼都不知道。還是所有死掉的人都像我一樣不知道？」

女人笑了，有些無可奈何，那是將我當成孩子的笑容，「不是所有人都像妳一樣忘記一切，妳還有工作要做，工作結束之後，就會收到妳的某一段生前記憶，最終了解一切功德圓滿，投胎轉世。」

她的說法非常模稜兩可，我還是不太明白。

「這給妳。」女人從黑色長背袋中拿出一個細長的箭筒與弓，箭筒內分成兩格，分別插了紫色羽毛箭兩支與紅色羽毛箭兩支，「把它背著，從今天開始這就屬於妳，直到妳的工作完成爲止。」

「這是什麼？」

「這是愛神箭，紫色是『分離』，紅色是『相愛』，接下來妳要去找神所指定的人，讓那些人和他們的靈魂伴侶在一起。如果那個人有別的對象但妳覺得另一個對象比較適合，可以先用紫色的將他們拆開，紫色的箭可以令雙方很爽快地斷念、死心，接著再用紅色的讓另一對在一起，這兩種箭的效果都因人而異，對有些人效用很持久，有些則效果很短暫。然後，這兩支箭因為永續環保的概念重複使用。」

莫名其妙的女人自顧自地將箭筒掛在我的後背，「等一下，我有說我要答應？」

「妳不能拒絕，這是妳的工作，妳是被指定的。」語畢，她俐落地在我胸前扣上背帶的卡榫，「我要走了，必要時我會出現。好好加油，現在開始，妳就是愛神。」

「等一下！」我緊張地站起來，「『收到記憶』是什麼意思？透過愛神的工作知道別人對我的印象？」

「不是，是『記憶』，屬於妳的記憶。」

「我為什麼得做這些事情才能得到記憶？還是算了吧？反正投胎時大家都是失憶的。妳到底是誰？還是妳可以幫我？或者我直接投胎吧？」

聽完陳月雲和林品妍說的事情之後，我突然覺得就這麼失憶下去也好，乾乾淨淨地走掉挺不錯的。

聽別人說自己的事情並不會讓我想起過去，而是感到相當陌生。會不會其實我只是沉浸在一場電影裡？裡面的主角碰巧長得像我、名字是我。我對自己的一無所知感到害怕，我知道的不過是別人眼中的我，那不是我的記憶。

如今我死了，什麼也沒能帶走。我並不覺得拾回記憶能得到什麼，況且，從我死去開始，我就不覺得我的記憶是多好的東西。

可女人沒有打算聽我囉嗦，「我也是愛神，我叫藍珂瑋，補充說明一件事，因爲那些箭的關係，妳會開始擁有一些鬼沒有的能力，但妳還不算是眞正的神。」

藍珂瑋背對著我，話音方落隨即化成一縷煙塵消失在我的眼前，只有一身與紅酒顏色一模一樣的洋裝在我眼底留下殘影。

我呆滯坐在警局前，一切發生得太快，我的腦中一片空白，不敢相信剛剛發生的事……我才剛成爲鬼耶？現在又變成愛神？

片刻後，天空中緩緩飄落一張粉紅色的卡片，我接住後打開，上頭寫著陌生的名字、地點、時間。

李善婷，善婷文理補習班，下午五點。

我還沒能理解卡片，迎面而來兩個我不清楚名字的男警察和女警察有說有笑，他們看來像剛約會完，之所以如此推定，是因爲我能看見女警身上縈繞著粉色的煙霧，並往男警察的身上圈圈繚繞——我竟然可以看見誰喜歡著誰。

爲了測試這箭的眞假，剛好也是做善事成全女警察，我背著弓向男警察走去，按照藍珂瑋所說，在他後肩刺上紅色的箭。

沒有血流出，他當然不會痛，也不會有任何感覺，刺入的紅色箭化成紅煙鑽回箭筒，緊接著男警察止步，直視蔚藍的天空，像是靈魂出竅。

女警察非常緊張，一直搖晃他的肩膀，「學長，你怎麼了？」

我趕緊給女生刺上另一箭，讓他們確確實實兩情相悅，同樣的，紅煙飄起，箭回到了箭筒中。

男警察回過神來看著女警察，他們四目相對，含情脈脈，「沒什麼，我只是覺得……我眞的很喜歡妳……。」

我攥緊手上的弓，突然感到很害怕……他們是靈魂伴侶嗎？老實說，我不知道。隨便搓合人家好嗎？我左思右想，正後悔著想用紫色的箭挽回，就聽見女警察小鳥依人的嬌嗔：「學長，你這樣怎麼對得起你老婆啊？你以後要怎麼辦？該不會要離婚準備娶我？」

我心中有個幹字發音的喊叫，伴隨著心碎聲同時響起。

「我的老婆從現在開始只有妳，那個人我才不管，我清醒了，我只想跟妳在一起，離婚也沒關係。」男警察恬不知恥地笑著。

這可不行，我現在是愛神，怎麼可以破壞別人的家庭？我立刻抽出箭筒左側紫色的箭打算射向逐漸走進警局的兩人。下一秒，我便被人拍了肩膀，沒好氣地回頭，「嘖，沒看到我正在努力拯救一個瀕臨破滅的家庭嗎？」

……不得了，這人比李知雲還帥，我揉揉眼睛，以爲是在整人，說不定這是地府特別節目？專整鬼界新人？

「新同學，妳好啊，我叫白靜宸，妳是愛神，我是死神，請多指教。」

自稱死神的白靜宸笑得非常好看，我突然覺得什麼都無所謂了，男警察和女警察與我素昧平生，他們怎麼破壞倫理道德跟我無關。

白靜宸高大挺拔，笑容堪比韓國明星，甚至更迷人，一身西裝正中我的好球帶，尤其那一排比牙膏廣告有過之無不及的牙齒。

「你……你長得眞好看……」我脫口而出。

白靜宸開心地笑了，拿出他的手機點了幾下，「跟這個人是不是很像？」

畫面中是個典型的韓國男明星，我想不起他的名字，只依稀記得看過他的戲，沒想到我對這麼帥的演員的印象竟然淡過《名偵探柯南》，「確實滿像的。」

除了他的臉之外，對於白靜宸我還有個說不上來的感覺。

「因爲死神可以變臉、變形象，人在死亡前有時候會開啓一些奇怪的能力，他們看得見死神，所以我們需要常常換形象，有時候是典型的黑袍拿著鐮刀，有時候是牛頭馬面、黑白無常，有時候就像我現在這樣，是夢中情人的形象。」

他宛若魔術師一樣的站姿令我發笑，不過我現在沒時間討論他的長相。我斬斷色慾薰心，「要認識新朋友等一下，我要先解除他們的靈魂伴侶關係。」

我重新將紫色的箭架在弓弦上，我還是無法眼睜睜看著狗男女毀了完整的家庭。

「等一下，藍沒有跟妳說不論是紅色箭或紫色箭，同一個對象只能各使用一次嗎？再觀察看看吧，看看他們是不是靈魂伴侶。現在使用紫色箭解除他們的關係後，就沒有後悔的空間了。」

「可是那個男警察結婚了啊。」

白靜宸聳聳肩，微捲的短髮飄揚，「那又怎樣？結婚不代表跟婚姻對象就是靈魂伴侶，給他們機會也不錯啊，再觀察一陣子吧。」

我收起弓箭，被他的帥氣懾服，覺得也不是沒有道理，「好吧。」

「這裡有你的工作嗎？」我意識到這裡是警察局前，「哦？等一下有命案要發生，所以你在這裡等，是嗎？」

「不是，我本來是要來收妳靈魂，但是聽說妳變成愛神，覺得很有趣就來瞧瞧，現在看了……嗯……原來如此。」

「什麼原來如此？」

白靜宸笑了。

我突然想著如此愛笑且陽光的大男孩竟然是死神，而若是在二次元世界中有可能是《名偵探柯南》中最討人厭的死者之一的我竟然是愛神，多尷尬可笑。

「妳有成爲愛神的特質，跟藍一樣。」白靜宸說道。

我充滿疑惑，甚至懷疑看著我說話的白靜宸其實不是在說我。

「適合當愛神？和藍一樣？你說的是剛剛那個不負責任匆匆丟下我的人嗎？」

自從被突然丟下開始，我就非常錯愕，這是愛神的做事方式？

白靜宸聳聳肩，理解地微笑，「她是因爲本體快要死了才急著把事情交給妳，然後趕著去辦手續。她很特別，她是生靈，跟妳不一樣，妳已經死了，她的身體卻還活著直到現在。」

看我聽得糊里糊塗，白靜宸補充道：「她會回來的，愛神的工作模式跟死神很像，一開始都需要有人在旁邊盯著。」

「你也是爲了收集生前記憶才當死神的嗎？」

白靜宸哈哈大笑，「這就是我說妳有成爲愛神特質的原因，妳現在就像一張白紙，什麼都不記得自然也不會有偏見，在沒有偏見的前提下促成靈魂伴侶是愛神很重要的工作，工作完成才會把妳的記憶階段性地還給妳。」

我突然毛骨悚然，「所以我促成的，都是我生前認識的人？」

「當然，所以不能有偏見。妳看，促成那對警察並沒有讓妳獲得生前記憶，也不是不行撮合陌生人，只是爲了趕快恢復記憶、了無牽掛地投胎，妳還是趕快工作吧，不要在這裡擔心陌生人的戀情了。」

白靜宸將我推離開警察局，我不斷地回望。雖然他讓我別管，但我心中仍然有些疙瘩，他們是我第一對促成的情侶，我怎麼可能不擔心？

按照我早些時候在警局偷看到的檔案內容，我回到了生前離婚後一人獨居的租屋處，房間內被整理得乾淨整齊，像新的一樣。這裡不是案發現場，所以房間沒有血跡、被強行侵入的跡象，沒有那麼戲劇性。

我環顧一點也沒有生活感的四周，竟然只有一張蓋著塑膠布的床，床前還有水果及剛點燃的香。我不禁苦笑，也是，一個因為凶殺疑案死掉的房客的東西怎麼可能留下來？

這麼一來，我更難接近自己的真相了。

夜半時分，我幾度想回到警局看我的檔案，想知道母親和姊姊後來還說我些什麼、警察調查到什麼，可每每進門之前都會被門神——一個衣衫襤褸的老頭攔下來。

若尋常人也能看見他，肯定會以為老頭只是個坐在警察局前面發呆的流浪漢，就是這樣程度的衣衫襤褸。

我趨前問道：「阿伯，能不能請您讓開？我想知道更多關於我的事情，我一定要去檔案室。」

「哈？」老頭舉起手放在耳後。

這位衣衫襤褸的老頭不僅是個門神，還重聽非常嚴重。

「我說——我要進去——想知道更多——關於我生前的事情——」我衝著老頭大叫，反正沒有任何一個「人」會聽見我的吶喊。

老頭對我伸出手，「神要進入人間特定場所要提出申請，申請書呢？」

我立刻想到，當我還是鬼的時候進得去，於是卸下肩上的弓箭放在地上，「我暫時不當愛神就可以進去了吧？我現在是鬼喔。」

門神支著鬆弛的臉頰，推出層層疊疊的皺紋，「既然妳是鬼，表示我可以通知白靜宸先生把妳接走囉？不想被死神帶走就快點走，不然就快點提出申請書。」

我站在近在咫尺的警局前，幾度後悔那時沒有拿出耐心聽完陳月雲和林品妍哭哭啼啼。我打算徹底和門神槓上，反正我死了，我的「鬼生」是無限的，沒有作爲死亡的終點。

「請問申請書要怎麼提出？」我和顏悅色問道。

門神笑了，一抹微笑劃開他的皺紋，「首先需要妳的主管簽名，再來是管轄這一區的土地公、更上面的媽祖或觀世音菩薩的簽名。不過妳現在連妳的主管簽名都拿不到，她不會讓妳進來的。她已經給妳任務，意思就是要妳盡快工作，不要在這裡浪費時間。」

門神說的應該就是名字很奇怪的藍珂瑋女士。

「這是我的過去，爲什麼我沒有資格知道？」

門神看向我的身後，彷彿他知道後頭會突然出現人似的，拿出手機開始滑動螢幕。

半晌，隨著門神手機LINE的鈴聲響起，白靜宸同一時間出現在我身後。

「嗨，品涵，怎麼了嗎？」白靜宸維持著韓國明星的模樣，笑得親切又可愛。

很好，我想他來了也好，「你可以進出警察局嗎？可以幫我把檔案拿出來嗎？我想知道一些事。」

白靜宸的笑容倏然僵硬，「抱歉，我確實因爲身分特殊可以進出類似警察局的場所，但是我不能幫妳拿檔案。」

「爲什麼？就算我看了檔案我也不會恢復記憶啊？我頂多像在看書一樣把它看完，不會產生任何想法。」我突然覺得自己像是狡辯的直銷推銷員，嘗試著說服對方。

白靜宸理解似的笑著回應：「那是不可能的，人時時刻刻因爲電影、音樂、小說、詩、電視劇、漫畫、新聞等等各種東西的影響，無形之間改變想法，不論大或小，不論可以意識到或不能意識到的，而愛神必須要公平才行。更何況妳獲得的不是妳的記憶，是別人對妳的印象，妳眞的要被這種東西左右嗎？眞的覺得這很重要嗎？」

白靜宸說的不無道理，我無法反駁，因爲我也有一樣的想法，頓時間，我啞口無言。

晚風習習，在場的三個神都能像普通人一樣感受到同樣的晚風，晚風是公平的——只有我覺得神對我並不公平。

成爲愛神之後，我確實能像藍玡瑋說的一樣，逐漸有一些鬼沒有的能力。比如我可以控制能碰到物體或不碰到，身爲鬼的時候則百分之百什麼都碰不到，所以我能感受到風與水，也能穿牆而過。

作爲鬼魂只能嗅聞食物的味道塡飽肚子，我卻能眞的品嘗到水果的甜。

那天在門神與白靜宸的僵持之下，最後我只能放棄，接受只有完成任務取回記憶才能就此解脫的命運，悻悻然離開警察局，回到自己生前的租屋處。

當我上樓時已是清晨，我看見房東太太忙進忙出，忙著處理掉暫放在她那裡的、警察不需要的、陳月雲與林品涵無法處理掉的遺物。

大功告成時，她看著陰暗得彷彿可以從烏雲中擠出水的潮濕天空，長長一嘆，「一路好走啊，林小姐，妳是一個很乖的孩子。」

原來，生前我在房東太太的眼裡是個很乖的孩子，可能是我都會按時繳交房租——線索之一。

我躺在床上看著螢白發亮的天花板，掏出口袋中的粉紅色卡片。

李善婷，善婷文理補習班，下午五點。

唉，我眞的要負擔這個工作嗎？就目前所知道的看來，我好像是個人生頗爲失敗的女人，結婚沒多久就離婚了，朋友極少，死掉前的最後聯繫記錄竟然是公司。我的死狀悽慘，很有可能與人結了相當重大的仇，又或是欠人好幾千萬才會落得這般下場。

這樣的我可以成爲神嗎？而且竟然是愛神？控制別人終身大事的愛神？

神在飛升爲神之前不都經歷過很多苦其心志、勞其筋骨的事情嗎？像我這樣的人有嗎？我怎麼可能會是愛神？

「林品涵，放棄吧，只剩下協助被指定的人遇到靈魂伴侶，可以還原妳在意的所有事情，所以妳還是死心，好好完成藍交代給妳的工作吧。」

離開警局前，白靜宸曾如此勸說我。

「李善婷……妳會是我的誰？幫妳找到靈魂伴侶後，我能恢復哪一段記憶呢？」看著卡片，我喃喃念出。

「那就盡力完成妳的工作。」

藍珂瑋的聲音憑空響起，我嚇得從床上彈起來。

她仍然穿著復古的酒紅色洋裝，輕柔地坐在我的床邊，慈愛的眼睛笑成彎月，誰知道這樣的她竟然是個不負責任的主管，將「不黯世事的神」丟著，一個人苦苦摸索。

藍珂瑋從她的背袋中掏出一件藍色連身洋裝，「這是妳媽媽燒給妳的衣服，把身上這件衣服換下來吧？」

我低頭一看，這才意識到自己一直穿著死掉時身上的衣服，一件染血的櫻花粉色襯衫及一件黑色及膝窄裙，是上班的裝扮。那天應該是平日，加上我生前最後一通聯繫我的電話是公司，或許我是在上班前後遭到謀殺——線索之二。

第二支箭　愛神之前（人人平等？）

接過衣服，我原本有很多想問的事情堵在心口，現在卻說不上來，白靜宸和門神說的已經夠多，不論我再怎麼掙扎，都還是得完成工作。

「白靜宸大概都告訴妳了吧？他跟我說妳想闖進警察局看檔案。」

我點點頭，「我眞的不認爲讓我知道一些事情會影響到我的工作。」

藍珂瑋直視我的雙眼，沉默了一會，似乎有些妥協，「妳先完成李善婷的事情，當妳收到與李善婷有關的生前記憶後，如果我認爲可以讓妳知道檔案裡說的事情，我會告訴妳，好嗎？」

這讓我突然有了幹勁，「我知道了。」

藍珂瑋扶著膝蓋站起來，不知道爲什麼我看著她覺得其實她還很年輕，可她的身體卻感覺已經老化。

「我會再回來找妳，時間不一定，我會在妳需要我的時候出現。」

「這麼快又要走？」

藍珂瑋笑了，「白靜宸有跟妳說過吧，我是生靈，現在我的身體快死了，所以有很多事情需要處理，死了之後可能就有比較多時間。」

我想問藍珂瑋爲什麼會死？爲什麼她可以以生靈的身分當愛神？我們有什麼不同？但我想了想，以後有的是機會搞清楚，現在讓她處理自己的事情比較重要。

「我知道了，我沒事，有急事我會聯絡白靜宸。」我拿出我的愛神公務用手機，給藍珂瑋看我成功要到白靜宸的LINE。

她先是笑了笑，接著環顧堪稱家徒四壁的我的家，長長嘆了一口氣。

我以爲她接下來應該會說希望我加油之類的話，然而她終究沒說什麼，只是轉身消失在我的房間，和上次的見面一樣，留下錯愕的我一個人摸索。

白靜宸說成爲愛神一開始會和死神一樣，都會有人在身邊盯著，但藍珂瑋卻把第一個任務如此直接地丟給我獨立作業。

白靜宸說我有成爲愛神的特質，難不成是因爲這個特質，所以我必須一個人？我不知道，我唯一知道的，就是我是愛神，僅此而已。

我並沒有怠惰太久，輾轉兩天後，我在卡片指定的時間來到了「善婷文理補習班」，我望著藍色底的廣告看板，明明知道自己什麼也想不起來，還是努力翻閱記憶一會兒。

這當然是徒勞無功，意識到腦海仍舊一片空白後，我只得死心放棄。

我看了手上的錶，四點五十七分，李善婷一身黑色西裝與窄裙開車出現在補習班停車場，步入補習班門口的同時我的錶顯示五點整。我放下手腕，佩服著她的一絲不苟。

她的手上拿著一杯星巴克，令她看起來像是從廣告中跑出來的人，與此同時她的虛偽度跟著增加。溫婉的形象以及那一頭熟女風的性感長捲髮不禁讓我思考……這樣的女生需要靈魂伴侶嗎？想做她靈魂伴侶的男人都可以疊成一座山了吧？

我則是一頭及肩的直髮，一點也不撫媚之外俐落得令人害怕，是與愛神完全搭不上邊的形象……我生前會是表裡如一的人嗎？不曉得李善婷會帶給我怎麼樣的答案呢？

坐在她教室中的我和其他學生一樣，聚精會神地聽她講課。她主導的是一個考前衝刺班，她的聲音鏗鏘有力，字字句句彷彿股市解盤大師般極具說服及引導性，或許是因爲這樣，加上外貌的影響，李善婷的班級大多數都是男生。

隔壁班，李善婷的丈夫楊儀華所主導的衝刺班則是女生居多。

我環顧四周，放眼所見盡是認眞向上、以醫學院爲志願的學生，每個人都全神貫注，實在看不出李善婷與任何一個學生有師生以上的感情。更別說楊儀華了，我沒有看見李善婷與他之間出現粉色煙霧，既然現在要重新安排她的靈魂伴侶，我想楊儀華並不是她的眞愛。

當我在推理時，把自己當作了工藤新一，在課堂上陷入妄想令我開心，也許是因爲我沒有任何記憶的關係，到現在我仍然沒有已經死去的實感。

死亡應該是要悲傷的，不過我一直沒有這樣的情緒。

下課鐘響，休息時間依然沒有任何一個對李善婷表現好感的人出現，可整間教室從剛才開始就四處瀰漫著淡淡的粉色煙霧，並不明顯。起初我沒有太在意，直到我察覺時，煙霧已相當明顯，且越來越濃，可教室太多人，我看不出是誰散發煙霧，令我心煩意亂。

第二堂課開始，我已經睏得趴在課桌上睡了，想像自己學生時代大概也做過一樣的事情，收集曾經身爲人的感覺。

當我醒來已經晚上不知幾點，補習班的招牌燈光已然熄滅，餘下窗外其他招牌透進來的五光十色。這裡是補習街，大部分招牌分明都義正嚴辭地亮著，卻總有種紅燈區一般的情色感。

教室暗了，沒有任何學生在的教室粉色煙霧仍依稀縹緲，我觀察了下，終於看見粉色煙霧的軌跡。循著軌跡我走出教室到補習班的交誼廳，黑暗的交誼廳裡只有自動販賣機亮著冷漠的光線隱約照著販賣機與牆角盆栽中間晃動交疊的身影。

反正他們看不到我，我大膽地走上前，直到看清爲止才停下腳步——李善婷衣衫不整地與學生熱烈接吻著，及膝窄裙捲到腰間，學生以手指撫弄著她的私處。

我在一旁看著，難以想像現在的李善婷與課堂上的李善婷是同一個人。

「老師……老師……我眞的好喜歡妳……」李善婷的學生一面對她炙烈告白，一面不擅長地親吻著李善婷發腫的嘴唇。

我想像那個孩子對於親吻的概念可能還停留在日式純愛漫畫中的蜻蜓點水，未曾想過接吻可以如此地纏綿悱惻。

他身下的李善婷被慾望攻陷，又或許是補習街上的車水馬龍令她安心，她熱烈豪放地喊出：「我也是……我也是！周瑜安……老師也好喜歡你……」

應該就是這個男孩，周瑜安就是李善婷的靈魂伴侶，我正想取出紅色箭射向兩人時，先前兩位警察的畫面突然闖進腦海，令我遲疑了。

爲了不要再發生警察情侶的事情，我應該要更加深思熟慮，先前教室中充滿粉紅煙霧應該表示喜歡李善婷的不只周瑜安，而是許多男學生？若是如此，她的靈魂伴侶或許有其他更適合的人？

我將紅色的箭放回箭筒，思忖該觀察一陣子時，急促的皮鞋踩踏聲硬生生切斷李善婷與周瑜安的情感交融。

周瑜安被嚇得不知所措，推開李善婷連忙整理自己又臭又汗水淋漓的襯衫，另一側的李善婷卻悠然自得，沒有絲毫羞赧之情出現在她的行爲表現上。這一切的行爲對她來說是如此正常，如同渴了便要喝水那般。

西裝革履悻悻然趕到的人，不是別人，正是大李善婷十七歲的丈夫，楊儀華。

啓程到李善婷的補習班之前我稍微做了些功課，這間補習班原本屬於楊儀華。愛上李善婷、娶了李善婷之後，楊儀華將補習班送給李善婷經營，甚至連名字都改了，這棟建築物從裡到外完完全全成爲李善婷的囊中物。

說來諷刺，李善婷現在做的事情就是楊儀華當年做的事情，或許當年他們也曾經在自動販賣機旁纏綿悱惻。

楊儀華愛上李善婷時，李善婷十七歲。現在李善婷愛上周瑜安，周瑜安也是十七歲，簡直是詛咒。

「妳怎麼還敢這樣？」楊儀華氣急敗壞，指責李善婷時揮著老汗，灰白色的頭髮黏在前額相當可憐。他老了，老到連憤怒都如此煞費氣力。

李善婷將窄裙拉好，悠然從口袋中掏出香菸與打火機，深深吸一口，再舒服地緩緩吐出白煙，看著白煙縹緲，「就是覺得煩。」

「周瑜安，你給我馬上回家！」楊儀華怒火攻心，怒吼著要周瑜安滾蛋。

周瑜安一聽，立刻拿起塑膠椅上的書包離開現場。

聽著周瑜安倉皇的腳步聲離開空蕩蕩的樓層、奔下階梯之後，楊儀華咬牙切齒說道：「林品涵的事情還沒過去妳就要這樣？現在的媒體有多嗜血妳不知道？他們肯定會去調查林品涵過去的事情，別說是我，妳也會完蛋。」

聽見我的名字從楊儀華的口中說出，我沒有任何感想，只覺得「喔，那是我的名字」或「或許是一個和我同名同姓的人」。我對自己很抽離，我沒有任何關於林品涵的記憶，只是覺得新奇，他們說我的任務執行對象都是我以前認識的人，原來是真的。

我必須記憶空白，才能不帶偏見地對這些人完成任務。

李善婷一臉不在乎，繼續吞雲吐霧，「她活著的時候有追究過嗎？沒有嘛？她的家人有追究嗎？沒有嘛？她會被人殺死是我們的錯嗎？如果不是，你在作賊心虛什麼？」

她將沒抽完的菸浪費地捻熄在盆栽土中，「都過去那麼久了，不會真的挖出她八輩子的，大不了你再也沒辦法從事教職，這間補習班完全交給我囉？」

楊儀華一聽李善婷竟打算完全占有補習班的一切，氣得抓起她的衣領，迎頭一記火辣辣的巴掌。

李善婷被打得跌在地上也不客氣了，馬上站起反捉住楊儀華的領帶，勒緊楊儀華，「我不會讓你毀掉我的補習班！」

楊儀華瞪大眼睛，被她荒謬的話逗笑了，「妳的補習班？這是老子的補習班！我想收回就收回！」

將自己的領帶抽回，楊儀華開始對李善婷拳打腳踢。

我慌了起來，不知道現在能做什麼……驀然間，我想起藍珂瑋說的話。

我抽出箭筒中紫色的箭，她說紫色箭能快速使人斷念、放棄，若是現在對那兩人射出紫色的愛神箭，他們就能好聚好散，對吧？我其實完全無法確定。

他們肯定不是靈魂伴侶……肯定不是，沒有任何一對靈魂伴侶會暴力相向，對吧？

我將箭架上弓弦，顫抖地瞄準失去理智的楊儀華，若不能阻止他，李善婷還沒能與靈魂伴侶在一起命就休矣。

我做的是對的，這都是爲了拯救李善婷的性命與完成我的任務。

箭在弦上，我能感受到靠在我臉頰的手指在發顫，瞄準目標的視線時而失焦時而準確。我深呼吸，試著說服自己，我是對的。

放開四指，風聲劃破空氣，撩過我的臉頰，紫色箭確實命中楊儀華後，我緊接著抽出另一支紫色箭射向李善婷，紫色煙霧自兩人傷口竄出，並飛回我的箭筒。

成功了？我心忖。

楊儀華的表情驟然變得高深莫測，似乎完全不了解眼前的女人何德何能讓他失去控制以至凶性大發。

李善婷則直接下了決定，「你這樣對我，我受夠了，我要離婚……我要離開你。」

楊儀華筋疲力盡地全身癱軟坐在地上，好像這一段關係從來沒有讓他這麼累過一樣，「隨便妳，反正我對妳已經失望透頂，沒有感覺了。」

「耶！」成功了，我忍不住興奮大叫，在兩人之間手舞足蹈。

「李善婷，妳眞的應該要感謝我，我救了妳一命。」我明明知道李善婷看不見我，也感受不到我的觸碰，卻還是和她說話。

我抬起頭，發現西裝筆挺的白靜宸一臉鐵青站在一隅，「林品涵……妳做了什麼？」

看到白靜宸出現，我更加確定我挽救了李善婷的小命，「阻止楊儀華殺人啊！」

他可是死神，當然是爲了收割業績而來。

「就憑這短短的畫面妳就確定她和楊儀華不是靈魂伴侶？楊儀華眞的要殺她嗎？妳確定？」白靜宸一改先前輕浮的態度，十分嚴肅。

先前的警察情侶白靜宸就無所謂，現在楊儀華和李善婷的事情他突然就有所謂了，這是什麼雙標？

「你認識他們？」

白靜宸不語，轉身離開樓層。

我追了上去，想解釋自己的行爲是因爲什麼想法，卻見到白靜宸的臉色更加鐵青，我頓時什麼也說不出來。

楊儀華和李善婷被我們拋在身後，兩人的說話聲音變得微弱細碎，相較怒氣當頭時冷靜許多。

「你能不能不要想太多？蘇景昀也快要死了，不會有人用那些事情毀掉你。」李善婷說道。

聽見這個名字的時候，我的身體遲疑了一下，但我沒有多餘的心力思考蘇景昀是誰，只能快步跟上白靜宸步出補習班大樓。

大樓外仍然霓虹閃爍，周瑜安等在騎樓下，雙手交握惴惴不安。

我和白靜宸穿過周瑜安年輕稚嫩的靈魂，白靜宸頭也不回，只有我一直回望神情徬徨的周瑜安，因爲我想確認我的決定是對的。

周瑜安，如果眞的是你，那麼我救了你的靈魂伴侶——我是對的。

我跟在白靜宸的身後穿越五光十色的台北街頭與重重人潮，每穿過人一次就像被風鑽過身體一次，老實說這感覺並不舒服，近乎詭異。

「白靜宸！停下來……我覺得不舒服……」我停了下來，雙手撐在膝蓋上喘個不停。

白靜宸終於停下腳步，回頭看著我，神情愧疚，「還好嗎？」

我上氣不接下氣，抬頭看他，「你體諒一下我吧？我還沒完全習慣『死掉』這件事。」

同時我竟然笑了，眞是很有語病的一句話。

突然，我想到一個冷笑話，「跟你說一個笑話，一個小男孩看到他的爺爺剛從冰櫃出來，身上結了許多水珠，就問爸爸爺爺怎麼了。他爸爸不知道怎麼回答，只好說『爺爺因爲是剛死所以緊張啊』，哈哈哈哈哈……」

笑話結束，白靜宸笑都沒笑。

我收起笑臉，「我只是覺得原來眞的會有這麼荒謬的狀況。」

白靜宸扶著額頭，「妳太衝動了，不應該這麼快就下決定。」

我想白靜宸說的是李善婷的事情，但想到當時楊儀華對李善婷拳腳相向的狀況，我便認爲自己沒有錯。若不是及時射出紫色箭，恐怕李善婷不死也要半殘，死神當時會出現不就是因爲即將有死亡事件嗎？

原來如此，我果然搶了白靜宸的業績。

「我不認爲自己有錯，世上怎麼會有靈魂伴侶會對對方施暴？你當時出現在那裡不就是因爲李善婷快死了嗎？」

白靜宸一臉不可思議，「妳對李善婷用了紫色箭就不能用第二次，也就是下一枝紅色箭就要射中她的靈魂伴侶，一旦搞錯，妳不僅得不到記憶，她的人生也會因爲妳急轉直下。」

不過是愛錯人會使人生急轉直下？那麼世上那些奮發向上的故事是怎麼回事？被前男友騙錢、被前夫騙婚所以奮發向上、獨立育兒，成爲十大傑出女性的人是怎麼回事？

「你會不會太誇張？現在離婚是這麼簡單的事情，就算是靈魂伴侶也有可能會分開啊？我們認眞幫他們挑選有什麼用？他們還不是不珍惜？楊儀華當初肯定也是認定李善婷是他的眞愛不是嗎？變成現在這樣都是他們自己造成的。」

「是他們自己造成的沒錯，人們和誰相愛確實與你們無關，都是他們的自由，但是你們的工作就是安排靈魂伴侶，這個工作很重要。」

「所以我自己判斷啊！爲什麼你要對我指手畫腳？你又不是藍珂瑋！你是死神，爲什麼要對我的工作指指點點？」

這太奇怪了吧，明明說過剛工作的時候前任愛神會跟在旁邊，現在卻是一個死神在身邊亦步亦趨。

「那是因爲藍珂瑋……」白靜宸脫口而出。

我就知道事情並不單純，從一開始就知道。

「你代替藍珂瑋一直出現在我身邊是有原因的，你說她快死了所以有很多事要做，具體來說是什麼事？不是因爲我失去記憶就什麼都不告訴我，這太奇怪了吧？」我一下子將最近這些日子心中的所有疑問全都傾倒而出。

白靜宸聽完愣住了，他可能也沒想到我會思考這麼多事情，我也沒想到記憶空白的人反而會想更多。

白靜宸似乎在考慮該怎麼面對我的疑問，不過我沒有給他時間，接著問道：「那你跟我說藍珂瑋是怎麼挑選靈魂伴侶的？我按照她的方式做，這樣你還有意見嗎？」

他抬眼看著我，我在他的眼中看見了些微熟悉，他認識我，並不是像現在一樣，他是死神、我是愛神這樣的認識，而是在我生前，然而我不能確定，只是一種直覺。

白靜宸大概也感覺到我在他的眼神中挖掘到了什麼，默默別開臉，「算了，我不想說太多，這是妳的功課、應該要完成的工作，還眞的不關我的事，我只希望妳可以再謹愼一點，就這樣。」

語畢，白靜宸聳聳肩，轉身留我一個人在熱鬧喧囂的台北街頭。

花癡如我照理很有可能會追上去，畢竟白靜宸是我的菜，然而我沒有，我只是看著他的背影，直到他被人群淹沒。

本想回到租屋處的我卻回到空無一人的補習班，比起冰冷的家，下午起人聲鼎沸的補習班還多了些人、書本、鉛筆的碳、粉筆的粉灰味道。

那個家裡什麼味道都沒有……不過也該是沒有任何味道才對，我人都已經死了，要有什麼味道？

我從一樓重新參觀，一路往上，來到李善婷與楊儀華發生衝突的三樓，兩個人早已不在原地。

當我正想離開交誼廳直接進教室睡覺的時候，偶然聽見一絲細碎的哽咽。我循聲上前，這才看見一個和周瑜安一樣大的男孩，躲在方才李善婷偷情的自動販賣機與盆栽的間隙裡，哭得上氣不接下氣。

男孩手機上的畫面正是他與李善婷，兩人衣衫不整，非常親密。

我大吃一驚，除了周瑜安之外竟然還有另一個人。

男孩看著畫面哭號：「老師……我爲了妳做了這麼多……爲什麼妳要背叛我跟周瑜安在

一起……老師……」

我自然無法問他爲了李善婷做了什麼，但男孩一定是看見了剛才的畫面，才會哭得如此撕心裂肺，世界崩潰似的悲痛欲絕。

我坐在男孩對面的塑膠椅，幾度使用小魔術撥動男孩身旁的盆栽葉，希望男孩能感應到我在他身邊，他並不孤單，還有我在陪著他哭。

我輕輕念出制服上繡著的男孩名字，「顏夏。」想起不存在我記憶中的前夫——夏常芳先生。

「老師……沒有妳……我活不下去了……」顏夏幾乎是嘶吼地、毫無顧忌地號啕，聲聲響徹整個樓層。

我聽了不忍心，眼看他突然站起身，離開交誼廳後闖進李善婷的辦公室。不知爲何他持有一整串的補習班大大小小房間的鑰匙，開門時也相當熟練，完全知道哪一把鑰匙對應哪一個鎖。一進到李善婷的辦公室，他便趴在李善婷的旋轉椅上痛哭流涕，「老師！老師別離開我！」

我看著顏夏哭得天崩地裂，心生惻隱之心，白靜宸說的對，我應該要更加深思熟慮，或許顏夏才是李善婷的靈魂伴侶。

只有讓他們兩個人相愛，顏夏才能從這樣的痛徹心扉中解脫。

顏夏不是我的誰，我只是單純捨不得顏夏哭得唏哩嘩啦所以一直陪在他的身邊。

片刻過去，顏夏哭紅著臉離開李善婷的位子，走到窗邊打開窗戶使冷風吹進辦公室，桌上的文件飄飛，在空中舞動。他笑中帶淚，滿足於一個小小的惡作劇。

他或許想著，他要以這樣的惡作劇懲罰不忠的李善婷，他的小腦袋一時之間也想不出其他方法能使他曾經深愛的老師感到困擾。

顏夏突然探頭向下望，看著燈紅酒綠的世界在他的視野快速閃過，須臾，轉過身來的顏夏表情變得冷靜透徹。

他可以想開是再好不過的事情。我看著顏夏昂首闊步走了出去，他並沒有關上窗，任由文件飛散，像無數的小天使揮動翅膀，而穿著白色襯衫的他，在那之中看來只差一點便能跟著飛翔。

靜謐得可怕的大樓中，只有顏夏的腳步聲有規律地迴盪著，我跟著上去，想看顏夏打算做些什麼。另一方面，我也想多觀察一下，好讓自己多思考李善婷的靈魂伴侶究竟是誰。

我的愛神職涯雖說沒有好的開始，起碼之後我要好好努力，可以的話，我想作爲一個優秀的愛神，重獲記憶。

白靜宸說我適合當愛神，我便做出愛神的樣子。

作爲補習班的建築物有六層樓，我跟著顏夏來到建築物的最高處，縱然僅有微光，可顏夏熟門熟路地繞過腳下的管線，不曾行差踏錯。頂樓微風習習，不同於辦公室中的強風，他迎風走得輕鬆自在。

建築物頂樓有著高聳的鐵圍欄防止孩子們做出危險的事情，但身形頎長的顏夏輕巧地便攀登上去。

見狀，我開始緊張，可他看來又沒有任何一絲像要尋短的樣子，如此冷靜。我張開嘴巴，明明知道他聽不見卻還是喊了一聲：「顏夏！」

有一瞬間，顏夏頓住了，他回頭看向我的方向，過長的瀏海時而遮住悲傷的眼眸，我無法確定他看見了什麼，應該不是我、肯定不是我。

我不像白靜宸可以在特殊狀況下被人類看見，我只是個默默工作的愛神，和藍珂瑋一樣，默默地來，功成身退後默默地離去。

「不要想不開啊。」我依舊出聲呼喚。

顏夏別過臉，白淨稚嫩的臉龐如湖泊般映照樓下的燈光，然後他笑了，彷彿他的人生中只有在這個瞬間才品嘗到了富有與滿足。他坐在圍欄外的矮牆上擺動雙腳，腳上紅色匡威鞋鞋帶鬆了迎風舞動。

顏夏打了通電話給李善婷，沒有讓他等太久，另一端像是接通了，「老師，我眞的很喜歡妳，是妳給了我一切、教會了我愛的意義，還記得是妳告訴我『愛一朵花就會栽培它、愛惜它，可喜歡一朵花就會摘下它、擁有它』。但是妳沒有告訴我，是什麼樣的感情同時有著愛與喜歡呢？我試著愛惜妳、擁有妳，可是妳感受到了嗎？」

我當然不知道李善婷說了什麼，推測可能給了顏夏正面的回覆，「你在說什麼啊？老師當然有感受到你的心意啊」之類的。

「如果妳感受到了，妳還會和周瑜安在一起嗎？」

李善婷那一端大概陷入了沉默，她或許不知道該對顏夏說些什麼，如果我是李善婷，我想我也不知道。

顏夏接著捂著臉痛哭失聲：「沒有妳，我也不想活了，這種日子還有什麼意義？」哭泣持續了一段時間，他沒有再說話，我想李善婷也是。

最後，顏夏掛了電話，他看著手機桌面上他與李善婷的照片，惋惜地笑了。

我從箭筒抽出紫色的箭架在弦上，既然顏夏是因爲李善婷想尋死，那麼讓他對李善婷斷念就行了吧？雖然我沒辦法立刻找到李善婷，對她射出紫色箭，但是只要顏夏單方面對李善婷斷念死心應該也行吧？

不管怎樣，顏夏才十七歲，不能在這裡結束。我要讓他從此對李善婷放棄、灰心，有天老了驀然回首還能笑著看待這一段往事，想著自己原來曾經那麼傻。

又或者，李善婷的靈魂伴侶就是顏夏呢？如果是，他活下來會有更多可能，如此一來，我對顏夏便只剩下一次紅色箭的機會。

箭在弦上，我告訴自己，我的決定是對的，不論白靜宸怎麼說、怎麼干擾我、批評我，我做的就是對的。

深呼吸，我瞄準顏夏顫抖的背，放開緊繃的弦，準確地射中他。

箭成了紫色的煙霧飄回我的箭筒，顏夏循著煙霧回頭，表情變得恍惚，應該是紫色愛神箭成功讓顏夏對李善婷斷念。此時的他很可能還不明白自己爲什麼突然變得釋懷，不過沒關係，我對顏夏伸出手，「孩子，回家吧，你的爸爸媽媽還在等你呢。」

顏夏彷彿聽見我說的話，嘴角勾起微笑，白色襯衫迎風飄搖，鞋帶依舊鬆脫，過長的髮飄動著。

在我的面前，顏夏已經給足我許多線索，我卻沒有抓住任何一個他給出的訊號。

眼前的畫面沒有如同電影一樣緩慢優美，也沒有悠揚的配樂，只是萬籟俱寂，能聽見的不過就是耳鳴。

嗶——

長聲結束之後，顏夏一躍而下。

砰的一聲清響劃破夜空，伴隨著恐怖片般的尖叫聲前仆後繼，我全身僵硬，無法理解現在究竟發生什麼事情，以及發生什麼問題。

爲什麼你還是選擇走了？爲什麼啊？

我的膝蓋接觸到冰冷的地面，只覺得反胃想吐，總覺得過了很久很久，我才回到街上看見顏夏雙眼圓睜，沒了靈魂。

這時我竟然想著，才六樓而已，會死嗎？這個想法僅一閃而逝卻足以讓我覺得噁心，因爲顏夏是眞的死了，他的身邊出現白靜宸，所以他是眞的死了。

那一瞬間，世界停止流動，一切的一切都失去了意義，我蹲下，並且嘔吐大哭起來。

第三支箭　破舊木盒（這是試著成爲妳的第一步）

顏夏心心念念的李善婷直到喪禮接近尾聲才姍姍來遲，我以爲她會快一點出現，至少「適時」表現出她有多麼在乎，因爲顏夏那麼喜歡她。

李善婷應該要是這樣的人設才對，她要在乎、她要體面，畢竟在葬禮前幾天出現許多流言蜚語中傷她，她應該要去處理才對啊。可是沒有，李善婷沒有及時出現，且只簡短地出現在葬禮一會兒、簡短地致意一下、簡短地上香、簡短地安慰。

「請節哀。」她甚至只簡短地說了一句，躲避家屬們的目光。

我還沒有獲得與李善婷相關的記憶，也還沒能想起我和她有怎樣的過去，然而就憑現在這樣，我就已經無法原諒她了。我握緊弓，緊得像要將它捏斷，像這樣的女人有什麼資格獲得幸福？

我這陣子一直待在補習班，事隔幾日重新回到我生前的租屋處。房間已經被房東太太重新整理過，準備給下一個租客了，舊的床被處理掉換上新的，衣櫥也煥然一新，一切的一切像從未發生過，如同IKEA的樣品屋仍然溫馨，我彷彿從來沒有成爲凶殺案的主角。

我本沒有要在這裡生活，而是想回家和媽媽姊姊一起，但藍珂瑋說不行，她說我得一個人待著，換言之，租屋處只是其中一個選項，只要是一個人，哪裡都可以。

「爲什麼？」

「我不知道陳月雲和林品妍會在日常生活中說些什麼，如果她們說了一些會影響妳判斷的話，可能會導致妳無法順利執行工作。再來，不論是神還是鬼，跟人長時間待在一個空間會導致對方的運氣變差，所以，爲了她們好，妳不能回家。」

我戲謔地笑了，「不會吧，我只有聽過跟鬼在一起運氣會變差，神也會？」

藍珂瑋點點頭，「人可以感覺得到我們的存在，雖然不是經常發生，但只要他們感覺到過往的人就會產生思念，而思念會影響他們。」

我躺在房東太太新買的床上，床還包著塑膠套，躺著的時候有悉悉窣窣的聲音，聲音迴盪在房間中，吵得很。望著空白的天花板，我想起白靜宸說的話，「雖然你說像白紙一樣空白的人最適合當愛神，可是我對李善婷產生了討厭的感覺，我甚至覺得，她最好不要獲得幸福……」

一股煙霧席捲而來，藍珂瑋出現在房間裡，一如往常笑得和藹可親，「要像一張白紙其實很困難，人就算失去記憶仍然可以憑著潛意識判斷各種狀況。潛意識影響著妳，也就是說，妳不是因爲顏夏的事情討厭李善婷，是妳生前就討厭她。」

「是白靜宸跟妳說的嗎？」

「不是，我有在注意妳的進度。」

我自床上坐起，視線正對著藍珂瑋近乎瞇成一線的眼睛，手指圈起一個洞，「很抱歉妳要失望了，進度零。」

「我知道。」

「妳的第一個任務花了多久時間完成？」煩得不行的我試著轉移話題，不過其實我沒有很在乎。

藍珂瑋意味深長地微笑，手支著下顎，指尖在臉頰上推出皺紋，她的皮膚很乾燥卻又相當水腫，水與虛的脂肪浮在她的臉頰下，表皮像是一層脆弱的膜。我好像在哪裡看過這樣狀態的人，卻又不知道是在哪裡。

「告訴妳也沒差，我的第一個任務對象是妳，其實滿順利的，妳和夏常芳很快墜入愛河，你們是彼此的靈魂伴侶。」

「那我爲什麼會跟他離婚？還死在荒郊野外的木屋？照妳說的，找到靈魂伴侶就能幸福的話，我爲什麼會這麼淒慘？」

「誰說死亡就不是幸福？」

我啞口無言，確實，是誰說長命百歲就是幸福？白頭偕老就是幸福？遇到靈魂伴侶就是幸福？死於非命就是不幸呢？

「妳和夏常芳過了一段不錯的日子，在我看來，不珍惜靈魂伴侶的人是妳自己。」

「什麼意思？」

「妳問太多囉，這些事情妳以後都會知道的。」語畢，藍珂瑋化成一縷煙霧，在我的房內消失。

我曾經很釋懷於什麼也不知道的自己，然而一旦有人拋出了引線，我開始好奇之後，我會對曾經釋懷、曾經空白的自己很陌生。

是不是因爲開始討厭李善婷，所以我再也不是空白且釋懷的了？我不知道，我只知道因爲顏夏的死我已經停擺了幾天沒幹正事，此時猛然想起，我應該得出門完成任務。

這天天氣晴朗，我帶著弓箭出門，在下午的五點準時到補習班見李善婷。與先前一樣，我坐在教室的其中一個空位上，靜靜地看著李善婷將她漂亮的字跡揮灑在黑板上，滔滔不絕教授知識。

李善婷下班的時候楊儀華略過她的身邊，冷靜且平淡地走到停車場開了自己的車子離開。李善婷也一副楊儀華與她無關的態度，高傲地抬起下巴，宛如孔雀昂首邁步。

她與周瑜安約好一起吃宵夜，周瑜安先到稍遠一點的火鍋店等她，而她雖然刻意與周瑜安分開時間離開補習班，卻仍掩不住著急想見到周瑜安的心情，分秒必爭地攔下計程車。

趁著在計程車內的空檔，李善婷拿出化妝鏡辛勤補妝，仔細地以指腹推開眼角的卡粉。

我坐在一旁看著她，左手不自覺地掐緊背在肩上的弓。

到目的地後，李善婷飛快地掏出鈔票，甚至急躁說道：「不用找了。」迅速下車。

馬路的另一邊，周瑜安正在火鍋店門口興奮地跳高揮著手喊道：「善婷！這裡！這裡——」

少了楊儀華與顏夏這兩個競爭對手，周瑜安可眞算是名正言順了，竟然就直接稱呼他的老師「善婷」。

我望著李善婷喜出望外的神情、焦急地等待紅綠燈，當綠燈亮起時，我將紅色的箭架在弦上，精準射中李善婷。

另一邊，周瑜安張開雙手走上斑馬線，迫不及待要擁抱李善婷。

我將另一支紅色的箭架在弦上，射中周瑜安。

周瑜安露出幸福無比的表情，燦爛地笑了，可能他的心中感受到了滿溢出來的愛吧。

我放下弓，紅色箭雙雙飄回箭筒，正當我爲完成任務鬆了一口氣時，一個飛快的黑影穿過周瑜安，他連半點聲音都沒發出來，身體往黑影的方向飛出去後又迅速地被黑影吞沒。直到黑影停下，我才看出那是一輛車子，而周瑜安被壓在車子下面。

李善婷不顧自己腳下蹬著高跟鞋，拔腿追上拍打車門，「給我下來！給我下車！」

車主下車查看，竟是一臉鐵青的楊儀華。

楊儀華與李善婷兩人同時趴在地面，驚恐地看車底的周瑜安。

「還活著！」李善婷大聲喊道，周圍的人馬上聚集起來同心協力要抬起車子。

與此同時，楊儀華竟然回到駕駛座再度發動引擎，周圍的人群被他嚇得散開，只有李善婷不要命地繼續敲打車窗，試圖打開車門。

最終，李善婷被突然發動的車子甩飛出去，楊儀華義無反顧地將車子往前開，在一片驚呼聲中留下一道長長的血痕揚長而去。沒有多久，據說全速前進的楊儀華在撞上安全島後嗚呼哀哉。

哎，問我人頭破掉是什麼聲音吧？

我曾經想過應該是西瓜摔碎的聲音，就只有那個聲音比較接近吧，我一直都是這樣想的。可是我沒有想過，其實那聲音比較接近大的統一布丁摔在地上的聲音。

我的指尖因爲感受到了暖意而回神，低頭一看，李善婷的粉紅色卡片回到手上，它已經被火焰燒到剩下一半。我放開手指，粉紅卡片向前飛舞，一個褐色的老舊小木箱取代它憑空出現，咚一聲掉在我面前。

箱子沒有上鎖，只有簡單的扣環，輕輕一扭就開了。

打開它的瞬間，眼前從黑夜倏然換成白天，場景從馬路換成教室，周遭的聲音從路人的尖叫換成高中女生的尖叫——

「不會吧！李善婷竟然跟楊老師！」

我的神智回到了高中二年級，班上許多女生睜大眼睛盯著神祕兮兮的我，她們的眼神透漏出渴望八卦、渴望著聽見同學的醜聞。

我將食指抵在人中，「噓——不要說啊，李善婷好不容易挺進複賽，我不希望她被主辦單位剔除。」然後話中有話地笑了。

女生們各個識趣不問，隨著上課的鐘聲響起，男男女女回到各自的座位上，當然，包含當時十七歲的李善婷。她似乎知道自己再也無法融入班上的女生團體中，下課時間都會默默躲在學校各個地方，就是不在教室。

她與楊儀華在學校的各個角落幽會，若是楊儀華忙，她就會一個人躲在某處編織著她與楊儀華的未來。

這一堂正好是楊儀華的數學課，楊儀華與她刻意一前一後踏進教室。那時三十四歲的楊儀華身材並不擁腫，相反的，他身形細瘦頎長，有著一張年輕臉龐與深邃五官，乍見會以爲他是混血兒，帥氣又招人喜愛。

而李善婷與她十七年後的樣子並無太大不同，眞說要有什麼不一樣的地方，便是化妝吧。十七歲的她臉龐素淨且清秀漂亮，因爲髮禁而剪短的頭髮保養得光滑柔順。

我看著李善婷對楊儀華的仰慕之情溢於言表，上他的課時總是特別聚精會神，立刻覺得妒火中燒。我低頭打開手機，傳了李善婷與楊儀華的照片給李善婷以外的全班同學——一張楊儀華與李善婷躲在頂樓水塔間隙裡接吻的照片。

班上立刻響起驚呼，除了李善婷與楊儀華。

「同學，怎麼了？」楊儀華回頭問道。

當然，回應他的只有鴉雀無聲。

楊儀華只當班上的同學又在惡作劇，轉身繼續教他的課。

此時，女人的直覺驅使李善婷看向我，我毫不畏懼地回敬她，並拿出我的手機給她看那張照片。

李善婷瞪大眼睛，即便她離我很遠，我也能清楚看見她嚇得無法動彈。

一下課，李善婷立刻和我約在學校頂樓，她先逃出教室之後我才姍姍來遲。當我一推開頂樓鐵門，李善婷衝上來緊緊抱住我號啕大哭。

我嚇到了，她竟然不是譴責我，而是抱住我？

「品涵，怎麼辦？我和楊老師的事情被何淨儀傳出去了！」

「何淨儀？」

爲什麼李善婷會以爲洩漏祕密的人不是我而是別人？我在腦中快速順過一次整個狀況便懂了。

李善婷與何淨儀兩人都參加了電影公司的女主角的選拔，何淨儀在第一輪被刷掉，剩下李善婷挺進複賽。因爲這個淵源，李善婷才會認爲何淨儀對她懷恨在心。

我暗自慶幸著，何淨儀成了李善婷懷疑的首要對象。反應過來後，我慈愛地揉了揉李善婷的頭，立刻和她一起同仇敵愾，「我就想到底是誰對妳這樣？太過分了吧？」

「品涵，怎麼辦？如果因爲我跟楊老師的事情，公司不要我了怎麼辦？」

我笑了笑，信誓旦旦道：「我不會讓這種事發生。」

李善婷放心地笑了，親暱地摟著我的腰，「妳覺得該怎麼做？」

「這個嘛，我拜託幾個哥哥們去處理就好。」

聞言，李善婷感激地看著我，她的眼神充滿信任，除此之外，還有著別的感情，總之，那非常地、非常地吸引我，我不禁親吻了李善婷。

我們吻了許久，兩人的雙臂緊緊摟著對方，雙唇終於依依不捨地分開時，我沒頭沒腦地說：「妳可不可以離開楊儀華？對妳來說，和他談戀愛不是首要的事情，不是嗎？」

我幾乎是下意識地說出這句話，沒有多想。我不知道這代表著我對李善婷抱持著什麼樣的感情，我只是說出了當下想到的第一句話。

李善婷沒有任何懷疑，很快答應我，「嗯，我很快就會和他分手。」

隔日，我請認識的某些特殊人士到學校附近堵何淨儀的下課路線。他們將何淨儀拖到暗巷脫個精光拍攝裸照，並強迫她刪除李善婷與楊儀華的照片。

「再敢與照片的這兩個人有任何牽扯，妳的裸照就不只學校收得到，還有妳的家人、親戚……看上妳的星探……全部的人！」

他們如此威脅何淨儀，並且完全不聽她的辯解。

然而即便我爲了李善婷做了這些事情，她也沒有照著我所希望的做，依然和楊儀華在一起，依然在下課的時候和他幽會。

後來，我沒有再因爲嫉妒感作祟而將照片發給全班，而是默默收集著李善婷與楊儀華約會的證據。我還意外知道楊儀華想要辭掉高中老師的工作，開一間屬於自己的補習班，聽說房子正在進行裝潢。

他們兩人見面的時間變少，正是因爲補習班的關係。

寒假時，我找了一天夜晚前去補習班所在地，只見楊儀華一個人穿梭在雜亂的建材之間，一面吃力地看著手上的設計圖，一面看著四周圍謹愼地確認工程進度。

我悄悄走到楊儀華身後，冷不防喚他：「老師。」

楊儀華嚇了一跳，整個肩膀都蜷縮起來，回過身時推了推眼鏡，「是品涵啊，嚇了我一跳，這裡很危險，妳在這裡做什麼？」

「我在外面看見一個跟老師很像的人就跟來看看，沒想到眞的是老師，聽說您要開一間補習班，原來是眞的？不繼續教我們了嗎？」我流利地說著謊。

楊儀華不疑有他，傻笑著搔搔頭，「是善婷跟妳說的吧？在補習班完成之前，我沒有打算讓很多人知道這件事，請妳對其他學生保密好嗎？」

我笑著回道：「我知道了，我會保密。」

就像那些收到楊儀華與李善婷照片的同學一樣，我也會保密的……可說到底，保密到底是什麼？我不知道那是什麼意思，李善婷對我的背叛算是她對我的不保密嗎？

我逕自邁開步伐參觀著未完成的補習班，踩著尙未全部貼好地磚的地板問道：「老師，這裡是什麼？這裡有好多好大的階梯喔。」

楊儀華或許覺得很少有學生對他的事情感興趣，態度突然變得熱絡。

我們所在的地方是建築物的二樓，是做爲教室使用的樓層。

「這裡是教室，學生的座位會像梯田一樣一層一層上去，這樣大家都可以看得到黑板，就像大學教室的座位一樣。」楊儀華介紹道。

「哦？」我佯裝對補習班的裝潢有興趣，走出教室，發現外頭有通往三樓的階梯，飛也似的跑了上去。

後頭楊儀華擔心地大喊：「林品涵別跑啊，這裡都是裝潢的東西很危險！」

三樓還是建築物原本的樣子，到處都是裸露的水泥與斑駁的油漆，還有地面上唯一的一盞臨時照明，看起來像極了恐怖遊戲還是某些末日電影的畫面。

我低頭看見一張倒在地上的椅子，扶起它，坐在上面，張開大腿——我穿著裙子。

楊儀華跑上來時，先是露出了困惑與驚訝的表情，不明白爲什麼我要這麼做。他遲疑許久，訥訥地開口：「林品涵，妳怎麼了？爲什麼要這樣？」

我朝著楊儀華露出溫和慈愛的笑容，李善婷對他來說既任性又過度親暱，我一直都知道那不是楊儀華想要的對象，他眞正想要的，是像我這樣的人——會適當保持距離，聰明懂事的女孩。

從他的眼神中，我看得出來，他的渴望，我也看得出來。

「怎麼了，老師？其實我都知道喔，你一開始喜歡的是我吧？」

「妳在說什麼？」

「現在老師有機會可以擁有我喔，不要嗎？老師不想被擁抱嗎？」我一面說，一面一顆一顆地解開自己的襯衫釦子，深藍色的胸罩在黑色襯衫開口的縫隙之間若隱若現。

楊儀華狼狽地吞了一口口水，眼神像要冒出火焰，熱騰騰的。不曉得是不是被楊儀華的視線感染，我開始下腹灼熱，熱得需要被安撫。分明是寒假，我卻燥熱得不行。

「不行，妳快穿上衣服。」楊儀華嘴上雖然這麼說，卻整張臉漲紅，死死地盯著我，就像老虎盯著獵物。

「穿上衣服也不暖，我需要的是老師。」我扭著腰說道。

楊儀華如我所料，像中了邪機械一般地慢慢朝我走過來，全身無力地跪下，顫抖的指尖像在觸碰一件古老文物，掀開我的裙子，露出我顫抖潮濕的私處。他伸出舌頭，閉上眼睛，將頭埋進我的裙下渴求我。

我脫下上衣剩下勉強掛在肩膀上的胸罩，輕輕推了楊儀華，讓他坐在滿是塵埃的地面，拉下他的褲子坐在他的身上，慢慢動了起來，「老師，太好了，終於讓你到我的深處了。」

楊儀華舔舐著我的胸部，太久沒有發洩的慾望全宣洩在我身上。

我動作加快，楊儀華的喘息聲越來越急促。

緊緊圈著楊儀華脖子的我手腕上的錶告訴我，李善婷差不多要來了。這個認知讓我的慾火更難以自制，腰更激烈地扭著。

我們的聲音回響在水泥屋中，放聲吶喊也不需要怕被聽見，這裡不是學校，楊儀華再也不用擔心。

接近高潮時，楊儀華輕輕咬著我畸形的左耳，那是我的特徵，也是他所喜歡的、微渺自卑又懂事的我，如同我的左耳一樣。

我的左耳有先天畸形，它與右耳的形狀不一樣，比較小，就像小寶寶的耳朵。我曾經問過醫生「我如果去了像明尼蘇達那樣冷的地方，這種不正常的耳朵會不會被凍得掉下來」。

醫生的臉龐在我的腦中一閃而逝，我記得他和藹地笑了，笑而不語……在那之後緊接著倏然出現在我眼前的是李善婷的身影。我抱著楊儀華，而楊儀華背對著她，完全沒有發現背後李善婷可怕的視線，就這麼抱著我高潮了。

我的腹內感到一陣熱潮，臉也紅了，而李善婷的臉色一下青一下白。

看著李善婷，我不禁笑了。

李善婷氣得握緊雙拳，以燃火的眼神看著我，「妳是故意的嗎？」

一聽見李善婷的聲音響起，楊儀華飛也似的推開我穿好褲子，驚恐萬分，「善、善婷？妳怎麼來了？」

李善婷氣得沒能分出一點注意力給楊儀華，逕直走向我，握緊的拳頭展開，然後啪的一聲巨響迴盪在水泥樓層中。她再問了一次：「妳是故意的嗎？」

在臉頰火辣辣的痛覺之中，我勉強穩住腳跟，差點沒能從那痛楚中站直，「這種事還會有故意的嗎？我會故意做這種事？」

「就是會。」李善婷看著我，複雜的眼神告訴我她還有很多想說的事情，只是在楊儀華面前做不到，所以什麼也說不出口。

我倒希望她可以暢所欲言，說出「除了楊儀華以外，她跟我也有一段感情」。

「我只想知道，爲什麼妳要做這種事？」

「妳眞的不知道嗎？」

李善婷，妳會不知道？爲了讓我無法喜歡妳，妳不是做了很多事情？

「我是眞的不知道。」李善婷的聲音冰冷。

她今天穿得很單薄，我居然還會下意識覺得心疼……我握緊拳頭，指甲尖全都刺進手心裡，「爲了不要那麼喜歡妳。」

聞言，李善婷以似曾相似的眼神看著我……她曾經對我說過一樣的話。

李善婷當然不爽我用她的話搪塞她，於是她皺起眉怒吼，聲音震得我的心臟抽痛，好像下一瞬間，它就不會再跳了。

「像妳這樣的人，永遠不會有人眞心愛妳！」

像我這樣的人？怎樣的人？

她的話令我腦中一片空白，我像個機器人般木然走到一旁的臨時木桌，取走我的包包，摀著被李善婷甩了一個耳光的臉頰離開了補習班。

不論她或是楊儀華都沒有追上來，只有李善婷留下的那句話如同商品標籤一樣死死黏著我不放。

我那天究竟是怎麼回到家的我也忘了，只記得我連澡也沒洗，就這麼趴在床上沉沉睡去……然後做了一個和李善婷有關的夢。

我很晚才知道我的性取向，也很晚才發現我暗戀著李善婷，當我發覺自己喜歡上她的時候，也幾乎在同時間發現她與楊儀華正在談戀愛。我立刻就明白自己沒有機會，費盡力氣壓抑自己的心。

我的身分只能在一旁默默守護著她，以朋友的身分支持她，而我確實也這樣做了。

李善婷對演藝圈一直有興趣，所以當電影公司釋出徵選消息時，她拿著報紙的宣傳頁興高采烈地找上我。

「品涵，我決定要參加這個。」她指著報紙上的「百萬女優」四個大字，「我要參加這部電影的徵選！」

我淡然笑了，「很好啊，我可以幫上什麼忙？」

李善婷彷彿就等著我說出這句話，興奮地揪著我，「學校有個很好的地方，舊體育館的倉庫，那裡可以讓我盡情練習，我希望妳在旁邊看。」

她說的是經過地震後需要一段時間拆除重建的舊體育館，那裡其實還勉強可用，只是隨著新體育館的落成閒置了很長時間。

李善婷不知道從哪裡取得了舊體育館與倉庫的鑰匙，有一段時間，我們下課後會在那裡待著，遠離塵囂、遠離人際關係，只有我們兩個人。

她會在那裡演戲，而我會在那裡閱讀，讀著那些曾經被改編成影視作品的文學小說，想像著李善婷終有一天能夠在演藝圈成功。

那天，我一如往常到體育館的倉庫等待李善婷，在聽見了我不熟悉的嬉鬧聲時，我趕緊躲進成堆直放的跳高墊裡，心驚膽顫地觀察是誰闖進這裡。我希望不是李善婷和別人，可逐漸接近的聲響讓我心中有了底。

大門推開後進來一男一女，男人抱起李善婷坐在廢棄桌球桌上親吻嬉戲，像兩隻貓逗弄對方。

「會晃啦，別鬧！」李善婷笑著捶打男人肩膀一下，笑出了眼角淚。

我從沒看過那樣的李善婷，從沒有過。我不清楚她是不是在男人面前是其他樣子，當下我只覺得恐懼。

如果要我形容那感覺接近什麼的話，我會說那是一種害怕自己的所有物被奪走的感覺，心跳加快、無法呼吸、視線沒有辦法對焦、腳底冒著汗，全身上下的毛孔都張嘴尖叫要逃。

我不知道男人是誰，也無法明目張膽窺看，直到李善婷呼喚他的名字。

「儀華，不要啦，不要在這裡，品涵等一下說不定就來了。」

竟然是我們的數學老師，楊儀華。

李善婷明明說過男人很噁心，那樣的李善婷竟然在跟楊儀華嬉鬧著不可名狀的遊戲。

我瞬間全身無法動彈，腦子裡想的全部都是動了會死的念頭，一種近似死亡威脅的想法在我腦袋迅速滋生壯大。我明明知道只要我一出現，他們就不會繼續下去，然而我還是動彈不得。

我該要用什麼樣的身分阻止李善婷？我不斷地想著，最後陷入迴圈中。

「說眞的，品涵來也沒關係啊，她不是妳的好朋友嗎？她一定能理解我們之間的感情。」

不，你錯了，老師，我不能理解，也無法理解。李善婷也知道，她會說出一樣的話。

「不是的，品涵不能理解。」

你看吧，楊老師，這就是我的感情與我面臨的狀況。我在這個時候才終於明白，我喜歡著李善婷，喜歡著一個與我不同世界的人。

她不會理解我，也從未嘗試理解我，對她而言，我不過就是一個會認真給她意見的觀眾。雖然我在搖滾區，但我永遠碰不到她。

良久，他倆完事之後，楊儀華整理儀容走了出去，餘下李善婷一人整理服裝，色情地以面紙擦拭著對方留在她大腿上的液體，她的腳踝甚至還掛著委屈蜷縮的白色內褲。

穿上內褲後，李善婷朝著我的方向走來。

我縮起身體，在心中尖叫著，希望她不要發現我。

可李善婷似乎就是知道我在那裡，所以毫不猶豫地朝我走來。她輕鬆地一腳將跳高墊踹倒，塵土頓時飛揚。

沙塵之間我看不清李善婷的表情，只隱約覺得她笑了，清脆好聽的聲音穿透倉庫裡的沙塵暴，「都看到啦？」

我看著變得陌生的李善婷，「為什麼妳要這麼做？」

李善婷支著下巴佯裝思考的模樣，在她聰明的小腦袋裡尋找著能夠搪塞我的話，「為了不要那麼喜歡妳……吧？」

第四支箭　爲了不要（那麼喜歡妳）

那之後，我與李善婷再也沒有說過一句話，我們的關係降至冰點，既尷尬又緊繃，有時劍拔弩張。

回到一開始的記憶，我因爲對李善婷懷恨在心，所以將她的祕密放送給所有同學。李善婷被與賤人畫上等號，她自己大概也知道事情會往這個方向發展——她終於被班上所有人孤立了。

我不知道被欺負與被孤立哪個比較好，欺負的話太明顯，好像大家都明目張膽地知道著個祕密因此向她撒氣。可孤立也沒有比較好，所有同學對她敬而遠之，整個班級沒有人想靠近李善婷。

李善婷可能覺得沒關係，高傲的她大概會轉念，覺得反而能專心準備選拔，想著總有一天她會飛上枝頭，享受眾人仰視她的目光……至少在我看來，她很堅強、很勇敢，不像我。

學期快要結束的初夏，我偶然從網路得知決選是暑假期間——她通過了複選、準決選，一路過關斬將。

電影公司想要的女主角要像寶礦力水得廣告中出現的女高中生，清新且像友坂理惠或是廣末涼子一樣純眞可愛並帶著靈氣，不容許任何汙點。

如果不要發生那件事，我想李善婷絕對可以進入決賽。她曾在班上炫耀她早就被黑箱內定，如果那件事是眞的……不，不管是不是，她都會優勝。

可是她與楊儀華之間的事情被電影公司知道了。這與他們想要的女主角形象有所不符，因此他們偷偷告訴李善婷，希望她在事態變得嚴重之前解決，這成了我與李善婷隔了將近一個學期之後，難得有機會可以對話的契機

放學之前，我收到李善婷傳來的紙條，上頭寫著希望我在晚上九點前到補習班見她，她有事要告訴我。起先我不知道李善婷爲什麼要見我，我並不知道電影公司的事情，這段期間我也漸漸地沒有那麼在乎她與楊儀華了。

所以我不再關心她的一切，逐漸變得與我無關，有時猛然想起，還會覺得不勝唏噓……可如果我不再在意她了，爲什麼我還是依約來到補習班？

我盯著自己停滯不前的鞋尖，想了千遍萬遍的我最終也只得到一句——我不知道。

李善婷在補習班一樓，而我鼓足勇氣推開大門，看著這裡過了一段時間終於有了點補習班的雛型，有大型櫃台、玻璃隔間、好幾張全新的辦公桌。

李善婷坐在其中一張辦公桌上低頭看著自己的手，看起來很累很累，好像隨時都會睡著的樣子。

聽見我的腳步聲響起，李善婷仍紋絲不動，於是我出聲朝她打招呼：「嗨，怎麼了？」

良久，她自乾澀的喉嚨擠出聲音，「怎麼了，我不能跟妳聊聊嗎？」

「可以啊，沒什麼不行。」我順手拉來一隻全新的旋轉椅坐下，旋轉椅上的塑膠套發出沙沙的聲音。

儘管李善婷仍然低著頭，我依舊感受得到她的視線穿過瀏海逕直朝我射來，如果眼神能殺人的話，我很有可能會被李善婷當場殺死。

她的眼神充滿敵意，雖然我並不害怕，但也覺得尷尬，等待她開口的期間，大概是我目前記憶中最安靜也最漫長的一段時間。

「我明明很恨妳，恨妳恨到不行，這件事我卻找不到其他可以商量的人。除了妳，我竟然沒有人可以求救。」

我沉默地聽著她絕望的語氣，她的聲音很顫抖，也很遙遠。

「公司要我處理我和老師的事情，否則我就不能演這齣電影了……」李善婷抱著頭悲痛欲絕地哭了，「我不知道該怎麼辦，只要想到這件事我的胸口就要爆炸了，好痛苦。我不想和老師分手，但我也不想要因爲這樣葬送自己的前途。」

她哭得上氣不接下氣，哭得身體像是沒了骨骼支撐似的從桌子上滑了下來，我不曉得這是不是想讓我去扶她，也不想知道她的意圖。

李善婷朝著我跪了下來，「品涵，求求妳幫我想想辦法，救救我。」

我傻住了，不知道該作何反應。

一向高傲的李善婷竟然對我下跪請求，有種劣等感自我心中油然而生，那種低人一等的感覺是因爲我理解在李善婷的心中，楊儀華比我還重要，重要到她寧願拋下自尊來求我。

「如果我說不呢？」

李善婷大哭起來，「如果妳不幫我，我就眞的剩下死路一條了。」

我與她陷入僵持，腦中一片空白。老實說，我沒有任何想法，也沒有任何可以解決這種事情的方法。

漫長的對峙結束後，腦海仍然一片空白的我緩緩從包包中掏出我一直隨身攜帶的記憶卡，輕輕一拋，掉在積著塵土的磁磚上。

那並不是我的本意，我並不想幫她，卻又不知不覺地交出了記憶卡。

李善婷愣了，「這是什麼？」

「『跟老師交往的是另一個人』，這樣妳就可以交代了吧，影片沒有拍到楊儀華的臉，反正他被暗示也沒差，他不是準備離職開補習班嗎？」我捏緊拳頭，壓抑著想要奪回記憶卡的衝動，「這是妳的東西了，妳要用什麼說法去圓是妳的自由，我不插手。」

李善婷沒有立刻拿走記憶卡，她很猶豫。

對我而言，知道李善婷會猶豫就夠了，她的猶豫是因爲我，眞的足夠了。

我邁步往後退，鎖在記憶卡中的尊嚴與拯救李善婷，心中的天秤還是倒向了我以爲自己並不在意的那一方，但是我與李善婷也只能這樣。

我沒有等李善婷收下記憶卡便決定轉身離開補習班，離開哭喪著臉的李善婷，我如果再繼續待下去，眞的會支離破碎。

我能做的，也就只有這樣了。

後來，李善婷如我料想的一樣公開了影片，成功讓公司接受自己。

楊儀華辭掉了原本在學校的工作改開補習班，影片沒有拍到他的臉，所以他矢口否認到安全下庄。

我則因爲那影片的關係，高中的第三年過得很痛苦……

我的記憶到這裡就斷了，高中第三年的記憶剩下片段與模糊的畫面，雖然能感覺到一些情緒，但是詳細的過程我無法知道。也許是因爲這些事情是關於我的其他目標吧，所以在拿到記憶盒前，我什麼都不會知道。

一覺醒來，我躺在自己租屋處的床上，起身時，粉紅色的卡片從我身上掉落，我撿了起來，上頭寫著：林品妍，聖明醫院，早上八點。

這次，是我的姊姊。

早上七點五十五分，我在聖明醫院門口等待林品妍出現。粉紅卡片的訊息像是設定好的一樣，只要我出現，李善婷就會在精準的時間出現，同樣的，林品妍也會，好像冥冥之中有某種力量驅使，他們都會在神規定的時間被安排登場。

八點整，林品妍提著大包包出現在門口，看起來非常疲憊，原本及腰的直髮因爲長時間的綑綁捲得亂七八糟。不過她看起來沒有多餘心思整理，只是隨意撥了撥，掐緊了黑色小外套蜷縮起肩膀。

她匆忙瞥了手機一眼，快步走往醫院停車場的方向，她並不是要進入停車場，而是在馬路旁左顧右盼尋找熟悉的車子。

沒有多久，林品妍看到了她的目標，一反疲憊的態度舉手大幅度地擺動，笑著露出白牙，「知雲——這裡這裡！」

知雲？李知雲？正當我困惑的同時，深藍色的馬自達車主搖下車窗，露出令我一見傾心的臉，果然是李知雲。

他笑著招手，「來，快上車。」

林品妍見狀便邁開步伐朝著李知雲奔去，而我也跟了上去，想趁機鑽進車子，卻見到白靜宸舒舒服服地坐在車子後座。

「嗨，愛神，恭喜妳完成了第一個任務，還增加了我的業績。」

我翻了白眼，「什麼意思？他們會死都是我害的嗎？」

楊儀華的死在我心中閃逝而過，當時白靜宸會生氣我對楊儀華與李善婷使用了紫色的愛神箭，一定是因為某個程度上，我影響了楊儀華與周瑜安的死期。

雖然內心千百個不願意，我終究坐上了李知雲的車，並且是白靜宸身邊。

「開玩笑的，當然不是，人在什麼時間死都是注定好的，只是都是一些大概的時間，七天內吧。而死神執行回收人類靈魂任務的時間也不是立即的，通常會是目標死亡後的一週左右。」

「眞的？所以楊儀華、周瑜安、顏夏的死跟愛神箭沒有關係？」

白靜宸點點頭。

我突然想起我自己，「所以……你也是因爲時間不確定才會在我死了三天之後才出現嗎？」

「對啊，我從一個很遠的地方趕過來，花了三天。」

我想知道「很遠的地方」是哪裡，然而眼下還有其他重要的問題，「不對啊，顏夏呢？你不是剛好在那裡嗎？」

「那只是剛好。」

「哈哈，騙人。」

「是啊，其實我是因爲擔心妳才去的。」

我呆住了，一時半刻不知道怎麼回應，與此同時，駕駛座的李知雲與副駕的林品妍聊著等一下要去吃的早餐。

「這家餐廳我們醫院的同事都說不錯，鹹鬆餅吃起來鹹中帶甜，一點也不膩。」林品妍一面說，一面爲李知雲指路。

「好啊，就這樣決定。」

我尷尬地笑，「這也是騙人的吧？」

白靜宸笑了，自鼻息哼出長聲，「看妳相信哪個？」

我趕緊轉移話題，「對了，爲什麼會是七天？」視線飄向窗外因塞車變得緩慢的風景。

白靜宸泰然自若地回道：「主要是因爲醫學進步了，醫學將人的性命延長，多了許多可能性，所以生命的消逝變得深不可測，有時候也取決於人的想法，尤其是自殺者，昨天可能過得很幸福，吃了一頓很棒的飯，今天卻突然變得很憂鬱，好想去死，可在死前又惦念著昨晚的那一頓飯，又不想死了。所以才會有這七天，不過死亡基本上一定會在這七天內發生，除了像藍那樣以生靈身分成爲愛神的人，她就算是特例。」

我想起一部電影，喃喃自語：「就像《七夜怪談》一樣。」

「所以，楊儀華、顏夏、周瑜安……他們都不是妳害的。」

「哈哈，我有說什麼嗎？」幾乎是同時間，我覺得喉嚨很乾、很灼熱，頓了頓再度開口：「李善婷怎麼樣了，她是不是很難過？」

白靜宸斜睨著我，我不敢看他，我估計那不是帶著什麼好意的眼神。

「讓我告訴妳一件藍珂瑋沒有告訴妳的事情，愛神工作守則第一條，完成任務後不可以再回到當事人身邊看他們過得好還是不好。」

「爲什麼？只是看也不行？」

「不行。」白靜宸堅定地搖頭，「因爲有可能改變他們的命運，如果回去看了他們過得不好或好，或多或少都會影響愛神接下來的判斷。」

「能影響什麼？我都已經對李善婷射了紫色和紅色兩種箭，還能對她造成什麼影響？」

「如果是只射出一種箭的狀況呢？妳無法斷言自己會做出什麼事吧？人本身就有力量找到靈魂伴侶，愛神只是其中一種推力，能更清楚幫助他們認識自己所愛。更何況愛神不是只有妳，這世界還有其他愛神，他們都像妳一樣，對同一個人有同樣的兩種機會——分離與相愛。」

「如果我去見了李善婷，我會發生什麼事？」

白靜宸面露同情，像在看著什麼可憐之人，「如果妳刻意去見了已經完成任務的對象，妳會成為粉末，不屬於任何一種東西，也會沒有名字。」

「粉末？塵埃的意思嗎？我會成為塵埃？」

「塵埃或粉末只是我想出最接近的模樣，就連『消失』都有一個詞來形容，只要見了完成任務的對象，妳會變成『什麼也不是』的東西，說是粉末、塵埃、煙霧都可以，卻也都不是，它沒有名字，也不會被人記得。」

「有其他愛神變成那樣過嗎？」

「當然有，只是我們都不會記得誰曾經變那樣，愛神在那之後會變得很渺小，小得不值得一提，最終被所有人忘記。」

老實說，這段訊息對我來說有些燒腦，「我還是不知道你在說什麼。」

「沒關係，你只要知道不要刻意去見完成任務的對象就好。」

「街上偶遇呢？」

「偶遇之類的不算。」

接著我們陷入沉默，專心地聽著李知雲與林品妍你一言我一語，此刻他們就像情侶一樣，兩人之間有著淡淡的粉紅色煙霧瀰漫。

可他們在我死的時候不是這樣，明明是生疏、陌生的兩個人，為什麼會成為可以坐在副駕駛座的關係？

過一會兒，白靜宸打破沉默，「李善婷過得很好，她很快就走出來了。」

「喔，是嗎。」

我沒有繼續問下去，反而是白靜宸過沒多久又開口：「她跟其他人在一起了。」

「喔，是嗎。」我同樣回得敷衍。

「我這樣說，妳不會去找李善婷吧？」

「當然不會，我又不是白癡。」

白靜宸冷笑，「根據統計，會做蠢事的都是聰明人居多，真正的白癡比較深思熟慮喔。」

正當我想反駁時，車子在一間時尚的早午餐店前停了下來，餐廳位於不起眼的巷弄裡，環境幽靜也好停車。看著李知雲與林品妍下車後手牽著手進入餐廳，我再次困惑了，他們是可以手牽手的關係？

白靜宸一臉壞笑，「妳覺得他們是什麼關係？」

我穿過車門跟上他們，白靜宸也跟了上來，「我不知道。」

或許我生前知道他們是什麼關係，只是我忘記了。

李知雲與林品妍選了一個角落的位子坐下，我與白靜宸選在他們的鄰桌仔細聽他們對話，試圖從中尋找線索。

一開始，他們只是閒話家常，林品妍抱怨醫院最近的工作讓她焦頭爛額，而李知雲默默傾聽。

當林品妍說完時，李知雲則說著最近工作遇到的趣事來逗林品妍笑，兩個人的生活圈完全不同，卻不可思議地交織在一起。

他們都沒有聊到我的事情，好像我從來沒有存在過一樣，就像林品妍從來沒有我這個妹妹、李知雲從來沒有見過我的屍體一樣。

林品妍的餐點上桌後，她優雅地吃上幾口，然後放下刀叉，露出憂心忡忡的表情，語帶歉意，「不好意思，我那天假裝不認識你，沒想到是你負責我妹的案件。」

我提高警覺地聽著。

「沒關係，我也沒有想到是妳，畢竟品涵這個名字很常見。」李知雲警覺問道：「妳現在還好嗎？」

林品妍理解地笑了，「哪一部分？好幾年沒有跟我說話、關係惡劣的妹妹突然死了，還是處裡我妹案件的人竟然是我大學時期的前男友？」

原來，我和姊姊關係並不好，以及，原來李知雲是她的前男友。

坐在對面的白靜宸笑了起來，「不是現任男友，太好了。」

我充耳不聞，繼續聽著林品妍與李知雲的對話。

李知雲嘆了一口氣，「兩件都有吧，我想。」

林品妍扭了扭僵硬的肩膀，「我很好，目前還不需要擔心我。對了，我妹妹的案件進度怎麼樣？」

「抱歉，我現在什麼都不能說。」

「不好意思，是我疏忽了。」

林品妍說完，兩個人有了一段漫長的沉默。

最終林品妍率先開口：「還有沒有什麼關於我妹妹的事情我可以幫忙？比如提供什麼線索之類的。」

李知雲想了會兒，問道：「有件事不知道是不是有關連，品涵的高中同學有沒有一個叫做『李善婷』的女人？」

「有，怎麼了？」

「品涵跟這個人關係好嗎？」

「我不知道……品涵大概從高中開始就跟我關係很差了。她確實有個很好的朋友，應該就是李善婷，可笑的是我和她關係糟到我不記得品涵是怎麼向我介紹她的。後來發生了一些事……我們搬家之後就跟李善婷沒有關係了才對。」

我看著林品妍拚命尋找關於我的回憶的模樣，不知道爲什麼，突然覺得有些好笑。對於妹妹的事情，她甚至遲疑了，甚至。

「怎麼了嗎？」

「我不知道這件事和品涵是不是有關係，不過，李善婷的丈夫楊儀華先生自殺了，在開車撞了李善婷的學生後自殺。另外，發生這件事的一個禮拜多前，李善婷還有一個學生因爲課業壓力太大在楊儀華經營的補習班頂樓跳樓。這麼短的時間內，李善婷周圍就有三個人相繼離世。」

不，顏夏不是因為課業壓力才自殺的，他是因為李善婷——如果我的聲音可以讓李知雲聽見，我想我會告訴他真相。

「知道這件事我很遺憾……不過其實我和李善婷也只有幾面之緣，實在不知道她和品涵的事情是不是有什麼關聯。」林品妍聞言相當驚訝，而後突然雙手按在桌上，雙眼閃閃發亮，「蘇景昀呢？或許找這個男生問話會有機會得到更多線索？他是品涵在台中讀書時相當親近的對象。」

李知雲搖搖頭，「我們無法與蘇景昀對話，他昏迷不醒已經兩年了。」

林品妍相當惋惜，我也感到相當惋惜，因為內心有個聲音告訴我，蘇景昀是一片重要的拼圖，我卻還沒辦法拼湊它。

他們的對話又中斷了，正當我與白靜宸都因為獲取不到有用的資訊而感到不耐煩時，林品妍開口說了一個有趣的名字。

「等一下要去看藍珂瑋小姐嗎？」

「嗯。」李知雲簡短答道。

李知雲與林品妍用完餐後驅車往新北市的偏遠山區移動，我與白靜宸如同方才一樣坐在後座。

我忍不住問道：「現在是怎麼回事？關藍珂瑋屁事？」

白靜宸的臉色沉了下來，「她是妳的長官。」

我充耳不聞，「你不是說她是一個特別的愛神嗎？她還活著，但以生靈的狀態執行任務？最近她沒有出現是不是因爲她快死了？」

「沒有錯，她快不行了，現在她只是因爲一個心願未了才無法眞正離開人間，就是我說的特例，她已經超過『七天』了。她其實早就應該要往投胎處報到，卻遲遲不去，戀棧著愛神的身分。」

「只要她不去，她就會繼續活著嗎？」

白靜宸搖搖頭，「有極限，再怎麼樣也沒辦法撐到一個月之類的天數，又許會通知第二次，我不知道確切的時間，我能告訴妳的，就是不會太久。」

我歪頭，「跟『成爲粉末』一樣嗎？你有沒有看過？」

「我與所有的愛神都沒有看過，也不知道怎麼定義，這樣的過程會被忘記，且忘得一乾二淨，甚至不知道那該稱爲什麼。」

「或許這兩者是同一件事呢？」

白靜宸沉默了一段時間，直到李知雲的車子停了下來，才突然說：「或許吧。」

「到了。」停好車，李知雲轉頭對林品妍說道。

前方是一幢白淨莊嚴的大型建築，看起來相當舒服之餘，令人感到有些冰冷、安靜，安靜得令人不安，感到恐懼。

到了這裡，原本在車內你一言我一語的林品妍與李知雲下意識收了聲，不發一語地牽起對方的手一起往建築物走去。

我跟上前，抬頭看了一眼大門上的木質招牌，娟秀的字跡揮灑著「聖明大學醫院附屬安養機構」。

我視線並未停留，下一秒，我瞥見白靜宸的目光。他看起來有點懷念，當然，我並不知道他與這裡的故事，只覺得他的眼神給我這樣的感覺。

原本我想問他發生什麼事，但他的眼神讓我覺得不應該在這個時候與他說話，所以我只好暫時沉默。

我們跟著李知雲與林品妍的腳步走進安養院中。他們看來很熟悉這棟建築，自由自在地穿梭其中，轉來轉去，進入電梯後在三樓停下，進入其中一間個人病房，病床上躺著的正是藍珂瑋。

說來奇怪，第一次看到藍珂瑋那樣緊閉著眼與嘴、乖順且安靜地躺著睡著，我的心中有個奇妙的感覺油然而生。

這是我與她眞正的初次見面，可我們卻有著神奇的緣分。

她頭髮剪得短短的，像任何一個高中棒球隊的男生那樣，理著平頭的她有許多白髮穿插在她的黑髮之中。她非常瘦，瘦到只有皮包著骨頭，鼻胃管陷進她的皮囊中，在她的臉上刨出了縫。她凹陷的雙眼與臉頰與我所知的圓潤的她不同，若不是她還在呼吸，我會以爲她是萬聖節會出現的骷髏。

她整個人水腫得厲害，皮膚沒有該有的顏色，皮表之下沒有該有的皮下脂肪和肌肉。我對那樣的她有些熟悉，我感覺在我還活著的時候，我可能就已經見過病榻上的藍珂瑋。

我難以想像藍珂瑋的心情，她沒有死，卻也死了，她是一具有著微弱呼吸的屍體，一面做著愛神工作的她看著成了那樣的自己會怎麼想？我難以想像。

「她躺在這裡多久了？」

「差不多十四年有了。」白靜宸回道。

我不敢相信，「眞的？所以她當愛神已經十四年了嗎？」

「差不多吧。」

我突然想到自己的處境，如果藍珂瑋耗費了十四年才終於豁然開朗要投胎重生，身爲她學生的我需要多久？需要多久我才能知道我死亡的眞相？

「不會吧，我是不是也要十四年？」

白靜宸瞪了我一眼，「我不知道，妳努力一點不就好了？」

「我知道了，你的意思是要我快點促成靈魂伴侶？」我取出弓與紅色的箭，瞄準了李知雲與林品妍。

「妳確定要這麼做？」白靜宸的右眉揚起，看不起我。

「當然不確定。」嘆了一口氣，我收起了弓箭。

經過了李善婷的事情之後，我變得更加多慮，不再輕易下決定，我已經不想要再發生像之前一樣的事情了。

見我收起弓箭，白靜宸滿意且佩服地笑了。

我撇過頭，不願意看白靜宸輕浮的笑臉，怕再這樣下去我會忍不住揮拳揍他。

定下心後，我與白靜宸坐在房間一角，看著林品妍與李知雲、藍珂瑋三人，聽著他們的對話，試圖找到林品妍靈魂伴侶的線索。

第五支箭　幸好他還（不知道）

李知雲看著沉睡的藍珂瑋許久，眼神流露的情緒像認識對方很長一段時間，明明久到有千言萬語可以說，卻好像總在這個時候，什麼話也說不出來。

我能明白李知雲的心情，自從李善婷的事情過後，我特別能明白。

在知道不能去見李善婷之前，我很想見李善婷一面，想藉由一些手段和她溝通，和她說說我對這一切的感想。知道不能去見李善婷之後，那些想法成了「假如」。

假如我和李善婷能夠對話，我要和她說什麼？我想了許久，答案是「沒有」。所有為了和她見面而構思出的種種對話、種種問候，竟然在那一刻煙消雲散，輕易地消失，所以我很清楚李知雲的感受是什麼。

沉默瀰漫許久，李知雲對藍珂瑋說道：「不知不覺，妳睡在這裡已經十四年了，妳覺得自己睡很久了嗎？」

藍珂瑋當然只是以微弱的呼吸回答李知雲。

林品妍的表情內疚，低著頭看著自己交疊的手掌，不看藍珂瑋，也不看李知雲。

藍珂瑋的沉默對李知雲而言已是稀鬆平常，他語氣平靜地繼續與她說話：「我覺得自己很沒用，到現在還沒查出開車撞妳的人是誰，我覺得很抱歉，眞的。查出兇手是誰還妳一個公道，已經是我工作的意義，可是一直這樣碰壁下去，我快要厭惡死自己了，我討厭自己沒用、討厭自己沒有長進。我根本沒有臉來見妳，沒有臉看到妳變成這樣……」

我細看藍珂瑋，從牆上的個人資料算來她不過接近五十歲，可肉眼所見的皮膚卻像六七十幾歲的人，說她跟我媽媽同歲都有人相信。

她躺在床上十四年，時間卻像過去了二十多年，在她苟延殘喘的生命留下深刻的痕跡。說眞的，死了都比變成她那樣好，我想起自己的死狀，詭異地覺得慶幸。

林品妍上前安慰李知雲，輕輕撫摸著他顫抖的肩膀，我這才明白她的內疚來自於無法分擔李知雲的悲傷。

他們與難過共處許久，探訪時間結束後，林品妍與李知雲到療養院外的小庭院聊天。

「眞的嗎？藍珂瑋的案子到現在都沒有進展？」林品妍問道。

李知雲無奈地點點頭，「是，完全沒有，所有可能的證據都被大雨和土石流沖走了，完全沒有任何線索可以支持這個案子繼續下去。」

林品妍雙手握緊，作爲一個醫生剪得乾淨平整的指甲竟也可以在她的手心壓出凹痕。

後來，李知雲開車送林品妍回家，一路上，兩個人都沒有繼續去程時歡快的對話，只是沉默著。

我與白靜宸決定留在林品妍身邊繼續觀察，目送李知雲的車子揚長而去。

跟著林品妍回到她的租屋處時，她像是破洞的氣球般突然軟下身，靠著牆壁長舒一口氣，在玄關跪坐下來，激動得牙關顫抖敲在一起，說出了句令我不解的話——

「太好了，他還不知道。」

我回到了我的房間，月光與路燈燈光透過窗戶照射進來，就著微光，我把玩著林品妍的粉紅卡片。

「欸，你覺得那句話是什麼意思？」

在房間內晃來晃去的白靜宸漫不經心回道：「哪一句話？」

「就『太好了，他還不知道』。」

白靜宸從我的浴室中走出來，一臉大驚小怪，「哇，妳生前的東西真的都被丟光了耶。」

「嘖，回答我。」

「我又不是什麼工藤新一還是柯南，怎麼會知道。」

「現在假設你是工藤新一呢？」

「嗯——眞相只有一個？」白靜宸竟然有模有樣地模仿起工藤新一，奢侈地使用了死神的變身能力化成工藤新一的模樣。

我一臉不屑，對他翻了白眼，「對，眞相當然只有一個啦，你推理看看嘛。」

白靜宸大步靠近我，一屁股坐在我對面的新沙發上，不再是工藤新一的樣子，是我熟悉的韓國男明星的樣子，「太好了，他還不知道開車撞藍珂瑋的是我。」

我瞪大眼睛，「怎麼可能？」

「那妳說說，那句話是什麼意思？」

「太好了，他還不知道我仍然喜歡著他。」

白靜宸對這答案嗤之以鼻，「怎麼可能？妳戀愛腦喔。」

我不甘示弱，弓身向前和白靜宸認真玩起造句遊戲。

「那這句呢？太好了，他還不知道藍珂瑋是愛神？」

「好白癡，他當然不知道藍珂瑋是愛神啊，這句怎麼樣？太好了，他還不知道林品涵是個白癡。」

「嫩，太廢了，還是……太好了，他還不知道附近超市會在週四促銷即期品？」

「什麼東西？這個怎麼樣？太好了，他還不知道《復仇者聯盟：終局之戰》的結局？」

我捧腹大笑，「廢爆。」

白靜宸也笑了，「太好了，他還不知道女孩是不是還介意著之前發生的事。」

「女孩是誰？」

白靜宸聳聳肩，「『他還不知道』喔。」

我看著白靜宸，直視著他深邃閃爍的眼睛，「女孩還有點介意，不過現在好多了，謝謝男孩拐彎抹角的關心。」

白靜宸歪著頭，「男孩收到了。」

被斷電的房間很靜，有些昏暗，唯一的光線只有街上的路燈與月光，我與白靜宸注視著對方，相視而笑。

那次去見藍珂瑋好像改變了李知雲的想法。隔天，李知雲又去了療養院。這是白靜宸通知我的，而他爲什麼知道，是因爲他「再次」收到了「七天期限通知」，這次藍珂瑋的肉體眞的會死去。

即便我聽見了也不覺得有什麼眞實感，對我來說，藍珂瑋就是愛神，並不是躺在那張床上的將死之人，跟我說她們是不同的兩個人我還比較能接受。

白靜宸說，像藍珂瑋這樣拖了很久才死的人在七天期限內靈魂不會再遊蕩，會跟一般活人一樣依附在自己的身體，否則將會被縮短肉體活著的時間。

他們和其他進入「七天期限」的人不一樣，陷入昏迷狀態的人會在通知的第七天準確地迎接死亡，不像其他人在未知的七分之一天中死去。而且，藍珂瑋是第二次收到這個通知。

大多數靈魂會非常珍惜剩下的七天，在這七天內盡可能地多看看守在自己身邊的親友，在世的人也能藉由一些特殊的第六感知道將有親友不久於世，突然想特地過來見這些人的最後一面。

李知雲也是有了什麼預感吧。他一早就驅車前往療養院，等待探視時間到前他在小庭院抽了幾根菸，放空的視線飄散在煙霧繚繞中。

輪到他時，我亦步亦趨跟了上去。

跟著李知雲進入療養院後，白靜宸坐在病房外的長椅上，修長的雙腿包在深藍色西裝褲中優雅交疊，一副恭候多時的模樣，「早安，品涵。」

「早安。」雖是這麼說，可我對白靜宸翻了一個白眼。

白靜宸並不介意我的粗魯無禮，只是笑嘻嘻地跟著我進入房間，看著李知雲與藍珂瑋。

李知雲看著藍珂瑋許久許久，醞釀著想說的話，眼底盡是深切熱愛。

「藍珂瑋到底是李知雲的什麼人呢？」

白靜宸緩緩說道：「藍珂瑋是李知雲的學姐，她還是警察的時候對李知雲非常照顧，雖然他們兩個差了十幾歲，但李知雲喜歡著藍珂瑋。我認爲直到現在，他對藍珂瑋的感情也沒有變過。」

我認眞觀察李知雲與藍珂瑋之間還有沒有粉紅色煙霧存在，結果還眞的有，只不過非常稀薄。

「藍珂瑋發生什麼事了？」我問道。

白靜宸掛在嘴角的笑容消失了，那使我覺得自己觸碰了什麼禁忌。

「十四年前有個很可怕的颱風，叫做朵嘉，當它過境台灣南部時甚至導致一個山村消失，幾乎七成的居民都死於活埋。當時只有聽進女警察勸告的人活了下來，那個女警察就是藍珂瑋。

「藍珂瑋在災難發生之前，挨家挨戶地敲門疏散居民至當地國小的體育館中，而她在正要前往那間國小的路上發生意外，墜入山谷中。好不容易救回後，她卻成了現在的樣子。

「沒有人知道她究竟發生了什麼事情，她最後留下的訊息只有交代行蹤，說她將要前往避難處，也就是那間國小。那天訊號不通很久，李知雲收到她的訊息已經是一天後，從訊息推測她應該還安全。後來他得知獲救的人中並沒有她，儘管立刻就展開搜索，可還是花了三天才找到她，她差點就死了，剩下的半條命就這樣硬拖到現在。」

我覺得藍珂瑋非常可憐，鼻頭一皺，眼淚差點奪眶而出。

如果是之前的我，肯定要給藍珂瑋與李知雲各一支紅色愛神箭撮合他們，先不論藍珂瑋和李知雲都不是卡片的指定對象，然而我不知道這箭射出去會不會間接導致李知雲的死亡。經過一連串的事情過後，我變謹慎了，也不得不謹慎。我已經不想要再見到有人因為我的不深思熟慮而離開，就算白靜宸說李善婷的那些事情與我無關也是。

我看著李知雲陷入沉默，時間靜靜地流逝，庭院中傳來草木被微風輕拂的聲音。

半晌過去，他終於吐出醞釀許久的話語，「珂瑋，我決定了，我決定將妳放下。」

微風習習，草木婆娑，一切一成不變，只有李知雲單方面結束曾經的許諾。

「這是我做過最困難的決定。」兩行清淚滑過李知雲的臉頰，「老實說，就連說出這些話的我也沒有信心，不知道自己能做到什麼地步、不知道沒有妳的我能夠走到哪裡。」

隨著李知雲的告白，我竟然看見稀薄的粉紅色煙霧越來越濃，想要幫助李知雲的心油然而生。既然他想要斷捨離卻卡住，我有可以幫他的辦法。

我很慶幸自己並沒有因為剛剛的衝動就對他與藍珂瑋射出紅色的箭，現在看來，李知雲已經做出決定，而我可以幫上他的忙。

我自箭筒中抽出紫色的箭，架在弦上，瞄準李知雲，放開弦。射中他後，我取出第二支箭瞄準了藍珂瑋，最後兩支箭都化爲紫色煙霧飄回我的箭筒中。

現在他們對彼此都斷念了，很好。

李知雲的心情豁然開朗，粉紅色的煙霧消失無蹤，他還以爲自己是因爲將深藏很久的話和盤托出才終於撥雲見日。心情放鬆之後，李知雲難得地笑了。

白靜宸淡然一笑，「這次決定得很快嘛。」

「嗯，我做好決定了，林品妍的靈魂伴侶就是李知雲。」

我才說完話，李知雲便迫不及待離開療養院直奔停車場取走車，我與白靜宸當然跟上。我們坐在車子後座，吹著風，熟悉的路線映入眼簾，李知雲將要前往林品妍工作的醫院。

在到達醫院之前，我從箭筒抽出紅色的箭準備朝著駕駛座的李知雲刺下去，我問白靜宸：「你現在不再對我囉嗦了，表示我的決定是對的嗎？」

白靜宸聳聳肩，「經過李善婷的事情之後，妳不再是需要人提點的愛神了，妳可以獨當一面，我不會再懷疑妳的決定。」

我有了信心，「謝謝，我知道了。」

語畢，我對李知雲刺下了箭。

接著，李知雲如同我與白靜宸預料的，去醫院見了林品妍。他一見到林品妍的身影便迫不及待在車上伸長手臂朝她招手，而林品妍也興奮地跳了起來，揮動雙臂。

我坐在車內拉緊弓弦瞄準林品妍，射出紅色的箭。

林品妍的上身像是被推了一下，她的雙眼放空，突然無法理解發生了什麼事情，下一瞬間，她深刻理解到自己對李知雲的愛多得快滿出來。

紅色的箭飄回箭筒同時，李知雲開心地將車子停在路邊，下車朝著林品妍奔去。

我看著李知雲的背影發呆，猛然回過神，感覺有個重量放在我的腿上——又是一個破舊的木盒。粉紅色卡片此時燃燒起來，黑色紙屑與火苗飛散升空。

「恭喜。」白靜宸道。

「嗯。」我將雙手放在木盒上，輕輕打開，記憶如同一道暖流輕柔且溫和地進入腦海，隨之入耳的卻是吵鬧惱人的聲音。

畫面一樣是車子後座，可是是另一輛車子，與李知雲保養周到的車子不同，是一輛略顯破舊的車子。破舊到它還能動我已經覺得是奇蹟的程度，開車窗的工具不是按壓式按鈕，而是轉式把手。

白靜宸當然已經不在我身邊，駕駛座上的是我母親陳月雲，副駕駛座的人是林品妍。我一人坐在後座，身邊原本白靜宸坐的地方被用垃圾袋隨便裝起的衣物取代。

窗外風光明媚，我卻開心不起來。

我想起來了，那是我有生以來覺得最漫長的一天。

爲了讓李善婷的演藝之路能夠順利，最終發生了我與楊儀華影片被公開的事情。我並不怪李善婷，也不驚訝、不覺得心痛，那本來就是爲了救李善婷而拍攝的影片。

我只覺得抽離。

當大家高談闊論影片裡的事情、談論著我時，我不知道楊儀華怎麼想的……他在發生事情不久後很快就離開學校，反正這剛好符合他的生涯規畫，而且影片沒有出現他的臉，很容易就脫身了。

或許是因爲在這種事情中最先被檢討的總是女生，沒有多久，大家談論的對象只剩下我，沒有楊儀華，好像他從影片裡離奇消失，還是從一開始就不在一樣。

可我還是很抽離。

我想像自己扮演著影片中的模樣，像個AV女優一樣高聲嬌喘、尖聲、呻吟，那不過就是我扮演的角色，和我有一模一樣的臉……影片裡與楊儀華做愛的人是我嗎？

我感受不到一點眞實。

我覺得自己是第三者，抽離地看著在我身邊發生的一切，像在看八點檔。我也以那樣的心態看著陳月雲與林品妍妳一言我一語。

「都是因爲妳，我們才要搬家！爲什麼我們要因爲妳放棄現在的生活？」林品妍哭著以尖銳的語氣說道。

這與她和李知雲說話的口氣、聲音不同，我想這才是她眞正的模樣。

「妳都不會覺得丟臉嗎？媽媽覺得丟臉死了！」

「不是只有媽媽，我也受到影響了！我本來想要在台北讀大學，結果因爲妳必須要換學校！爲什麼妳要做出那種事？」

「妳不用問她，她就是不要臉才會做出那種事。」

陳月雲說出這句話的同時羞恥得哭了出來，「媽媽到底哪裡做得不夠好？好不容易工作穩定了，因爲妳我要放棄工作搬家！爲什麼我要受這種罪？」

我看著窗外不斷飛動的景色試圖讓自己不要過於專心在她們的話語，驀然想起陳月雲是出了名的公主。她受不了北部以外的地方，所以我能理解她有多麼生氣。

我的母親陳月雲是個土生土長的台北人，嫁給了一個台中人，那台中人叫做林誠澤，也就是我的父親。

根據目前爲止的十八歲記憶，林誠澤已經過世了，死於我國中三年級的時候。

林誠澤和陳月雲吵了一架跑出去喝一整晚的酒，接著他把車子開到海邊，吞下一整瓶鎮定劑，一邊聽著海浪拍打著沙灘，沉默謝世。

他自殺的原因我到現在還是不清楚，可如果我娶了像陳月雲一樣的老婆，總有一天也會受不了。

陳月雲除了除夕以外一概不走出大台北圈，那時沒發生SARS，也沒發生過H1N1、新冠肺炎，她卻會在交通工具離開台北範圍後戴起口罩，蹙緊眉頭，口中喃喃嫌棄著：「好臭……」

我對陳月雲的歧視印象很是深刻。

有次她回台中過節時牽著才十歲的我同行，當時林品妍與林誠澤先行開車下台中，陳月雲拖延到最後一刻才心不甘情不願地帶著我搭火車南下。我們爲了轉乘穿梭在熙來人往的騎樓中，陳月雲不斷低頭看著地面上口香糖造成的黑點，如同閃避地雷般小心翼翼走著。

忽地，她說出令我永生難忘的話。

「這裡怎麼住人……」

舉目所見四處是老舊的樓房、脫漆的建築物外觀、鏽蝕醜陋的招牌，不管走到哪裡都瀰漫著一股廉價的香味，頷首看見的是地面上噁心的黑汙與油垢。

經過鹹酥雞攤時，陳月雲更是毫不吝嗇露出睥睨的神情，「這怎麼能吃？」

我們搭上公車時，她看著被立可白、奇異筆塗鴉得亂七八糟的座椅椅背，又抱怨：「這麼髒也不清一下？」

更別說公廁，她根本不會蒞臨台北以外的公廁，好像只要進去一步就會要她的命。

這樣鄙視除了台北以外其他區域的人的陳月雲，不曉得爲什麼嫁給了台中人。

在她嫁給台中人之前，她就應該要想到之後會面臨的問題，她會有離開台北的時候、會有必須吃台中食物、喝台中水的時候、會有與台北以外的人相處的時候……可她似乎完全沒有想過，否則她就不會在林家吃年夜飯的時候煞風景地哭出來了。

她整張臉皺在一起，「爲什麼團圓飯要吃冷掉的東西？已經好幾年都這樣了。」

沒有宗教信仰的她，不知道道教傳統習俗會在中午前就準備好圍爐菜色，然後敬拜神仙，晚上大家再一起吃掉除了熱湯以外大部分的冷菜。

也是在那一天，終於崩潰的陳月雲露出她的眞面目，一向溫柔自恃、形象完美的她武功全廢。於是，後來的除夕她索性就不回林家了，在我看來，不用過節後的她落得輕鬆，看起來很開心。

然而林誠澤謝世之後，沒有工作經驗的她被迫必須謀求生路養活一家三口。她過得很辛苦，求職也四處碰壁，最後在朋友的介紹下有了個輕鬆的診所護理師工作，生活終於重回軌道時，發生了我的性愛影片事件。

潔身自愛的陳月雲一刻也待不了她最愛的台北了，爲了逃離他人的視線，只好帶著我和林品妍搬家至她所歧視的台中，而林品妍當然也是這個事件的受害者。

因爲我，她們都必須離開同溫層，拋下曾經累積的一切。

說眞的，我可以理解爲什麼她們要將氣出在我身上，所以在這段車程中我始終保持沉默，選擇承受。

這樣的狀況我其實曾經預想過，雖然當時我仍然相信著李善婷，狀況樂觀的話，李善婷一輩子也不會向電影公司以外的人公開影片，她也能得到經紀約。然而事情卻朝著悲觀的方向發展，我束手無策。

我像個事不關己的觀眾，抽離地看著一切發生。

當然，我也明白有可能會發生這樣的憾事，所以將影片交給李善婷時，我已經有所覺悟——我並不恨她，以後應該也不會恨她。

這段從台北到台中的車程，是我經歷過最漫長的旅行，路途中，我反覆地想起林誠澤。他大概和我一樣，海浪聲不斷響起直到逐漸小聲，小到安靜且寂寥爲止，大概也是他人生覺得最漫長的時候。

我們三人抵達台中之後，陳月雲將我留在奶奶家中，迫不及待與我劃清界線，如此淫蕩、不自愛的女兒已經不是她的。於是她離開了我，獨自一人在市區租房子，而姊姊住大學宿舍，偶爾回到陳月雲的租屋處團圓……不，不能說是團圓，因爲沒有我。但好像也可以說是團圓，因爲我不是她的女兒。

不確定是從什麼時候開始不是的？是不是從我發現自己喜歡女生開始就不是了？還是我的性愛影片被公布時就不是了？

我不知道，我只知道奶奶對待我比陳月雲對我還要好，聽說賽翁失馬焉知非福，我正處於相同的情形吧。我失去了家，但是是福是禍還沒有完全定論。

撇開出事後搬到台中我過著被霸凌的日子之外，高中的三年級其實還是有一半的時間，我單純且平靜地渡過了。

這段時間的記憶沒有在記憶盒中，或許它存在於未來的某個記憶盒裡，我還沒有辦法得到它。不過沒有關係，不影響之後發生的事情。

我的奶奶，也就是林誠澤的母親名爲游曲。

我大學與林品妍一樣選擇了台中的學校。爲了就近照顧游曲有個照應，我在大學附近租房，平日下課我會去餐廳打工，假日會回到山上奶奶家。

大學一年級我過得挺正常、挺規律的，規律到我不禁懷疑，像我這樣乖巧順從的人會去惹到怎麼樣的仇家，以至於曝屍山野？

看著自己的記憶宛如電影一樣行進，我不禁感到迷茫。

在我大學二年級時，林品妍交了男朋友，他是和林品妍一樣讀醫學系的學長，兩個人都是未來社會的棟樑。我一見他就知道了，他絕對會出人頭地，眉清目秀又身形頎長，衣冠楚楚的他，怎麼看都不像敗類。

他明明就是會出人頭地的樣子。

在游曲生病住院的時候，林品妍帶著她的男友盧詣脩一同前來探望。這是我第一次見到盧詣脩，更不用說陳月雲與林品妍和我是事隔三年久違再見，我們齊聚在病房中卻相對無言。我覺得很尷尬，不知道要說什麼，只是一個勁地盯著飄出消毒水味的地板發愣，直到陳月雲打破沉默。

「品涵，妳的耳朵去動手術了嗎？」

我嚇得猛然抬頭，下意識觸摸我已經習以為常的左耳耳廓，想起自己拚了命的工作，除了爲了游曲，爲的就是這隻耳朵，「嗯，不過這是矽膠，只是用一種化妝工具黏上去而已。」

觸摸到左耳與右耳不同質感與硬度的觸感同時，我想起以前需要以頭髮遮住左耳的生活。我的左耳聽力正常，可它卻非常地軟及小，除了聽聲音以外，可憐的它連固定瀏海的功能都沒有。

醫生說我的左耳屬於耳部畸形症的一種，天生軟骨發育不完全，導致耳朵無法維持正常的形狀。

陳月雲似乎認爲聽力正常不過醜了點的耳朵沒什麼需要改善的，竟然就將我的畸形症放著不處理，家中沒有實質權力的林誠澤自然也沒有辦法幫我。於是，我與畸形的耳朵相處了將近二十年。

陳月雲不知道是太久沒有見到我，還是對於她很久都沒有處理我的耳朵感到遲來的歉意，罕見溫柔地笑了，「那就好，妳滿意就好。奶奶出院後媽媽和姊姊會暫住在奶奶家一陣子，直到奶奶的病情穩定、可以正常生活之前。」

我看著沉睡的游曲，「我沒有關係，但是姊姊可以嗎？」

林品妍好像一直在等我這麼說，她喜出望外，「其實很巧，詣脩的實習醫院剛好就是奶奶家附近的台中山區。暑假他會跟我們住幾天放鬆，然後會搬到醫院的宿舍。」

她這麼說的同時，緊緊牽著對方的手。

「那也要等奶奶醒過來跟她說一下。突然帶一個不認識的人來住家裡，奶奶會嚇到。」

陳月雲有些不悅，她從來不喜歡相反意見，溫柔的笑臉倏然僵硬，高人一等地挑眉看我，「品妍交了一個這麼有出息的男朋友，相信奶奶不會說什麼，未來他就是林家的女婿，現在有什麼可以幫的我們當然要盡量幫姊姊。」

聞言，一旁的盧詣脩靦腆地低下頭。

面對陳月雲與林品妍，我一向沒辦法多話。她們的生活因我而天翻地覆，要我做一些妥協也是天經地義。

第六支箭　朵嘉颱風（異形誕生於雨夜）

游曲醒來之後，陳月雲以她的三寸不爛之舌說服了她。

原本只有游曲一個人住的老宅瞬間熱鬧起來，有突然獻殷勤的陳月雲，還有趁著暑假待個幾天的林品涵與盧詣脩。我一方面有些不習慣，另一方面慶幸這一切對我影響不大。畢竟我只有週六、週日會待在那裡，就算暑假開始也需要打工，他們的留宿對我的日常計畫沒有任何干擾——原本應該是如此。可陳月雲將我牽扯進去，她要我暑假也一起回山上住幾天。

暑假開始沒多久，我接到了陳月雲的電話，「品涵，妳看，奶奶剛出院沒多久，各種事情都需要協助，我們一起回山上的家幫她好嗎？」

陳月雲的聲音有些遙遠，我盯著發散熱氣的馬路發呆，不明白爲什麼她突然態度轉變。

我左思右想，幾天後，因擔心游曲的心情答應陳月雲的邀請。

回到山上老宅之後，我這才感受到安靜沉穩的生活終於熱鬧起來。

盧詣脩是個乖巧的大男孩，很快就得到游曲的信任，而她也將盧詣脩當成自己的孫女婿看待。

盧詣脩喜歡拍照，總帶著笨重的索尼相機在山上拍東拍西，他說他喜歡拍攝風景與植物，在山上生活的他一點也不無聊。在我看來，他每天都過得很開心充實。

他經常笑著說「能跟品妍一起來這裡眞的太好了，我好幸福」，然後與林品妍分享著相機裡他所看見的繽紛世界。

他笑得那麼純眞，我幾度相信他本性就是那樣，他怎麼可能是個壞人？怎麼可能？

暑假的山區本就是多雨的季節，我經常眼睛睜開便看見窗外灰暗霧茫的天氣，偶爾有難得的晴天我也記不得。

要我說出那是幾月幾號發生的事我也說不出來，只記得那天也在下雨而已，親戚們聚在一起慶祝游曲大病初癒，舉杯共飲的歡談笑語持續至深夜。游曲、陳月雲與林品妍先後醉了回房休息，親戚們也陸續開車回家，凌晨三點，只剩下雨聲與我洗碗的聲音，而盧詣脩安靜無聲地幫忙整理。

除了鍋碗瓢盆的聲音以外，我們之間只有偶爾才會交談，像是「這要冰冰箱嗎」、「這要倒掉嗎」之類的。我們保持距離，除此之外，沒有別的。

收拾進入尾聲，我看著盧詣脩擦拭餐桌的背影說道：「謝謝你。」

「沒什麼啦，也可以幫助酒醒。」

「對啊，你被灌了很多。」

「是啊，快不行了，其實我是屬於酒精代謝很慢的體質，不太能喝，我都不敢跟大伯說。」

「是嗎，你還好吧？」

盧詣脩擰乾抹布，以肥皂仔細洗淨自己的手，微笑回道：「還好。」

我脫下圍裙，伸手將廚房的燈轉暗，昏暗的黃色燈光覆蓋廚房與餐廳，盧詣脩站在通往臥室的狹窄走廊，燈火到不了那裡，我看不清盧詣脩的表情。

他看來像是早期靈異節目中被模糊拍到的幽靈，灰暗的臉上有三個如同黑洞般深的窟窿，從下方的那個窟窿中發出聲音：「要不要看我拍的照片？」

「好啊。」我回道。

我真的只是想看看他拍的照片，沒有別的意思，他是林品妍的男朋友，與林品妍深愛著對方，我不想破壞他們的感情，尤其是在一切塵埃落定之後。母親與姊姊感覺好不容易接納我了，我不想再次破壞終於修復的感情。

我單純地與盧詣脩進入客房，游曲家的客房陳設簡單，只有一張床、一張椅子與簡陋的桌子，房間角落靜靜躺著他的大背包，彷彿他隨時都能帶著屬於大城市的灑脫離開。

環顧四周，沒有可以讓我與盧詣脩並肩而席的地方，只有床。當我有所顧慮時，他拿起相機坐到床上，輕輕拍了拍床鋪，示意我也一起坐下。

我坐了上去，與他依然保持距離，盧詣脩發現了，體貼地將相機往我這裡靠近。

「要不要拿看看？」他問道。

「好。」我雙手接過笨重冰冷的相機，托著它透過取景小窗看向一片空白的牆壁。

「妳有買過相機嗎？」

「有啊，數位相機而已，沒有這麼專業。」我放下相機，指了下還是黑色的螢幕，「我想看你拍了些什麼。」

盧詣脩輕笑，開啓電源，從小小的彩色螢幕中，我得以一覽他眼中的世界。每跳過一張，他都會爲我細心解說。

「這是北海道的稚內，去年我們全家去滑雪，從飛機上往下拍，超壯觀的；這裡是南投溪頭，角度是從下往上拍的『樹冠避羞』，非常美麗。」

才疏學淺的我問道：「什麼是『樹冠避羞』？」

盧詣脩突然靠得更近，漂亮的指尖指著螢幕中樹與樹之間宛如拼圖般的縫隙，「這就是樹冠避羞，樹與樹之間的安全距離。妳再看這個，這是南投的忘憂森林，很美吧，霧氣瀰漫像仙境一樣。」

我的視線回到螢幕，不再注意他突然拉近的距離。

「這裡應該不用我說吧，台中火車站，我覺得它好舊喔，尤其在照片中看起來特別有年紀。」

確實，就像他說的一樣，台中火車站在照片中顯得特別老。

「這裡是通往梨山路上的水蜜桃園，每一顆水蜜桃都好飽滿，看起來好好吃；這裡是日月潭，清晨時的風景像天空之城一樣；這裡是高美濕地，我和品妍去那裡看日出，朝陽升起的時候濕地上好像灑了金粉；這裡是東京鐵塔，不覺得它是全東京最寂寞的建築物嗎？」

語畢，盧詣脩將他的手搭在我的肩上，當我注意到時，他的手垂落在我手臂旁。

雨依然下著，盧詣脩的聲音比之前都還要近。

我輕輕地移動位置，試圖不動聲色地擺脫他愈發靠近我的手，可盧詣脩似乎察覺了，他將手貼在我的手臂，更加靠近我。

我不敢看他，只能感受到他的體溫、他散發出的熱氣貼近著我，就連他的鼻息也近到我能感受得到——這不應該是我與他的距離，應該是他與林品妍的距離。

「怎麼了，繼續看照片啊？」盧詣脩繼續按著下一頁，「這裡是阿里山喔。」

嫣紅櫻花盛開滿山的照片飛快閃過眼前，我逐漸無法專心於相機螢幕中的風景，於是隨口問了句：「怎麼沒有姊姊的照片？」

盧詣脩的手指沒有停止，繼續按著，最後停在了我熟悉的畫面上——我與楊儀華在未落成的補習班中做愛。

仍然是水泥牆與水泥地的補習班中，以裝潢公司留下來的工程大燈照亮了鏡頭朝向的位置。楊儀華背對著鏡頭盤腿坐著，而我面對鏡頭跨坐在他的兩腿之間，親暱呻吟、黏膩呼喚著對方。

「如果要拍的話，我比較想拍妳這樣的照片和影片。」盧詣脩說。

我僵硬得無法動彈，全身的毛孔站立，屋外的雨聲張狂得像要湮滅他對我說話的證據。

看我動彈不得，盧詣脩將手覆蓋在我的胸部上，胸罩很快便被他的手隔著衣服掀開，露出緊貼著衣服的一半胸部。

盧詣脩炙熱的嘴唇湊上我的脖子，像舔著冰淇淋一般舔著。

我知道之後會發生與影片中一樣的事情。我無力捧著相機，只能緊緊捏著，而後聲音和音調如同機器人一樣開口：「我月經來了。」

盧詣脩卻說：「沒關係，這樣才不會懷孕。」

「可是我覺得很噁心。」

盧詣脩輕輕將相機取走，眼看著雙手空了的自己，我不知道該怎麼辦。

當手上還拿著相機時，我曾經想過，我若把相機丟出去，至少他有可能會爲了救他的相機而放過我，然而我沒有這樣做。

眞的丟了他的相機，會發生什麼事情？我能想到的都是更壞的結果，一樣無法得救。

「如果拒絕我會發生什麼事情，妳知道吧？妳的奶奶好像還不知道妳們是因爲什麼原因搬家，如果她知道妳做了讓她覺得丟臉的事，她會怎麼樣？她好不容易健康起來，讓她又住院了怎麼辦？

「好不容易媽媽和姊姊好像都對那件事釋懷了，現在又發生類似的事情，她們會怎麼想？

「妳引誘了我，就像引誘老師一樣。」

盧詣脩說的事情我全都知道，也全都預知到我接下來會有的下場，沒有任何對我有利的事情會發生，沒有。

我陷入絕望，身體比剛才還要更加不聽使喚，就連指尖也動彈不得，只能任由盧詣脩對我上下其手。他另一隻手脫下我的運動短褲，手指探向我的下方，他觸摸到了衛生棉的厚度，接著他毫不猶豫撥開，插了進去。

我顧慮著不要發出聲音，可最終忍不住雙眉緊皺哭了出來。

即便如此，他仍然沒有放過我，臉上異樣的表情顯示著他正享受著濕黏的感覺。

「不要怕，等一下就結束了。」當我想開口哀求他的時候，他伸手過來摀住我的口，低聲叮嚀：「妳應該不想要奶奶和家人聽見吧？那就閉嘴，好好合作，好嗎？」

我再也無法集中視線，閉上眼睛，接著他進入了我的身體。

聽說疼痛分為十個等級，看著不斷上下擺動的天花板的我，此刻感受到的是什麼等級？盧詣脩貫穿了我整個腹腔、心口和腦，它們不斷地失血，此時此刻，我懷疑自己會死去。

我還能活下去嗎？我還有資格活下去嗎？

我為什麼會在這裡？為什麼會這麼痛？

救救我，誰來救救我！

意識模糊之間，我想起曾經有一張滿是傷痕且哭慘的臉，他被按壓在地，哭喊著：「不要聽！不要說啊！」

我不知道他是誰，卻又有種熟悉的感覺……

痛苦終於停止時，我夾緊雙腿衝到浴室，安靜且呆滯地清洗著。

當我清洗完畢回到自己房間，關上門躺在一室的黑暗中時，依然能感受到身體內部仍然流淌著盧詣脩的東西。我的經血與他炙熱的液體混合成異形，異形在我體內伺機而動，等待破腹而出。

我懷上了異形，這令我想起《異形》的女主角雷普莉。

隔天早上，我和盧詣脩、林品妍、陳月雲、游曲一如往常圍著餐桌共進早餐，大家聊著再普通不過的話題，一切的一切再平常不過。

在大家的歡聲笑語間，我看著盧詣脩的眼睛，突然問道：「你看過《異形》嗎？全部都看過嗎？」

盧詣脩表情靦腆，「當然，我都看過了，我很喜歡《異形》系列。」

「那你知道第三部雷普莉怎麼了嗎？」

語畢，他的笑容倏然僵硬。

林品妍插話進來，「怎麼了，大家喝酒結束後你們看了電影喔？」

「對啊，我們看了《異形》。」我微笑著。

沒有人發現盧詣脩的異狀，他隱藏得很好，就像一直以來在林品妍與其他家人面前裝的一樣。他很完美，直到那年最後一個颱風到來爲止。

早餐結束後，盧詣脩協助我收拾碗盤。我負責清洗，他靠了過來咬緊牙關，以低沉的聲音問道：「妳想表達什麼？」

「你知道《異形》第三集有兩個結局嗎？」

「妳到底想說什麼？」盧詣脩急了。

我輕輕一笑，「我跟雷普莉一樣懷了異形寶寶。」

盧詣脩將它當成玩笑與調情，認爲這是只有我們才懂的笑話，親密地靠著我，「欸，下個月我們去高雄玩好不好？不過我們要分開時間去才不會被發現。」

「我姊怎麼辦？」

「放心，她跟大學同學去台南玩，不會知道我們在做什麼。我們安排同一時間，不會有問題。」

此刻的盧詣脩完全不靦腆了。見到他截然不同的笑容後，我想林品妍從來沒有認識過他，我也沒有。

很快到了林品妍與同學一同出發台南的時刻。她剛考上熱騰騰的駕照便迫不及待自告奮勇當司機，同行者共有三人，除了林品妍以外，還有另一個女生有駕照。

她們商量輪流開車比較安全，溺愛林品妍的陳月雲一知道林品妍要和朋友遊台南，二話不說將新車借了出去。

之前那輛破舊的豐田車報廢了，在陳月雲決定回到奶奶家照顧游曲時，她便換了一輛輕型ＳＵＶ，起初是爲了載老人出入方便，但它的處女國道行卻交給了林品妍。

林品妍出發前，陳月雲耳提面命：「不要去海邊，有颱風要來。」

「知道了，我們不會去海邊，我們要去山上，而且颱風根本不會經過南部。氣象報告沒有一次準過，不是嗎？」林品妍笑著回應，獨自一人將近乎全新的本田ＳＵＶ開到台中市區接送朋友。

我與盧詣脩一前一後離開家，我說我要回市區的租屋處，因爲颱風要來了，得回去黏窗戶防颱，盧詣脩則說他要趁著天氣還好回台北。

盧詣脩的理由非常充分，他女友遠行，待在台中鄉下的山上尷尬又無聊。我的理由也充分，沒有林品妍，不只我對陳月雲感到尷尬，她對我也是。

我在中午用完餐後獨自搭公車下山，游曲到公車站送我。她緊緊摟著我，叮嚀我：「颱風來了，要小心喔。」

語畢，她偷偷塞了三千元在我褲子口袋。

我確實有回到市區的租屋處防颱，黃昏時，盧詣脩開車來接我。因颱風前夕而寧靜的夜晚，車在路上自由奔馳，我們聽著廣播，誰都沒有說什麼。

「中度颱風朵嘉已經在宜蘭外海徘徊，氣象局剛剛已經發布海上颱風警報，請北部民眾注意強風豪雨，不排除颱風將會持續增強穿過北北基桃地區。」

我靜靜聽著颱風訊息，心中不切實際地期盼著颱風能夠轉彎解救我，破壞我與盧詣脩的旅行。

看著窗外迅速閃過風景的我們，沒有想到這個颱風竟會呼應我的祈求，它從基隆出海之後，跨越台灣東部，增強後重新登陸南部。

颱風破壞了旅行，也從此毀了我與林品妍。

我與盧詣脩到達高雄山區他爸媽的別墅之後，過著足不出戶的生活。我們不是做愛就是吃飯，有時酒足飯飽後有了興致，甚至會在餐桌上來一次。

別墅中很難感覺到時間流逝，只有盧詣脩抱著我一起看著星空閃爍時，我才明確感受到時間正在逐漸消失。

我猛然驚覺別墅中沒有電視、沒有鐘、沒有電腦、手機沒有訊號，沒有能夠時時刻刻注意時間的東西。我所擁有的，只有一台老舊的收音機。

窗外的雨不停地下、風不停地颳，我終於因爲好奇天候打開收音機時，聽到的人聲彷彿不屬於現代，重重的雜訊讓聲音聽起來像是從其他時空穿越而來。

「……朵嘉颱風已升級成強颱，請各位民眾，尤其是南部的民眾做好防颱準備，不要靠近海邊……

「朵嘉颱風以專家預測不到的路線拐彎，原本預測會從基隆出海卻從台灣南部重新登陸，這是史無前例的詭異路線……

「南部目前所有的交通工具停駛，呼籲大家不要冒險出門……

聽到消息我簡直開心壞了，颱風終於來干擾我與盧詣脩。我顧不得什麼周全的計畫，趁盧詣脩呼呼大睡的同時取走他的車鑰匙進入車庫，恨不得立刻離開這個鬼地方。

引擎才剛發動要離開，盧詣脩不知從哪裡冒了出來，瘋狂拉扯車門，不斷問著：「林品涵！妳要去哪裡？」

我顧不得有可能會撞上他，正要將車子開出去同時，盧詣脩取來車庫一角的滅火器，朝著駕駛座的車窗敲下。滅火器伴隨著玻璃碎片射進車內，我的頭因此被滅火器直擊出滿天金星，短暫失去意識。

而我醒來是因爲感受到了身體正在被盧詣脩拖曳，他拖著我的身體不斷罵道：「死女人！賤女人！現在打算去哪裡？」

我的身體還未能做出反應，只能任由盧詣脩拖著回到別墅。當他見我稍微睜開眼睛，氣得直接一拳揮來，頭部被第二次重擊，我靠著牆倒在地上。

盧詣脩沒有打算放過我，他將我身體架起讓我靠著牆壁繼續揮拳毆打，每揮動一拳，就多罵一句，「早知道妳賤得可以！早知道妳就是賤！賤人才會去誘拐老師！不要以爲我不知道妳高三的時候發生了什麼事，有沒有搞錯？蘇景昀那樣的醜男妳也可以！」

我的意識模糊，只有蘇景昀的名字清楚地遺落在腦海，像是天使看我可憐，不經意地大發慈悲。他的名字是黑暗中唯一的光點，精神渙散之時，那微小的白色亮光竟然給了我縹緲的希望。

當盧詣脩終於覺得臉揍夠了，就朝我的腹部一陣猛捶，每捶一次，我的腰便不受控制地彎下來，腸子像快被打穿。

除了哀號之外，我不斷求饒：「求求你，影片不要讓奶奶知道……不管你有什麼要求我都會照辦。」

可盧詣脩怎麼可能輕易放過我？他近乎瘋狂地毆打著我，因爲打破車窗而稍微受傷的手沒有讓他產生任何消停的跡象，不斷揮動的拳頭如雨點落在我的身上，我不禁覺得自己會被他打死。

盧詣脩察覺我的精神渙散便停止揮拳，將我扯到我們做愛的餐桌上，按著我的後腦勺，將我的臉朝下抹在餐桌上，粗魯地掀開我的長版上衣、拉下底褲，將手指插入那個並非用來容納的器官。

「唔——」痛覺瞬間直衝腦門，我的眼淚立刻被逼了出來，可我的嘴唇緊連著餐桌，無法喊出聲音。

「忘了告訴妳，我更喜歡用這裡。」盧詣脩好似相當滿意我的反應，下一秒，他抽出手指，改以下身的硬物貫穿我。

這是我第一次知道原來痛到極點是這種感覺。如果用之前說過的痛覺評量表測試的話，現在的我痛苦指數應該有十分……不，超過十分。

我痛到全身上下所有的毛孔都張大吶喊，痛到血液沸騰、眼冒金星，無法再思考任何事情。我看見自己的指甲嵌在餐桌，白色桌面留下長長的紅色血痕，如同恐怖片，而我就是恐怖片的女主角。

異形將要穿破我的身體誕生，倘若不是，爲什麼我會那麼痛？

外頭激烈地打雷閃電也嚇不滅盧詣脩的性慾，他繼續貫穿我，直到終於在我體內釋放。

超越極限的痛感使我屈膝彎腰，再也站不起來。我抱著肚子，痛得一面嘔吐一面哭叫：

「奶奶！媽媽！姊姊！」

「品涵！」

林品妍彷彿聽見我的求救，她的呼喚穿過隆隆雷聲到達這裡。我以爲是幻覺，恍惚地看向聲音來處——竟然眞的是林品妍。

只消一瞬，我熱淚盈眶。

她站在門口，手中高舉玄關旁的高爾夫球桿，「住手……」

此時突然停電，整棟別墅陷進黑暗，我沒有辦法看清林品妍的表情，可是我聽得出來她的聲音正在發抖，她害怕得不得了。

「你在做什麼？」

聞言，盧詣脩輕輕聳肩，嘆息一般地哼笑，「品妍，妳眞的知道妳妹是怎樣的人嗎？她誘惑了高中老師，沒想到搬家到台中後還是死性不改，誘惑了我。」

「不對。」我哭著回道。

幸好林品妍並不相信，「我明明看到你強迫她。」

「證據呢？妳有什麼證據？」

「稍早品涵跟我求救了，她說是你強迫她的。」

在我決定趁著盧詣脩呼呼大睡時開車離開別墅之前，我發現站在二樓陽台將手向外伸長可以收到手機訊號，也就是在這個時候，我傳了訊息給林品妍，希望她可以來救我。

她也眞的來了。

一道閃電劈下，驚悚照亮餐桌上的鮮紅爪痕，林品妍清楚地看見，「桌上的痕跡怎麼解釋？如果品涵是自願的，桌上的痕跡是怎麼來的？」

盧詣脩沉默不語，微光之中他看見伏在地面的我正爬往林品妍的方向。他迅速掐住我的兩腳腳踝，使力將我往他的方向拽，齜牙咧嘴道：「死女人要去哪裡？」

我急得出聲：「姊姊救我！」

只見林品妍跨步上前朝著盧詣脩奮力揮動高爾夫球桿，響亮的鏗鏘一聲，準確敲中盧詣脩的腦殼。

他倒在地上，抓著我的雙手鬆開了。

在見到盧詣脩倒下的瞬間，林品妍嚇得鬆開手中的高爾夫球桿，球桿敲碎了磁磚，發出清脆的聲響。她看起來眞的嚇壞了，顫抖不止的手抓起我，聲音飄忽，「走，我們走。」

我呆滯地被林品妍牽著走向那輛全新的休旅車，上車之前，她瞥了盧詣脩的車子一眼，看著被敲破的車窗，心有餘悸地發動引擎。

「我們回家吧。」儀錶板的微光照亮林品妍驚魂未定的臉龐，見我沒有回應，她轉頭，發現我痛得蜷曲身子，伸手輕撫我的背，「忍耐一下，我們先去醫院。」

語畢，車子這才剛轉好方向，林品妍顯然因暴雨導致視線不佳，加上才剛拿到駕照，對一連串的突發狀況異常手忙腳亂。她還來不及將車駛出別墅，盧詣脩竟然已經舉著高爾夫球桿出現在車子後方。

林品妍當機立斷，踩足油門往前開去。不知不覺間，她開得越來越快，即便我已痛得瀕臨崩潰邊緣也能看出她無比恐懼。

我想起搬到台中的第一天，想起了那天下午，有陳月雲、林品妍與我的車子裡，瀰漫著我難以忍受的指責與吵鬧——我以為她們根本不愛我。

也是在同一天，我想起一個根本的事實，小時候陳月雲原本不打算要我。

第七支箭　重修舊好（被吞噬的小村）

在我出生之後，陳月雲將我分給了她不孕症的姊姊陳月瑛扶養，直到陳月瑛過世，十歲的我才回到眞正的家。

於是，我以爲陳月雲並不愛我。因爲不愛，所以我才必須和阿姨生活；因爲不愛，所以陳月雲才和我保持距離。

當我回到家的第一天晚上，我與林品妍躺在床上，她靜靜看著我的左耳，眼神中盡是新奇，「我知道爲什麼媽媽一開始不要妳。」

「爲什麼？」

「我要是媽媽，一定無法接受自己生了這麼醜的耳朵給妳。妳是畸形兒。」

我的雙眼噙著淚水，「才不是，月瑛阿姨說我的耳朵是天使的記號。」

她哼笑，「她在騙妳。」

這想法持續到我們搬家那天，我依然認爲陳月雲與林品妍都不愛我。可這些日子以來，我看見陳月雲逐漸妥協，對我露出對待林品妍一樣的態度，而現在林品妍趕來救我，我終於感受到了親情與被愛。

長久以來，我沒有對林品妍說過謝謝，現在，在這閃電雷鳴、風雨交加的夜晚，我抱著劇痛的腹部終於能說出口：「姊姊，謝謝妳。」

當我抬起頭，映入眼簾的是有人冒著狂風暴雨手持亮橘色指揮棒奮力揮動，我喜出望外，「是警察！姊姊，快停車！」

當下的我不知道林品妍是驚嚇過度還是反應不及，直到車子因撞擊聲終於停下時，林品妍與我才意識到，疾駛的車子撞飛了那名警察。

在伸手不五指的視野之中，大雨和強風倏然杳無聲息，世界宛如拉上黑幕，深沉得彷彿世上所有的光與一切都會被它所吸收。

我回神得比林品妍還快，腦中警鈴大作，趕緊打開車門查看，與此同時，強風立刻將車門吹闔起來。

林品妍聽見車門關上的聲音，踩下油門向前。

我不知所措，無法理解，也無法接受，「姊姊，妳在幹麼？」

林品妍的表情無比恐怖，她瞪大雙眼，「下面有條暴漲的溪流，我想把車子丟裡面，這樣今天的事就不會有人知道了。」

「冷靜點，妳不是看到了？盧詣脩沒死，不會有事的，姊不要怕。」

聞言，林品妍突然捶著方向盤失控尖叫：「就是沒死才麻煩！妳懂不懂？我就是要他死，他活著才可怕！」

林品妍自剛才開始累積的壓力在發現自己撞了人後瞬間潰堤，再也沒有剛才的堅韌勇敢，而是慌張不安又膽小。外頭下著暴雨，林品妍也淚如雨下。

曾經銳氣的姊姊，懂很多、總是自信、抬頭挺胸的姊姊，現在卻弱不禁風。

林品妍將車子開到溪邊的護欄前停下，步伐堅毅地走向副駕駛座中的我，開門將我扯了出去，車外風聲呼嘯，雨滴如石頭般敲打在皮膚上，令人痛得發麻。

「姊姊，妳要幹麼？」我哭著喊她，聲音穿過了風，到達她的耳畔。

可林品妍依舊故我，她走回車子，發動引擎撞開護欄與石墩，一路靠近凶猛的溪邊，直到前輪陷入激流，湍急水勢沖刷著前輪。接著，她繞到後方推著車子。

強勁的風推波助瀾與地處下坡的優勢，林品妍即使一個人推著車子看來亦毫不費力。

我頂著風勁走進林子求些庇護，眼睜睜看著她將車子往溪流裡推入。

車子前輪浸入黑洞般的流水中，土壤濕潤，車輪陷進軟泥，林品妍推得越發吃力。

「姊姊，不要啊！」我不斷吶喊。

林品妍卻朝我吼道：「來幫忙推！」

當時我不知道自己怎麼了，或許是因爲在颱風之中、在深山野嶺之中，我們只剩下彼此的關係使得我不得不順從林品妍。

藉由我的雙手與她的雙手，我們踩著爛泥與一地濕滑的鵝卵石，冒著狂風暴雨，終於將車子推進冰冷凶險的溪流，眼看著它被沖走。

車子完完全全被急流吞沒後，我艱難地轉身往山上走去。

林品妍追上，「林品涵，妳要去哪裡？」

「我要去找剛剛那個警察。」

林品妍急了，「不用找了，剛才那狀況下她一定會死。」

「妳怎麼知道？周圍又不是水泥，是土和樹，她又不是摔在柏油路還是水泥地上，不一定會死吧？」

「妳不是不舒服嗎？我們不是要去醫院嗎？」她突然殷勤起來。

「去醫院？怎麼去？叫計程車嗎？現在颱風天耶！」

話音方落，林品妍急得出手拉扯我的衣物，我因此摔在地上。救警察的執念讓我忘記身體上的不適，站起身奮力推林品妍一把，冷眼看著她像我方才一樣摔在地上。

林品妍五味雜陳地看著我，即便隔著雨幕，我也清楚那是怎麼樣的眼神。她在控訴我，控訴變得陌生的我。

高中三年級，從台北搬家到台中的路上，我就領教過她的眼神。

到底是從什麼時候開始，我們就不再是家人了？是從陳月瑛扶養了我開始？還是從我們一家三口必須爲了逃離醜聞而搬家開始？

一陣疾風颳來，我被逼到路旁扶著石壁，雨夜中儘管燈光稀疏黯淡，我依舊很清楚林品妍被我傷得不輕，她跪在原地，沒有再跟上來。

我步履蹣跚回到發生車禍的地點，四處張望，沒有看見警察的身影，路面上只有傾倒的禁止通行警示牌與不斷在地面滾動的指揮棒。

我下意識認爲她應當是摔到路旁的林子中，於是跪在路旁朝漆黑的野林呼喚，然而我一無所獲。雨聲蓋過周圍所有聲音，除了絕望之外，我能感受到的只有自責。

如果我沒有叫林品妍來，是不是這一切就不會發生？

如果我沒有抵抗盧詣脩，是不是這一切就不會發生？

如果我們家沒有因爲醜聞搬家，是不是這一切就不會發生？

我不斷向下探索濕得過分的土壤，越是挖掘越是絕望，直到摸索到一枚約信用卡大小的證件夾。我還沒能確定那是什麼，足夠閃瞎人的車頭燈照到我的身上，駕駛拉下車窗，喊著要我上車。

最終我搭上那輛廂型車，車內有好幾個落水狗般的人心有餘悸蜷縮身體，當然，也有林品妍。

眾人細聲交談，說著若不是有個勇敢的女警察上門指導他們撤離，他們說不定就命喪於這場土石流中了。

男駕駛與他的家人們相信那名女警察所說，挨家挨戶呼籲大家棄村，盡可能地載人前往避難地點。這是他來來回回的第三趟，他在撤離途中發現林品妍，依據林品妍所說繞上另一條路捎上我。

駕駛廂型車的男人說，當他第三次回到家鄉時，家鄉已被土石掩埋大半，看不見原來的樣子。

我靜靜聽著他們劫後餘生的故事，直到平安到達避難所，我與林品妍都沒有開口說半句話。即便他們問我們的故事，我們也隻字不提。

要說什麼？說我們剛剛撞了一個警察之後聯手將車推到溪裡嗎？

我握緊雙手，心中默默決定要一輩子隱瞞這件事，將這個祕密帶進墳墓裡。

或許在死前我想到了這件事情，導致我現在依然懷抱著對那名警察的歉意與自責。

晚上我們抵達了避難中心，那是一間學校的小小體育館，放眼望去並不多人，經過滅村慘劇還能有這樣的人數已經令我感到欣慰想哭。

我與林品妍領了保暖的毯子與毛巾、一些臨時替換的舊衣，正要前往淋浴間更衣擦拭時遇見了正在接受包紮的盧詣脩。

與此同時，體育館內響起方才廂型車駕駛的呼喊：「有沒有人看到那位女警察？藍小姐？藍小姐？在哪裡啊？」

廂型車駕駛名叫林帆，目測不超過四十歲，他見我與林品妍自淋浴間返回至體育館中央，殷切招手邀我們過去與他的家人坐在一起。

我們圍成一圈喝著剛泡好的即溶玉米濃湯，有一搭沒一搭地聊著天。

片刻後，林帆起身向其他警察與消防隊員詢問女警的下落。

在他離開時，林品妍看向不遠處的盧詣脩，眼神憤怒。

盧詣脩朝她笑了笑，絲毫不在意他帶給我們的困擾與難堪，臉上與頭上的傷對他來說也不算什麼似的。

我無法理解盧詣脩的態度，可我也不敢直面他，只好將臉埋進雙膝，僅露出眼睛，試圖隔絕外界的一切。

不一會兒，林帆回到原位，他的家人著急問他：「藍小姐呢？她沒事吧？」

「他們也不知道藍小姐在哪裡。」林帆搖搖頭，表情難受地深深嘆了口氣，轉而看向林品妍與我，「對了，你們有看到藍小姐嗎？她應該在妳們那裡附近？因為警告立牌也在那邊啊。」

我一臉錯愕，猛然抬起視線正視他。

林品妍搶先正色回道：「當時我們的車子失控開進暴漲的溪裡，事情全都發生在一瞬間，一切來得太快了，我們來不及看清路上有誰，而且我和品涵從車裡掙脫出來之後也沒有看到類似警察的人。」

或許是因為林品妍回答得很認真，在場沒有人露出懷疑的神色，後續面對體育館中的警察詢問時，林品妍也是這麼回答。

大家度過了一個難捱的颱風夜，好不容易得以沉沉入睡，唯獨我怎麼也睡不著，直到朝陽照進體育館的窗，我才終於放鬆情緒。

清晨的體育館中人開始多了起來，警察與消防、醫護人員、義工忙進忙出，比昨晚還要熱鬧。

我與林品妍被通知需要接受一些詢問，尤因我們是外地人，可能會被問到較多問題。

我們就在當地警察臨時用折疊桌湊合的小空間旁坐著，詢問我們的警察看來與我們年紀差不多，非常年輕，當他思考時總會以筆尾搔弄一頭蓬亂的捲髮。

警察自我介紹道：「我叫吳易玄，易經的易，玄術的玄。」

我與林品妍坐定後，吳易玄開始對我們噓寒問暖，關心我們昨天是不是過得不安寧之類的，直到另一名名叫李知雲的警察出現，他們才進入正題。

起首的是吳易玄，「首先，妳們先做個自我介紹。」

「我是林品妍，目前還在讀T大醫學院……我跟朋友一起到台南玩，一開始颱風路徑不會經過南部，所以我就很放心地去了，沒想到颱風後來過境南部，所以我開著車來找我妹妹。」

「我是林品涵，是她妹妹……我也是沒有想到颱風會轉彎，所以在高雄玩了幾天。」

吳易玄接著問：「妳們的同行者呢？既然妳們是來玩的？」

「品涵跟她男朋友在這裡玩。」林品妍搶在我之前開口，接著指向遠方的盧詣脩，「那個男生就是品涵的男朋友。」

我瞪大眼睛，不敢置信地看著林品妍。

林品妍只是將手放在我的大腿上，警告我不要輕舉妄動。

吳易玄舉手招呼盧詣脩過來，而盧詣脩就像之前說的一樣態度從容，完全不覺得、也不認爲自己會發生什麼事。

待盧詣脩晃悠過來，吳易玄開口道：「自我介紹一下。」

一直低著頭的我感受到盧詣脩看似不經意落在我身上的視線，恐懼得全身發抖。

我不知道盧詣脩在想什麼，他也許縝密地思考過我們能造成什麼影響，只聽他悠然回道：「我是盧詣脩，我跟林品妍一樣也在讀T大醫學院，這邊這位林品涵小姐是我的女朋友。」

明明是夏天，被雨濡濕的衣物也早就換成乾的，可我卻感受到自骨髓深處發出的寒意迅速到達表皮，令我起了一身的雞皮疙瘩。

吳易玄困擾地搔了搔捲髮，以筆尾的部分指了指盧詣脩，「那你說說，你身上和頭上的傷怎麼來的？」

盧詣脩輕笑，「這個喔，這是品涵發現颱風變強想要回家，可我怕她危險，要她待在別墅裡面，所以我們大吵了一架。可能是我嚇到她了吧，當時我確實有些激動，說話也不好聽，結果品涵生氣了，拿我爸的高爾夫球桿打我。」

盧詣脩說著竟然將手放在我的肩上，我嚇得倒抽一口氣。

他補充道：「不過，可別對品涵怎麼樣喔，她也是擔心自己的奶奶和媽媽才會失控，我不打算對她怎麼樣。」

振筆疾書的李知雲突然抬起頭，冰冷的視線先是對上盧詣脩，而後看向了我，「他說的是眞的嗎？妳眞的用高爾夫球桿攻擊妳男友？」

「說說昨天晚上的事情？妳們姐妹離開別墅之後發生什麼事情？」吳易玄突然插話。

我突然有種吳易玄好像處處在和李知雲對抗的感受，他的阻撓讓我說不出眞相，好不容易鼓起的一丁點的勇氣就這麼被他全部抹煞。

林品妍趕在我開口之前回道：「是的，我因爲擔心妹妹所以開車來找她，可是當我們離開別墅的時候車子失速了，那是很陡的下坡路，我們一路衝到溪邊，幸好車子陷進泥巴，我們才及時逃了出來。後來品涵可能想要找她男友，那時她竟然想照著原本的路線回去，所以我在溪那邊，品涵則在路邊，我們在不同地方被林帆先生發現。」

「妳們兩個頭上的傷是因爲車禍？」李知雲又問。

林品妍快我一步點頭回應，我這回又什麼都說不出來了，喉嚨像被掐住，出不了聲。

李知雲翻閱他的隨身筆記後，拿出了一張女性的半身照，秀麗白皙的指尖輕點著照片，優雅地平移到我與林品妍面前，「有見過這個人嗎？昨天晚間九點左右她應該在妳們出現的地方附近」

林品妍半個身體前傾，裝模作樣地睜大眼睛仔細端詳照片中的女人。

女人濃眉大眼，剪得極短的頭髮令她像個隨處可見的少年，靈動的大眼睛又帶著誘人的成熟，短髮雖使她年輕，臉蛋的視覺年齡大約接近四十多歲。

我們當然見過照片上的女人，但林品妍不會承認，因爲她是開車撞了這個人的兇手。

我心裡雖然那麼想，但我也沒有勇氣據實以告，只是僵直著身體，握緊發白的雙拳。

如果眞的像《名偵探柯南》演的一樣，李知雲應該會發現林品妍正在撒謊吧？不可能沒有發現吧？

然而林品妍救了我，因此我無法背叛她，畢竟我們好不容易才重修舊好，我怎麼能希望李知雲與吳易玄發現她在說謊？

我的腦袋裡千頭萬緒，各種聲音交織纏繞，我咬緊嘴唇，動彈不得，直到林品妍的聲音響起。

「沒有，我們沒有見過她。」

聞言，我的背脊發涼，身上所有的毛孔一齊張開呼喊，價值觀與親情、謊言交戰，心臟持續鈍痛，痛得我不得不屈身，臉幾乎要貼到膝蓋。

李知雲見狀，舉手要現場的醫護人員趕來，「妳沒事吧？」

林品妍代我回答：「她沒事，應該是昨天晚上受的傷在痛。」

吳易玄又插話：「這麼說來，在溪裡的車子是妳們的嗎？它沒有被沖太遠喔，卡在石頭中間。」

「是嗎？車號是XXXX-UE，確定是我們的車子嗎？」林品妍以不疾不徐的口吻述說已經觸及危險邊緣的問題，表情紋絲不動。

吳易玄搔搔頭，「唔，車子已經打撈起來了，等一下帶妳們去看看，記得帶妳們的證件來對一下，還有，我們已經連絡上妳們的媽媽和奶奶，便橋搭好就可以回家了。」

「好。」

李知雲突然開口：「林品妍小姐，妳說妳開車來找妳妹妹，那麼車子失速衝進溪裡的時候也是妳開的車嗎？」

我的耳朵開始劇烈耳鳴，不只是心臟，胃與早先被貫穿的部位開始劇痛。

起初我只是緊張林品妍可能會說出她是急著逃命才會開快車，也可能會代我說出我被侵犯的眞相。我認定她會一直保護著我，不論是颱風夜還是現在。

即使她曾經嚴厲地責備過我，我也能理所當然地受到姊姊的保護。

我是這麼認爲的。

因爲，她都已經豁出去來救我了，這難道不是重修舊好的證明嗎？難道不是我們依舊牽繫著彼此的證明嗎？

可是，爲什麼她卻說——

「我是開車去找我妹妹沒有錯，不過回程是我妹妹開的車，可能是因爲她不熟悉路況，所以失速了」。

李知雲抬起眼眸，「盧詣脩先生，請問你看到了什麼？誰負責開車？」

我永遠不會忘記盧詣脩當時的眼神，他的眼神赤裸裸地寫著：好戲即將登場。

接著他看著李知雲的眼睛，謊言說得流利，「我看到開車的人是林品涵。」

我再也無法忍受虛僞的林品妍與盧詣脩，腹內一陣翻滾，被貫穿的腹腔像被刀割、被狠狠踐踏。不論林品妍如何刻意安慰我，我只是彎著腰，好像這樣就能鑽進地面、李知雲就能發現他們拙劣的謊言。

他們不斷打圓場，我在迅速趕來的醫護人員簇擁下放聲大哭，醫生說我疑似是創傷後壓力症候群。託這個症後群的福，我可以躺在簡易的醫療床上休息、睡覺，不用睡地板了。

當天下午我躺在床上動也不動，維持著半睡半醒，聽李知雲坐在我身邊輕輕翻閱書籍，刻意不發出半點聲音。

夕陽透過窗戶灑了一室金粉，李知雲沐浴其中，我目不轉睛，直到他發覺，闔上手中的書，「醒了啊？還好嗎？」

「嗯。」

「大後天早上就可以回家了，便橋快要搭建好了。」

「嗯。」

「卡在岩石裡的確實是妳們家的車子，那輛車子從低窪處成功吊起來了，明天妳可以去看看。」

「我姊去就好。」

「妳怎麼了，是不是不舒服？」

我抬頭看著高聳的灰色天花板不發一語，也不知道自己怎麼了，曾經痛得撕心裂肺的感覺在這一刻全都消失，如果有人現在對我澆淋熱水，我可能也不會覺得怎樣。

許久，我才終於回覆李知雲，「沒事……你不去找你女朋友嗎？她叫什麼名字？」

李知雲的語氣帶著遺憾，「她名字是藍珂瑋，我被規定不能去，但我相信我的夥伴們可以找到她，還有，她不是我的女朋友，是我暗戀她。」

「她看起來年紀大你很多哦？」

接著李知雲的話令我打了冷顫，「她大我十七歲，大很多，但我就是喜歡她，很喜歡。」

楊儀華也大李善婷十七歲，簡直是詛咒。

「你好像很有自信，不怕暗戀的人出什麼事嗎？」

話一說完我便收到李知雲凜冽的目光，他的語氣不再如方才一樣溫柔，而是冰冷漠然，「會出什麼事？」

我壓抑著將要衝往臉皮的血液，深怕臉一漲紅就會露出破綻，「颱風天耶，她很危險啊。」

「我知道，但我還是相信她，她非常強悍，也非常勇敢，所以我相信她。」

李知雲令我語塞，我應該大義滅親對他說出眞相嗎？我不知道。

時間安靜且迅速地流逝，我雙手捧著頭，說不出口也哭不出聲音。我沒有任何勇氣可以面對發生在藍珂瑋身上的一切，也沒有勇氣可以面對自己與林品妍。

沉默持續著，我們都在等待對方結束靜謐。我總覺得李知雲曉得眞相、清楚發生了什麼事，所以他在等我據實以告，但我沒有跨出那一步，或者應該說，當我即將壓線同時，林品妍突然掀開門簾探頭，裝模作樣問道：「品涵，還好嗎？」

「還好。」我翻身下床，艱難且吃力地移動到林品妍身邊，「我有話跟妳說。」

林品妍還算識大體，毫不畏懼，「好啊。」

我們兩人離開臨時圍起屏風作爲醫療區的地方，大費周章繞到體育館後方的荒煙蔓草處才敢開口。

林品妍先起頭，「車子的事情聽說了嗎？吊起來了，眞奇怪呢，應該會被沖到更遠的地方才對。」

「妳想說什麼？妳在乎的只有車子嗎？」

「所以呢？妳又想說什麼？」

「那個警察的事。」

林品妍愣了下，強顏歡笑，「有什麼好擔心的啊？妳不是說了周圍都是樹和淋濕的土，那個人不會怎樣，不是嗎？」

「我說的是當下，現在是第二天，她被車子撞飛到不知道哪裡，肚子餓了那麼久也沒水喝，就算她當下沒死現在也差不多死了。」

「那不是很好嗎？現在除了妳就沒有人知道這件事，沒有比這更好的狀況了，當然，也不會有人發現『是妳開的車』。」

我氣得瞪大眼睛，「妳不要以爲警察不知道妳和盧諳脩在說謊，講眞的，我們是第一嫌疑犯，那段時間還有誰經過？妳說啊，萬一她當下就死了，時間就更好算了，另外，妳爲什麼要把責任推到我身上？」

林品妍姣好的臉蛋突然變得醜陋扭曲，「林品涵，搞清楚，我是來救妳的，如果不是我，現在被車撞失蹤的人就是妳而不是那警察！妳給我用妳的笨腦袋想一想，幫我把車子推下去的人是誰？妳是共犯，不要以爲警察會放過妳。」

「我不會心存僥倖，妳放心，我不會像妳一樣。」

「妳要不要聽聽看妳在說什麼？我救了妳，所以我對妳有所要求不過分吧？」

「什麼要求？要我用一輩子去承擔的要求嗎？」

我將口袋中的證件掏出來推到林品妍眼前，那是藍珂瑋的證件夾，清楚明白地寫著她的名字。

她是警察，也是被林品妍的車子撞飛的警察。

她本來可以逃過一劫，如果她選擇不理會小村中的居民，選擇不要一個人行動，或是留在原定路線撤離村民，不改變路線尋找可能從另一端逃出的受災戶……她很有可能也在這個體育館中苟延殘喘，與我們一起包著毯子喝著玉米濃湯。

林品妍看著眼前的物品嚇得說不出話。

「從現在開始，我們要用一輩子來負責。」

我將藍珂瑋的證件小心收進口袋，正要邁步回體育館時，林品妍伸手拽住我。在我跌了一跤後，她也接著跌倒，趴在我身上的她急得開始哭泣，「我不准妳走！把那東西給我！林品涵，可不可以告訴我妳到底想怎麼樣？我的人生被妳搞得亂七八糟！我曾經原諒過妳，也曾經想修復和妳的關係，所以才會救妳，可是妳到底在想什麼？」

林品妍不斷捶著我的胸口，試圖從中挖掘我的心聲與關於我的眞相。

可不論她怎麼做，她始終都不認識我，也始終不明白我。我當然沒有想要告發她，可是我卻因爲藍珂瑋的事情、因爲需要隱瞞而感到痛苦。

林品妍是我的姊姊，是被我傷害過卻仍然願意回頭救我的姊姊，對於這樣的姊姊，我還能繼續傷害她嗎？

我不能，也不可以。

「我會把這個祕密保守到我死了爲止，所以由我保留這個證據可以嗎？」我不知道爲什麼我會一邊說出這句話一邊哭，或許是因爲這句話的重量，也或許是因爲我意識到我眞的傷害了林品妍。

我傷害了她的同時，也傷害了自己。

林品妍停止哭泣，瞪大雙眼，滿臉不可置信，「眞的嗎，品涵？」

我點點頭，「眞的，我會對關於朵嘉颱風的所有事情保密。」

在得到我的應允之後，林品妍朝我跪了下來，如同膜拜著她的神或是信仰，尊敬著她的神、她的恩人、她的主。

我看著那樣的林品妍，百感交集，什麼話也說不出口，什麼聲音也發不出來。

天色悄然塗上漆黑，從李知雲失望的表情我看得出來，藍珂瑋的黃金救援時間過了。

神爲李知雲的悲慘哭了一場，凌晨時分下起滂沱大雨，而這場雨對搜救工作無疑是雪上加霜。

第三天的清晨，李知雲與搜救隊伍一起回到停著藍珂瑋警車的地點重新展開搜索，終於在距離警車六公里處的溪谷發現奇蹟生還的藍珂瑋。

根據吳易玄所說，藍珂瑋很有可能並不是因爲李知雲所猜的車禍，而是因爲天雨路滑不小心摔了下去。隔天是晴天，當她醒來後推測是爲了喝水與循著溪流繼續往下，因爲她清楚不遠的中游旁有道路，而那裡便是林品妍棄車的地點。

李知雲發現藍珂瑋的時候，她全身是傷。她或許是爲了保存體力選擇往下走，而不是往上回到她的警車，於是她以太陽的方向與錶判斷方位，磕磕絆絆地往她認爲正確的方向前進。

接著她判斷錯誤誤入支流，或是因爲意識不清迷失方向，令搜救人員無法按照邏輯推測出她的所在處而忽略了她。她也可能無數次嘗試向上攀爬，但土石實在太過鬆軟、枝葉沾滿了水，她根本爬不上去。

即使如此，她依然試著拯救自己，並多次嘗試攀爬，然後不斷墜落，摔斷了腿，最終一覺不起……聽說她很有可能會這麼過世也說不定。

林品妍在知道這些事情之後，回台中的路上靠著我無聲地哭了很久。

愚蠢如我以爲林品妍是喜極而泣，因爲她撞到的人沒死，這難道不應該開心嗎？至少我是這樣想的。

可林品妍不是，漫長的以淚洗面結束後，她輕聲說道：「太好了，她是自己摔死的。」

第八支箭　愛是犧牲（是可能，也是選項）

我再度在自己房內醒來，身下塑膠床包的聲音眞切地提醒著我，當我回到原點時，表示任務也宣告結束了。

我立刻跳了起來，四面八方搜尋著當時我藏起的證件夾。我感到不寒而慄，終於知道爲什麼陳月雲與林品妍要趕緊將我的東西收拾乾淨。

她們在找藍珂瑋的證件夾嗎？還是已經找到了？生前的我究竟將東西藏在哪裡？

我想起白靜宸之前來到我家中說的——

「哇，妳生前的東西眞的都被丟光了耶。」

被丟了嗎？我全身戰慄，在房間繞來繞去找尋蛛絲馬跡，就連馬桶水箱、天花板夾層、氣窗窗軌、衣櫥後方的縫隙都不放過。

直到藍珂瑋的聲音突然在房內響起，我猛然回頭，眼前的她再也不是穿著酒紅色洋裝的阿姨，也不是因爲失去生命力突然老朽許多的她，而是穿著她自豪的警察制服，神采奕奕，如同準備執行重要工作時的她。

那天早上，她也許看著置物櫃上鏡中的自己，對自己說道「今天的妳依然要貫徹保護市民的工作，加油」。

我曾經想過重新遇見藍珂瑋後我會是怎樣的反應？我會跪下，懺悔告解很遺憾那一天沒有說出事實嗎？還是會放聲大哭？或者非常悔恨？

都沒有，以上的反應我都沒有，我只是非常生氣，下意識拽著她的手跑出房間，一路上我牽著她，恰巧遇上一位正要上計程車的男士，我控制他說出：「去第一分局。」

到了警察局門口，我顧不得男士嘟囔自己怎麼來這裡，立刻抽出紫色羽箭架在弓弦，並試圖以同樣的方式控制李知雲走出警局。

藍珂瑋見狀，神情不安，試圖阻止，「妳在幹麼？不要這樣。」

「我要讓李知雲和林品妍分開。」

「不可以，他們就是靈魂伴侶，如果妳這樣做會讓知雲不幸。」

「白靜宸告訴我遇到靈魂伴侶不一定就會幸福，而且妳又知道李知雲會不幸了？」

「我不知道，但是我不要他再想著我，他總是想著我，再這樣下去他永遠都走不出去。」

我握緊了弓，手心正在冒汗，「妳又知道他走不出去？妳想像的李知雲到底多不堅強？多懦弱？他走的路遠比妳想的還要長。

「若不是想著妳，他不會走到這一步，不會因為北部資源比較好，說服妳的家人把妳送到北部，還努力賺錢幫助妳的醫療費。若不是想著妳，他不會拉下臉拜託討人厭的吳易玄，靠關係把他也一起調上北部，就爲了可以照顧妳！

「若不是想著妳，他不會每個月休假都跑回妳摔下去的山谷尋找渺茫的證據！都是因爲想著妳！而妳卻要告訴我、試圖讓我相信一個滿口謊言的女人是他的靈魂伴侶？」

藍珂瑋啞口無言。

在她眼裡，她看見的的是李知雲的躊躇不前，可我看見的卻是他的勇敢與信念。

「爲什麼妳要否定他的努力？他做了那麼多，爲什麼妳要否定他？」

藍珂瑋放棄了，無力地垂下手，「反正妳辦不到，紅色羽箭已經射出了，沒有第二次機會。」

「妳又知道？妳眞的確定嗎？」

與此同時，李知雲走出警局張望，我只是控制他走出警局，無法控制他怎麼想，他此刻可能突然想起了藍珂瑋，也可能不是。

我抓緊時間，朝著李知雲射出紫色羽箭。

紫色煙霧飄回箭筒，不遠處的李知雲一臉不明所以又像恍然大悟，他突然無法理解當時想要與林品妍在一起的自己是怎麼了？突然無法理解對藍珂瑋疲憊至於決定放棄的自己是怎麼了？

我趁勝追擊，抽出紅色羽箭冷不防刺向藍珂瑋，還未等她反應過來，我將手中的弓與另一支紅色的愛神箭遞給她。

「我沒有機會對他使用這支箭了，但妳有，妳也是愛神，妳還有機會。」

藍珂瑋的雙眼盈滿霧氣，她皺起眉頭，雙唇顫抖，「沒有辦法了，我快要死了，我沒有辦法給知雲幸福……不行，我不能這麼做。」

「妳在說什麼？不要擅自決定李知雲的幸福好不好？妳又知道他眞的願意和林品妍在一起？如果有一天他知道就是林品妍開的車，他會有多痛苦？和害死妳的兇手在一起，他眞的幸福嗎？這世界上有那麼多人，絕對有人比林品妍更適合李知雲。」

藍珂瑋無奈地笑了，「品涵，妳能拿到記憶盒就是最好的證明，他與林品妍是一對，這是事實。」

「不，白靜宸告訴我，每一個愛神都有機會，也就是說，有無數的可能，他和林品妍只是其中一個選項，妳也是其中一個。」

「可是我好害怕……我害怕知雲會不幸。」

我看向李知雲釋然的表情，對藍珂瑋問道：「妳眞的覺得這幾十年來他有不幸嗎？心中想著妳的他，看起來不幸嗎？

「妳好好看看他好不好？他哪裡不幸？深深想著一個人、癡癡守候著一個人的他哪裡不幸？」

藍珂瑋因淚水濡濕的視線循著我目光看去，她淒楚的笑容令我驀然明白她之所以成爲愛神的原因。

如果我是爲了原諒而成爲愛神，那麼藍珂瑋是爲了令她最愛的人獲得幸福而成爲愛神。

在我看來，這才是真正的靈魂伴侶。

愛是犧牲，愛是成全，愛是自由，這些事情，藍珂瑋都做到了。她甚至不需要愛神箭就知道要爲對方做些什麼，這不是靈魂伴侶什麼才是？

須臾，李知雲的手機響起，他看著手機螢幕，躊躇了一會兒才慢慢接聽，我不知道電話的那一端發生什麼事，只見李知雲笑著道謝，笑著笑著，頹軟的身子跌坐在警局前的台階。他哭了，哭得很沉默、哭得很安靜。

藍珂瑋與我一起看著李知雲，她也哭了，卻是喜極而泣。

她將弓箭放在地上，攤開的雙手憑空出現一個破舊木盒，她交給了我，「這是送妳的禮物，盒子裡的主角不是妳的任務對象，原本妳或許會很晚才能想起他，但現在我將這個送給妳，相信妳很快就會拾回妳最珍貴的回憶。」

我端起木盒，發現它與之前的木盒不同——它上了鎖。

「它什麼時候會打開？」

「很快，在適合的時候。」語畢，藍珂瑋拾起弓，紅色羽箭架在弦上，瞄準了李知雲，同時心平氣和說道：「我死了，我終於死了。」

等待了十四年的死亡，終於在某個夏夜，毫無預警地以一通簡單的電話通知降臨。

林品妍祈禱了十四年藍珂瑋的死亡，就這麼突然應驗，如此簡單、倉促。

咻的一聲，飛箭劃破寧靜的夜色與夏夜的徐徐微風，承載著這些年來躺在床上動彈不得、發不出聲音的藍珂瑋的重重思念，朝著李知雲的心臟飛了過去。

正中目標後，紅色的箭飄回箭筒，弓則掉落在地，藍珂瑋如同煙霧消失得無影無蹤，就像胡迪尼施展了魔術，取而代之的是全新的粉紅色卡片翩然降臨。

那一瞬間，我感受到了真實，藍珂瑋真的離開了這個世界，不論是作爲植物人的她還是作爲愛神的她，都離開了、消失了。

我一手抱著箱子蹲下，一手撿起卡片端詳我的下一個任務。

夏常芳，林品涵喪禮會場，清晨五點。

我的喪禮相當簡單，簡簡單單在家門前搭起的簡單靈堂，靈堂上掛著的照片是簡單的證件照。

來弔唁的人也相當簡單，簡單的同學、簡單的公司同事。看來我有著簡單清楚的交友關係，沒有與人有多餘過節，因爲如此，很難想像我竟然是以如此悽慘的方式死去。

我到底惹到了什麼樣的人呢？我至今還是沒有任何頭緒。

我坐在家屬的座位上看著人來人往，在得到有關林品妍的記憶盒之後，我也順勢得知游曲死於颱風結束之後隔年的地震。

從颱風中倖存的她，卻因爲地震走了。

印象中我哭了很久很久、心痛了很久很久，直到我三十四歲了，仍然不會處理這種傷痛。

漫長的夜晚過去，天色才剛破曉，夏常芳的身影如同卡片預告準時登場，他身形瘦削、臉頰凹陷，雙眼下陷有了窟窿，原本第一印象的那張照片與他現在的模樣令人無法聯想，三十四歲的他看來老了很多很多。

我能想像他有很多天難以入睡，一頭亂髮的他不再介意形象，就這麼邋遢地登門拜訪。陳月雲疲憊無神地抬頭瞧他，有氣無力地抬手請他上前捻香。

夏常芳捻好香，向陳月雲致意後原打算快點離開，卻被陳月雲招呼進客廳喝茶。他有些錯愕，沒有心理準備自己會被招待。

他正襟危坐，靜靜聽著陳月雲聊著這幾天的事情。

「不好意思，因爲要配合警方的種種調查所以拖了一陣子才辦喪禮，好好地送走品涵。你也知道品涵是被人用鈍器敲打頭部致死，死得很難看，所以也不方便讓你看她遺容。」頓了頓，陳月雲繼續說道：「警察應該也有找你了吧？謝謝你的配合。」

「是，我把我知道的盡量都說了，這是我應該做的。」

陳月雲的表情愁雲慘霧，乾燥的雙唇開闔：「連『那件事』都說了嗎？」

夏常芳聽聞，眼神不再友善，「阿姨，您在說什麼？」

這下陳月雲情緒繃不住，她掄起桌上的菸灰缸朝夏常芳丟。

而夏常芳竟然不打算躲，就連眼皮也不闔上，眼睜睜看著菸灰缸往自己額頭飛來。叩的一聲響起，夏常芳的額頭被砸出擦傷，菸灰如同雪花落在他的身上。

攻擊完夏常芳的陳月雲跑進房間，重新出現在夏常芳面前時手上端著厚重的婚紗照，不管桌面上的灰燼重重，將婚紗照摔在桌上，氣得哭了出來。

婚紗照封面是兩個女生，一個是我……不，應該說，一個是我，另一個是扮成女人模樣的夏常芳。

陳月雲氣急敗壞，好不容易從咬緊的牙關擠出話：「所以品涵很久以前就知道了？在跟你結婚之前就知道？不是結婚之後？」

夏常芳閉上雙眼，平靜地回答：「結婚之前就知道了。」

陳月雲近乎瘋狂，兩三個巴掌接力朝著夏常芳的臉頰招呼，痛哭嘶喊：「一定是你認識了什麼奇怪的人，才會讓品涵死得這麼慘！我本來覺得既然你們都結婚了，品涵是被你騙，不知道你有這一面才一直悶不吭聲，結果呢？你看看你帶來了什麼問題！」

睡夢中的林品妍聽見爭吵聲跑了出來，她架著陳月雲試圖不要讓她失控，兩個人吵鬧的畫面令我想起我們搬家到台中的那一天。

夏常芳只是安靜地看著林品妍與陳月雲，半晌後，他抹去臉上的菸灰與還溫熱的血，沉著臉邁步離開喪禮會場。

因爲十三年前發生的地震，台中的房子毀了，我們一家三口如同詛咒一般回到台北這個詛咒之地。雖說是詛咒之地，我卻感覺陳月雲開心許多。

告別式在台北舉行，在林品妍與陳月雲兩個人居住的家中。

我還沒有這一段的記憶，只依稀想起大學畢業之後的我回到台北和她們一起生活了一段時間，找到想要的工作之後，我便搬出去了。

這個家對我來說是什麼？我不斷思考著什麼樣的名詞更適合它，租屋處？不，我租的小套房更加舒心清幽，和這裡比起來，租屋處似乎更能被我稱作「家」。

我找不到可以簡短說明這裡的詞，不如就說它是「鄰居」吧。

這裡不過就是我的鄰居，所以夏常芳待得不舒心也很正常，他和陳月雲與林品妍不熟。

夏常芳堅定地走出暗巷，走入燈火通明的捷運站，我跟在他的身後，突然間，他回頭惡狠狠地瞪了我一眼。

我以爲我和夏常芳對上了眼，但不是、也不會，普通人不可能看見我。

我跟著回頭，見到轉角兩個男人形跡鬼祟，原來自我過世之後，警察一直都在跟蹤夏常芳，畢竟他是第一嫌疑人。

定下神後，我發覺他的視線穿透我，大喊道：「到底還要跟幾天啊？」

我與那兩個警察一同跟上夏常芳，接近夏常芳家之前，兩名警察不知去了哪裡，而我跟著夏常芳進入他曾經與我生活的家。

一進門，牆面大大小小的照片映入眼簾，都是夏常芳——化妝之後，穿上女裝的夏常芳，就像婚紗照中的他一樣。

我還無法整理出現在的情況，詫異於我曾經結婚的對象是個女裝癖？喜歡化妝的怪人？千奇百怪的問題在我心中一個一個浮現。

心情煩悶的夏常芳進入浴室洗臉冷靜，出來的那個他，臉上有著一塊占據面部近半的紫色色斑。

我頓時明白夏常芳需要化妝品的理由。可是他需要化妝與他疑似有女裝癖的理由無關，他可以化男生的妝，就像出現在我喪禮中的他一樣，不需要化女人的妝、穿著女人的衣物。

我不懂爲什麼，夏常芳的渾身上下都是謎題。

他坐在客廳沙發，爲自己開了白酒後對著瓶口灌下，隨意丟在桌上的手機螢幕不斷亮起。對方不厭其煩地詢問他過得好不好、需不需要什麼協助等等，他一則訊息都沒回覆。

他轉開電視，呆滯的眼神看著新聞播送著關於我的事情，聽著主播說著我曾經多麼有出息、多麼謹守本分，然而這樣謹守本分的人最後卻是以那樣的姿態離開世界。

夏常芳盯著新聞良久，鼻子一酸，抱頭痛哭流涕。

我坐在夏常芳的身邊，跟著他一起看著虛實參半的新聞節目，從早到晚，正好也是一個機會可以讓我稍微了解一下還是空白的自己。

從新聞上得知，我不僅從事化妝品研發的工作也是個特效化妝師，過往的我曾經參加過電影拍攝團隊，曾經前途不可限量。

夏常芳是個職業攝影師，我們曾經郎才女貌相當登對，但在我們短暫的婚姻結束之後一年，我卻被殺死了。

「我嚴重地懷疑，夏常芳很有可能是因爲不滿林品涵提出離婚才會痛下殺手！」電視中，一位男性名嘴激動說道。

其他人此起彼落地附和：「一定是因爲這樣！因爲可以將毫無防備的林品涵騙到山上痛下殺手的人只有夏常芳了。」

緊接著，主持人說道：「根據本台掌握到的最新訊息，夏常芳於今日凌晨五點出現在林品涵的喪禮會場上，他這個時候出現是不是有鬼？是不是不想要面對這個這個社會的公平正義？」

語畢，夏常芳形單影隻出現在我喪禮的姿態躍上電視螢幕——既孤單又可憐。

當我全神貫注地看著電視節目同時，白靜宸突然現身在夏常芳身後。他只是伸手輕輕揮動指頭便成功命令夏常芳關掉電視，他在還不知道是怎麼回事時突然停止哭泣並犯睏，乖順地按照白靜宸指示離開客廳。

夏常芳回到房間後，白靜宸坐在我身邊的沙發上，雙手交握置於膝上，凝重且嚴肅地看著我，「品涵，我不是告訴妳了，妳不能看這些會影響妳判斷的東西，這些都與妳自己無關，全都是別人對妳的想法。」

我搔了搔頭，對白靜宸的一再告誡感到厭煩，「你放心，我只看到我生前的工作是化妝師還是研發員之類的而已。」

「最好也不要知道，這些都會影響妳做出對夏常芳的判斷。」

我沒有聽進他的話，自顧自問道：「上次你在我家看了一圈，確定什麼東西都沒有？沒有類似證件夾的東西嗎？」

白靜宸立刻意會，不懷好意地笑了，「怎麼，妳想找藍珂瑋的證件夾嗎？」

我點點頭，「我需要將這個證件夾交給李知雲，讓他知道開車撞藍珂瑋的兇手就是林品妍。」

「可是一個證件夾不能代表什麼。」

「這我當然知道，但證件夾還是能證明林品妍和我那個時候出現在那裡，其他的事情我會想辦法告訴他。」

白靜宸聽聞，俊美的眉蹙緊，「沒有，我不知道妳說的證件夾。」

「好吧。」我也只能失落地回道。

白靜宸側過臉看我，「品涵，除了颱風天到隔年地震的記憶之外，妳還恢復了什麼記憶？」

我仔細地回想著依然鮮明卻已經是十幾年前的記憶，「到我大學畢業爲止，但是高中三年級的部分很模糊，游曲過世之後，我、林品妍和媽媽的感情更差了……總之關於林品妍的部分恢復了，不過不是全部，像剩一半的拼圖，缺東缺西。也不知道是不是因爲藍珂瑋的事情，好不容易與林品妍與陳月雲重新修復起來的感情都消失了，我們像陌生人一樣。」

回想起那段記憶，最讓我印象深刻的是，當我終於忍不住打破與林品妍的約定，對陳月雲說出所有事情之後，得到的不是關切的眼神與態度。

陳月雲討厭髒的東西，討厭她無法掌控的東西，我也是其中一個。

從她的眼神中，我看見的只有嫌惡，不明所以的嫌惡。我無法理解，聲嘶力竭地對陳月雲哭喊：「林品妍是殺人兇手啊！她把那個警察害成人不人鬼不鬼的樣子！」

當我得知搜救隊終於在山中找到藍珂瑋時，我以爲她已經死了，如果她死了就好了，我是這麼想著。

我不認爲受到那樣的撞擊摔落後還能活命，就算能活命大概也會痛苦一生，所以我希望她死去，一方面比較輕鬆，另一方面她再也沒有機會說話，沒有機會指認撞她的車子。

然而她奇蹟般地活了下來，同時卻再也沒有辦法開口說話。

當然，我的態度不變，如果藍珂瑋指認了我，我會承認同時承擔錯誤，我希望她死去純粹只是因爲我不想要她受苦。

神實現了我其中一個願望，另一個願望祂卻沒有爲我實現。

祂選擇以殘酷的方式讓藍珂瑋活下來，讓她十幾年的人生與床爲伍，皮膚生滿爛瘡，一頭帥氣的短髮只能剃光，原本穠纖合度的身材瘦得令人膽戰心驚。

當她看著自己那根本不能稱之爲人的模樣時，還能喜歡著李知雲嗎？她是不是曾經想著，都這個樣子了她有什麼資格說愛？

當我向陳月雲說出對藍珂瑋的擔憂時，換到的是陳月雲對我的不諒解，她不停地朝我怒吼，將我趕出她在台中的家。

直到我大學畢業後我們三人搬回北部，台北的家我在待業期間住過一段時間，離開後她沒有再邀我回去過，更別說除夕夜了——我連一間空房間都沒得過夜，我的房間變成一間倉庫般的地方。

每當我看見失去我生活空間的家，總會想起陳月雲將我趕出去時所說的話。

「都是妳的錯，如果妳沒有向姊姊求救就不會發生後面的事了！妳應該扛起責任，不應該讓姊姊承擔，車禍這件事應該要由妳負責。」

白靜宸聽完我的敘述，臉色鐵青。

我準備好要聽他的責備，「你是來罵我的對嗎？罵我解除了林品妍的靈魂伴侶，對嗎？」

「爲什麼覺得我想罵妳？」

「難得我第一次就做了對的判斷。我明明做對了，卻又做錯了，所以你想罵我對嗎？」

白靜宸嚴肅地看著我，良久，他嘆了一口氣，「我確實想罵妳，但是我找不到理由罵妳。命運很捉弄人吧，開車撞死自己暗戀對象的兇手竟然是自己的靈魂伴侶，如果我是李知雲，我應該會想叫這樣的命運去吃屎吧。」

我有些詫異於白靜宸竟然就這樣放過我了。

「我想知道靈魂伴侶是誰決定的？像你所說，每個愛神都有機會促成靈魂伴侶，對我來說，林品妍的靈魂伴侶就是李知雲，但對另一個愛神來說，有可能會是不一樣的答案嗎？」

白靜宸點點頭，「可靈魂伴侶也不是多到每個愛神都能爲每個人配到，其他愛神很有可能會爲人安排他們自己覺得適合的對象，不限靈魂伴侶，機會各只有一次，這個愛神配不到，哪一天輪到其他愛神或許可以。

「換言之，愛神也有很多可能會判斷錯誤的狀況，只是妳的狀況比較特別，妳必須要這麼做才能知道殺死自己的兇手是誰。可是人本來就有爲自己尋找靈魂伴侶的能力，這世上有很多人不是依靠愛神的力量找到靈魂伴侶。他們多數在投胎成人之前就被月老繫上紅線，以天生的心有靈犀找到對方。」

「照你這樣說，愛神的工作到底是什麼？」

白靜宸語氣仍然嚴肅，「愛神的工作就是修正月老的錯誤，以及幫助那些粗線條的人找到靈魂伴侶，他們很有可能終其一生感應不到對方。命運很難說，或許他老人家安排的不是對的，這個時候就需要愛神的幫忙。

「所以這件事我不會責備妳，妳想的也沒有什麼不對，如果是其他愛神也有可能會做出和妳一樣的事。」

聽白靜宸這麼說，我突然羞恥起來，心中迴盪起在林品妍的事情結束之後曾經響起的質疑。說到底，我的決定很有可能只是爲了滿足自己心中微不足道的正義，並不是眞的爲李知雲與林品妍的幸福著想。

「可是沒有用啊，我身爲愛神，卻拆散了李知雲與林品妍這一對靈魂伴侶。」

「妳記得我跟妳說過，遇見靈魂伴侶其實不代表會幸福嗎？」

我點點頭，「記得。」

白靜宸溫柔地笑了，「妳覺得遇見靈魂伴侶重要，還是過得幸福重要？」

「當然是過得幸福，李善婷不就是那樣嗎？與周瑜安心意相通後卻失去了周瑜安。」

白靜宸溫暖又大的手掌覆在我的頭頂，輕輕地拍了拍，「那就對了。」

我感受到全身血液一鼓作氣地往臉上衝……當然我的血液已經停止流動、心臟也不再跳躍，這只是一個想像，因爲若不是那樣的想像，我無法解釋臉上又紅又燙的感受。

我看著白靜宸的眼睛，他也看著我，我從他的眼神中讀出衝動，我想我可能也是這樣，就在我以爲我們將會像好萊塢電影一樣接吻的瞬間——

門鈴響了。

白靜宸遙望門旁亮起的監視螢幕，有個人影在晃動。

幾聲急促的門鈴並沒有讓夏常芳自臥室走出，白靜宸放下警戒，走到監視螢幕前停下，施展法術使自己變得與夏常芳一模一樣。

我想起白靜宸說過死神可以化成任何模樣，也可以在某些時候被人類看見。

他按下通話鍵，發出了與夏常芳一模一樣的聲音：「這麼晚了，請問有什麼事嗎？」

我沒有想到，對講機傳出的，竟然是我一生也忘不掉的，盧詣脩的聲音。

盧詣脩語氣緊張，「沒事，我只是想確定你好不好，因爲你一直沒有回我訊息和電話，我很擔心。」

白靜宸以夏常芳的聲音透過對講機回答：「謝謝，我沒事。」

我看不見螢幕中的盧詣脩，但我聽出他的聲音帶著失望與婉惜。

他似乎躊躇了一會兒，最後艱澀地開口請求：「我可以進去坐一下嗎？」

第九支箭　謝幕之前（成爲最下等的鬼魂）

聽聞盧詣脩的請求後，白靜宸轉頭看我。

我能從他的眼神讀出他在請求我的同意，可我僵在那裡，像身處冰封雪地之中。我不想見到盧詣脩，他有可能是夏常芳靈魂伴侶的事實令我作嘔。

然而，愛神是公平的，我也必須公平。

幾經思考後，我朝白靜宸輕輕點頭，他雖然心有疑慮但還是幫盧詣脩開了門。

門外的盧詣脩一見到夏常芳的臉便感激涕零地跪了下來，抽泣說道：「我以爲這一輩子你都不會見我了，眞的太好了，你還願意聽我說話。」

聞言，白靜宸那張與夏常芳一樣的臉龐眉頭擰緊。

我看得出他對盧詣脩的厭惡，不過他還是盡力扮演著夏常芳、盡力不要露出破綻，友善地將盧詣脩牽進門來坐在沙發上。

「先喝杯水吧。」白靜宸轉身自廚房倒了一杯水，回到客廳同時透過房間門縫確認了在法力作用之下的夏常芳依然沉睡。

「謝謝。」接過水杯的盧詣脩羞紅了臉。飲下水後，他又跪了下來，端的是一副肝腸寸斷的模樣，「我沒有資格要你原諒我，以前我對品涵做過的事是事實，我無法改變也不想爲自己找理由，我是眞的傷害了品涵和你。我以前不知道怎麼對待人，滿腦子都只有自己，非常自私自利，那時候我心裡生病了。可是當我遇到你之後，我才知道什麼是愛，才知道怎麼善待重要的人。」

我瞪大雙眼，難以理解眼前的狀況。

我腦中靈光一閃，對於殺死我的兇手有了一絲頭緒，或許那個人就是盧詣脩也未可知，大概是因爲想要奪走夏常芳所以殺死了我？

不，我在死前就與夏常芳離婚了，他想跟誰在一起是他的自由，再說都已經是離婚的狀態，我還能是盧詣脩的阻礙嗎？

白靜宸沒有回答，表情難受地看著盧詣脩。

「我不奢求你原諒我，但是不要從此以後都不跟我見面好嗎？沒有你我寧願去死，我是認眞的。」

「你有隱瞞我什麼事嗎？」

盧詣脩抬起頭，淚濕的臉充滿困惑，「什麼？」

「品涵沒有跟我說很多，所以你仔細跟我說清楚。」

盧詣脩的臉漲得鮮紅又突然刷白，表情揉合了驚恐與羞恥，他吞吞吐吐道：「我侵犯了品涵，不是像之前跟你說的什麼……跟品涵在一起之後拋棄了她之類的，是我曾經侵犯過她，在她的奶奶家、在我家的高雄別墅……具體次數……我不清楚了……」

盧詣脩還沒說完，我的眼前旋即閃過一道黑影，白靜宸朝盧詣脩猛力揮出一拳。那一擊令我吃驚，我從沒有見過那樣的白靜宸，而盧詣脩的身體飛了出去撞上門板。

白靜宸不打算就此罷休，立刻衝上前坐在盧詣脩的身上，左拳右拳不斷交替落在盧詣脩的臉頰。

我看得目瞪口呆，不自覺喊叫出聲：「白靜宸，快點住手！你會打死他的，這樣會害到夏常芳！」

但白靜宸停不下來，他不斷揮動拳頭，即便盧詣脩的牙齒掉了出來，他也毫不在乎，像是眞的想致盧詣脩於死地。

盧詣脩卻毫不在意，大喊著：「把我打死！就把我打死！」沒有打算逃走的意思。

我知道我也有控制人的能力，可是我不能控制眞的夏常芳來阻止白靜宸，只能試著控制死賴著不走的盧詣脩，使他不再堅持留下來。

我記得李善婷的教訓，也曉得不能隨意使用紫色箭羽的愛神箭。

成功控制盧詣脩的想法後，他從不反抗轉爲反抗，突然猛力抓著白靜宸的手臂將他反制推了出去，自己也得到空檔奪門而出。

盧詣脩落荒而逃後，白靜宸頹軟在地，那張夏常芳的臉與衣服如同洋蔥一般剝落，顯露出白靜宸原本的模樣。

然而他不再是冷靜、沉著的樣子，與我認識的白靜宸天差地遠。我感到吃驚，訥訥地開口問他：「你爲什麼要打他？」

聞言，白靜宸變得驚惶失措，我第一次看見那樣的他，忍不住將他拉進我的懷中，像媽媽安慰孩子一樣安慰他，拍拍他的頭，試圖讓他冷靜。

良久之後，白靜宸的聲音悶悶地在我的懷中響起，「我一想到發生在妳身上的事就氣得控制不了自己。」

我笑了起來，「沒事了，有你在就沒事了。」

我將白靜宸的頭抬起，看著白靜宸的眼睛，忽然覺得被這樣的一雙眼睛注視著很欣慰，我何德何能。

但白靜宸似乎沒有被我療癒，他仍然憂心忡忡，「不會沒事的。」

在我還沒能理解白靜宸的意思之前，眼前的他慢慢變得透明，像有一團我看不見的霧氣不斷侵蝕著他。即便我使勁要抱他也抱不住，只是徒勞無功拚命揮動空氣。

就像胡迪尼的魔術一樣，彷彿接著只要輕輕眨眼，白靜宸就會消失。我不明白究竟發生了什麼事，「告訴我你怎麼了？拜託！」

面對我的詢問，幾乎只剩下殘影的白靜宸溫柔地笑了，「沒事，我們會再見面的，我只是必須接受處罰。」

「什麼意思？」

「我不能攻擊人，這是死神的禁忌，只要觸犯就會變成最下等的鬼魂。」

「我還看得見你嗎？」

白靜宸搖搖頭，「最下等的鬼魂跟消失沒有兩樣。」

「所以我不是叫你不要打他了嗎？」

「對不起，我應該聽妳的話。」

「我還可以跟你說話嗎？」我急得快要哭出來。

「我不確定，或許可以，或許最下等的鬼魂還可以聽見聲音，我不敢保證。」

「你會跟我再見吧？會吧？」

白靜宸那雙細長的眼睛笑瞇起來，「會，只要妳記得我，我就會來見妳。」

我咀嚼著那一句話，「你會再度成爲死神嗎？」

白靜宸自信地笑了，「會。」

「我不會忘記你！我怎麼可能忘記你？我現在就記得你了！」我試圖抓住白靜宸透明的雙臂，仍只是不斷穿透他的臂彎，碰也碰不著。

「我相信妳。」

「爲什麼？」

「妳從沒有問過我的名字爲什麼是女生的名字，彷彿妳一直都知道靜是哪個靜、宸是哪個宸，以及關於這個名字的故事。」語畢，白靜宸的眼淚掉了下來。

不過那純粹是我的猜測，畢竟眼淚和他都一樣透明。

「我很開心，在妳的內心深處，我不曾被妳忘記過。」

我恍然大悟，爲什麼我對白靜宸感到熟悉？對這個名字毫無疑問？我並不是什麼都忘記了，我還有著最爲重要的、唯一的一段記憶。

夏常芳的房間傳來家具倒下的聲響，我被一聲鏗鏘喚回，定神一看，眼前的白靜宸已然不在。

這一定是開玩笑，在謝幕之前他一定會出現，調皮地笑著告訴我，我被他騙了。他絕對不可能消失，怎麼可能消失？他只是被魔術暫時藏起來而已。

謝幕之前，他一定會出現。

我將臉上的淚液鼻涕抹開，站起身四處查看，就連衣櫥貼壁的縫隙、廚房系統櫃我也不放棄。越是找不到我就越是有信心，「啊哈，我知道了，接下來一定找到你。」

反正他肯定會躲在一個離奇的地方，出奇不意給我驚喜，死神絕對不會因爲揍了一個該挨揍的人遭到處罰。

更何況處罰他的人是誰？叫祂出來跟我理論啊？如果因爲這樣就要懲罰白靜宸，那世上還有公平正義嗎？

我跑來跑去四處尋找，最後是夏常芳的房間，我闖了進去，正要喊出「哈，找到你了吧」的同時，眼前的景象震懾了我，令我語塞。

夏常芳以領帶將自己掛在水晶吊燈上，身體緩慢地畫圈搖晃著，地面倒著原先該是堆疊起來的兩張桌子。誰會在臥室疊這樣的東西？除了準備自殺的人之外，還有誰？

我看向可能是我生前使用的穿衣鏡，夏常芳以口紅在鏡面上寫下：品涵，等我。

我的腦中一片空白，身體卻擅自動了起來，回神後已經將桌子重新疊好，把夏常芳的領帶剪斷。他摔在房間地毯上，神的能力使我可以控制觸碰得到或觸碰不到東西，人體也是，我的雙手疊加在夏常芳的胸膛上施力下壓。

我不知道爲什麼我要救夏常芳，也沒有想這對我有什麼好處，只是我的腦海閃爍過顏夏的模樣，僅此而已。

下壓幾次後，我將夏常芳的下顎抬起對他人工呼吸。

我以爲已經死了的我連呼吸都沒有，結果還是有的，只需要我將自己想像成一個健全的人，全心全意地想著，竟然就辦到了。

急救的黃金時間一點一點流逝，我不知道時間過去多久，只見夏常芳緩緩睜開眼睛，張大的口腔吸了一大口氣，與此同時，他看見了我。

他的眼神充滿震驚與懷念，也許他以爲我是來接他的，微笑起來，「品涵？是妳嗎？真的是妳？」

我不知道該回應什麼，只能看著他。

「我一直都好想妳，品涵，我好想妳。」他看著我，無比留戀地說著，雙眼噙淚。

我趕緊撥通急救專線，確定救護來的時間後，我讓夏常芳睡去，再度隱身於夏常芳的房子裡。

隔日的一大清早，我急急忙忙趕赴李知雲的警局。

我並不是要見李知雲，我想見的是另一個人。果不其然，當我想闖進去時，與上次一樣的老頭再度出現阻止了我，「唉，林品涵，妳又來？」

沒錯，我就是要找他。

「不要以為藍珂瑋去投胎妳就眞的沒人管了啊？妳一樣沒有權限。」

「不是的阿伯，我是要找你。」

門神豎起不靈敏的耳朵，「啊？」

「你是我少數見過的其他神明，所以我只好來問你，我想知道被懲罰的死神會去哪裡？有沒有什麼方法可以讓他們恢復原狀？」

門神意義深遠地微笑，挑起一邊的眉，「白靜宸犯了哪一條罪？」

「他打了一個人。」

「傷勢呢？」

「應該算嚴重。」

門神歪頭想了想，「死神不能做三件事，既然只是攻擊，就不是最嚴重的，但也不算輕，我想起他有一次前科，不知道這次會怎麼樣。」

「哪三件事？」

「一是不可攻擊人類、殺死人類，連認眞想都不行，依照嚴重性懲罰也不一定。二是不可以透露死期給活人，三最嚴重，不可延長人類的壽命，接到死亡期限通知時，就算是自己的親人也不可以動私心延長活人性命。」

「白靜宸的前科是什麼？嚴重嗎？」

門神的眼神不懷好意，他瞇起眼看著我，試圖推測我的居心，「妳想做什麼？」

「當然是不想讓他消失啊。」

我一說完，門神笑了起來，囂張且狂妄。

我正在奇怪門神爲什麼笑時，他擦去眼角的淚，「就算他不能當死神也沒有關係呀，他還有地方去，他跟藍珂瑋一樣，身體還活著，他也是以活生生的靈魂成爲的死神。」

「就我看來，危險的是妳啊林品涵，妳一旦觸碰到愛神的禁忌就眞的沒了，灰飛煙滅，死得徹徹底底。」

我傻住了，全身麻痺，「你是說，就算不是立即、不是現在，白靜宸總會有一天和我處在完全不同世界？」

門神點點頭，「如果他的活體是妳的任務對象就更糟了，妳將會給他眞愛，而他永遠見不到妳，妳也不能去見他，你們的見面完全得靠機率。」

「不會吧？他是我的任務之一？」

門神的臉漲得通紅，氣急敗壞暴跳，「我怎麼會知道啊？」

見他突然生氣，我也不管他是不是能給我幫助，不管三七二十一，總之我朝他跪了下去，只要能見到白靜宸，我什麼都願意嘗試。

「算我求您，請您告訴我可以讓白靜宸回到我身邊的方法好嗎？只要是我能做到的事情我就會做。」

「就算他的活體可能是妳的任務對象？」

我的心臟感到衝擊，想說的話哽在喉嚨中，「就算是這樣也沒有關係，我希望他得到幸福，不管怎麼樣，也不管我會怎麼樣、會有什麼後果。」

這次我成功感動了門神，他傾身對我說道：「告訴妳一件事，愛神撮合任務之外的對象不適用愛神的禁忌，所以現在妳按照自己的意思，主動去找吳易玄也不會有任何懲罰。」

「爲什麼突然跟我說這個？吳易玄知道什麼嗎？」

我才問完便見到吳易玄急匆匆自警局跑出來，他一面忙著掏鑰匙開車，一面打電話給李知雲，「喂，出事了，夏常芳在凌晨上吊自殺，他現在在醫院，剛剛醒來了。」

我不知道李知雲在電話那一端回了什麼，只聽見吳易玄回道：「告訴你一件有趣的事，有個男人來報案說自己被夏常芳攻擊，他還說自己是夏常芳的外遇對象。」

聽吳易玄的說話內容，我想關於我的案情應該陷入膠著，如今白靜宸化身成夏常芳攻擊了盧詣脩，他的衝動行爲爲我的事件帶來曙光乍現。

「你猜那個男人是誰？你絕對想不到，竟然是盧詣脩，林品妍大學時期的男朋友。」

我突然理解門神的意思，「解救白靜宸的方法，就是繼續完成任務嗎？」

門神點點頭，慈藹地揚起微笑，「超過警局的範圍，就不是我的責任了。」

我想起那樣的微笑曾經出現在另一張年輕的臉龐上……現在的臉龐太老，令我無法記起那張臉。

目前爲止拾回的記憶突然變得鮮明，如同記憶中的那個人從來沒有離開過我的人生一樣，我突然認識了他。

「爸爸？」

門神沒有回應我，逕自說道：「在我看來，妳已經是個獨當一面的愛神了，不需要藍珂瑋妳也可以給其他人幸福。」

他輕輕揮手，一陣風將我帶進吳易玄的車子中，我趴在窗戶看著林誠澤的身影逐漸變小，車子駛得越來越遠。

我突然很擔心他是不是會像白靜宸一樣，因爲觸犯禁忌而消失，於是探出車窗朝林誠澤喊道：「沒事吧？爸爸，你會消失嗎？」

疾駛的車子距離已經使我看不清林誠澤的表情，可我相信他笑了，應該也很肯定地以微笑告訴了我，我還能見到他。

我是這樣想的。

片刻後，吳易玄與李知雲在醫院會合，我跟在他們身後一起進入病房，映入眼簾的是自醒來起便一直盯著天花板發呆的夏常芳。

李知雲率先開口：「還好嗎？可以說話嗎？」

夏常芳以沉默與空白的眼神回應。

須臾，換成吳易玄開口，「夏常芳先生，請你接受調查，有人報案遭受到你的攻擊，你是因爲出手攻擊人所以畏罪自殺嗎？」

聽聞吳易玄所說，夏常芳的眼神泛起詭異的光，看似精神失常地笑了出來，「我攻擊誰？盧詣脩嗎？眞的嗎？吳先生，你如果了解盧詣脩這個人就會知道，他會爲了自己的利益而不惜傷害自己去誣賴別人。」

「我想不會有人爲了誣賴他人就把自己傷得那麼慘。他不是輕傷，是接近重傷。」李知雲道正色。

「那給你們看監視器，我爲了防盧詣脩在家裡裝了監視器。」語畢，夏常芳將自己的手機按出畫面後乾乾脆脆給了李知雲。

手機中的影像令我吃驚，不止是我，吳易玄與李知雲也同樣吃驚。

影像中沒有化身成爲夏常芳的白靜宸，只有盧詣脩違法侵入夏常芳家中，接著不斷將自己的身體與頭部往門上撞，直到鮮血淋漓後步履蹣跚離開了夏常芳的家。

「你那個時候在哪裡？」吳易玄滿臉不可思議。

「我吃了安眠藥，聽不見外面的動靜，醒來之後，我突然就想結束一切。」

「如果照你說的那樣，家中只有你一個人？」吳易玄確認道。

夏常芳疲憊地點了點頭。

我不明白，爲什麼他不說他看見了我？

「不對，家裡還有別人，一一九電話是從你家裡撥出的，而且是一個女人的聲音。」李知雲取出手機，爲夏常芳播放了一段急促的聲音。

在那段錄音結束之後，夏常芳淚水滿溢眼眶，雙手掩著臉撕心裂肺地放聲大哭，哭得肝腸寸斷，久久不能自己。

「喂？一一九嗎？這裡有人上吊自殺了！我剛剛對他做了CPR，現在有在呼吸，但他沒有醒來，請你們派人來救他！名字是夏常芳，夏天的夏，經常的常，芬芳的芳，地址是……」

「謝謝您的熱心協助，我們已經派人過去，請問您是他的誰？救護人員趕到時您會在夏先生身邊嗎？在救護趕到之前可以請您先在他身旁注意狀況嗎？」

「我不會在！我是他前妻，我已經死了……」

還沒等接線人員反應過來對話內容，這段錄音便結束了。

夏常芳聽完痛哭著說：「這是品涵的聲音！不會錯，是品涵的聲音。」

他看見了我，這不是夢。

吳易玄潑了他一桶冷水，「林品涵已經死了，別忘了你還去捻過香。」他搔搔蓬亂的頭髮，無法解釋發生了什麼，從監視器的影片開始，一切都好詭異。

「這段錄音可以給我嗎？」

「夏先生，在事情結束之前音檔不能給你。」吳易玄代李知雲回應。

此時李知雲突然說道：「林品涵已經死了，這個聲音不可能是林品涵，但是，有可能是林品妍的。」

「啊？」

「林品妍感冒的時候聲音非常像林品涵，就連我也曾經認錯過。」李知雲再道。

吳易玄臉上的表情更加不解了，他所認識的李知雲與我和林品妍之間的關係僅止於十四年前的颱風過境之後。

林品妍暗戀李知雲許久，最後，吳易玄只依稀記得林品妍的單戀無疾而終，就他所知，李知雲沒有與林品妍有進一步的交集。

「你在說什麼啊？」吳易玄一頭霧水，「就算真的是林品妍打的電話，那她是在哪裡打的電話？監視器沒有拍到任何人。」

「電話號碼可以作假。」李知雲堅信自己的推論。

兩人爭辯之中，夏常芳插進話題，與先前相比他現在冷靜許多，「那就是品涵的聲音，我不會弄錯。」

李知雲與吳易玄面面相覷。

不知道是不是因爲沒有死成的失落，還是因爲吳易玄與李知雲的爭辯令夏常芳感覺疲憊，夏常芳屈下腰，臉幾乎貼著彎起的膝蓋，以細小卻能穿破空間的聲音說著：「是我，是我殺了品涵。」

李知雲與吳易玄瞪大眼睛，不敢置信地看著突然自白的夏常芳。

我也不敢相信，因爲我曾經如此信任著他。這與我是不是找回記憶無關，而是我曾經將我的終生交付給這個人，可這個人卻說他殺死了我。

根據我目前得到的記憶推測，我生前一定是個極度不相信別人的人，但我卻願意將我的終身交給他，我一定很相信他。

畢竟，我們是靈魂伴侶，也是藍珂瑋第一對促成的眞愛。

我回到生前的租屋處，這裡依然因爲前租客遭到謀殺的事件無人承租，仍舊沒有任何生活的痕跡。

我無力躺在塑膠套套著的硬床墊上疲憊睡去，期許當我醒來時，白靜宸能若無其事出現在我面前，再幫我一次。

可是，他並沒有出現，房間依然空蕩蕩，依然沒有白靜宸出現的跡象與證據。

第二天，我繼續睡著，對於夏常芳以及之後的任務完全失去興趣，也突然不想知道殺我的人是誰了。

我知道，爲了拯救白靜宸我必須振作、必須完成任務，可是我好累，沒有白靜宸、沒有藍珂瑋在身邊，我失去動力。

或許就是夏常芳呢？他都說是他了，不是嗎？

然而事情會如此簡單嗎？我被深信的人給背叛殺害，會是這樣嗎？

第三天，我仍然睡著，我的愛神職涯失去意義，我沒有薪水、當然也不需要爲了五斗米折腰。我只是不想做了，不想做任何事，不想努力，不想再失去任何人，也不想再與人有任何連結。

愛神的工作是讓自己生前曾經傷害、傷害我的人們能獲得幸福，可這一路下來我只看到兩敗俱傷，他們和我受的傷都沒有少到哪裡去。

這哪裡是能讓人幸福的工作？

窗外開始下雨，雨聲無窮無盡，好像永遠沒有結束的一天，房間開始瀰漫霉臭味，濕氣令衣服變得沉重。

我雖然不是活生生的人，可我卻有感覺，好像我依然活著一樣，依然存在這個世界中。嗅聞到霉味的瞬間，我鼻頭一酸，無法消化突如其來的巨大悲傷，這幾天以來沉默的我終於哭了出聲，哭聲與雨聲一同迴盪在房間，停不下來，也無法停下。

我只想要白靜宸回到我身邊，除了白靜宸以外，我不需要任何人，我只想要白靜宸，沒有任何理由與動機地需要著他。

又過了許久，已經數不清多少個下雨的日子過去，房間門板響起輕敲的聲音。

望著門板的我說不震驚是假的，這是死人的家，短時間內根本不會有人來訪，是哪一個不要命的？

抱著遲疑與有些好奇的心態，一絲微弱的想法在我的心中一閃而逝，或許是白靜宸。我久違地下床開門，光明正大，反正一般人看不見我，無所謂。

打開門扉，外頭沒有人在，發出敲門聲的人也不在，當我轉頭回到瀰漫著臭霉味的房間時，原本該消失的藍珂瑋伴隨著煙霧出現在我的面前。

她不再像先前那般顯老，而是活潑年輕，俏麗短髮帶著些微捲度，非常搭配身上的深藍色警察制服。

「怎麼了？妳不是離開了嗎？」

「我還是想看看妳爲了曾經深愛自己的人，會做出什麼選擇？他曾經是妳的靈魂伴侶，妳會爲他帶來更適合的眞愛嗎？」

我思考許久，語氣原比自己想的還要淡定，「我沒有辦法，現在沒有任何一個人能帶給夏常芳幸福，我不能胡亂塞一個給他。」

藍珂瑋搖搖頭，「紫色的箭或許能爲他帶來不一樣的幸福，海闊天空、新的自由，我現在在想，或許白靜宸說的對。」

我突然頓悟一直信仰的白靜宸所說的話，抬眼一看，藍珂瑋手持紫色愛神箭，箭頭朝著我，正色道：「我現在正式解除你們的靈魂伴侶關係。」

語畢，紫色箭刺進了我不再跳動的心臟，下一瞬間，紫色的箭化成煙霧靜靜躺在我的手心上，冰冷卻炙熱。

我回頭一看，箭筒上的紫色箭都還在。

「這是我自己的箭，去找夏常芳吧。」藍珂瑋堅定又輕盈地說道。

與此同時，隨著她的輕輕揮手，我的房間開始改變，所有擺設與牆面接連消失，取而代之的是一處不知名的大樓頂層，被大雨沖刷得乾乾淨淨的星空盡情揮灑在我的肩上與背上，閃閃發亮。

樓頂的對面是進了醫院的夏常芳，望著窗外的他雙眼失去靈魂，再也無法從他的靈魂之窗中得到任何訊息。

好像從他決定上吊開始，他其實就已經死去了一樣。還是說，從我遇害死去開始，他就已經跟著我一起死去了呢？

我不知道，因爲從夏常芳的眼神中，我什麼也捕捉不到。曾經是他的靈魂伴侶的我，什麼也感受不到。

這一瞬間，我想我應該是既難過又悲傷，然而也因爲藍珂瑋的箭的緣故，我逐漸感受不到任何情緒與心情。

我對夏常芳的感覺，此刻只剩下許多釋懷……原來，這就是被紫色箭羽的愛神箭射中的感覺。

我將紫色羽箭架在弓箭上，拉緊弦，直到手臂的力量用盡、直到拉不動爲止，將弦緊繃到極限。

拉著弦的四指放開的同時，紫色的愛神箭劃破空氣朝前飛去，氣流受到擾動，風在我的短髮與脖子之間來回不斷飛舞盤旋。

紫色愛神箭穿過窗戶玻璃，正中夏常芳的胸口。

只見夏常芳的表情變得柔和與懈怠，好像他從來都沒有這麼放鬆過一樣，他嘆了一口大氣，他應該將我放下，也對我釋懷了。

在我們兩個人都感到釋然同時，藍珂瑋的手搭在我的肩上，「妳要明白，妳失敗了，作爲一個愛神，妳失敗了。」

「我知道，我失敗了。」

「所以，還有下一個任務，明白嗎？」

我雖然點點頭，可我想著即便不是以紅色愛神箭，對我來說，我還是覺得自己完成了任務，因爲我知道自己朝著解救白靜宸的路上邁出了一步。

「我明白，爲了拯救白靜宸，我願意做任何事。」

我重新整理了心情，很快地，粉紅色卡片自天空飄然而降。

第十支箭　最後點餐（No way out）

我彎身撿起粉紅色的卡片，但沒有著急想知道下一個任務對象是誰，收起卡片，邁步前往醫院。

藍珂瑋跟上我，沒有多問什麼。

「既然夏常芳的任務失敗的話，我現在去見他也沒有關係吧？」

「當然可以，妳對他還是有使用愛神箭的機會，嚴格來說，他還是妳的任務對象，妳一樣可以觀察他，給他幸福。」

「應該沒有辦法了，我不想浪費時間。既然現在沒有他的靈魂伴侶，之後呢？我要等幾天、幾個月、幾年才能完成任務？」我笑了笑，然後想起盧詣脩，「如果盧詣脩是夏常芳的眞愛，不如叫我去死吧，哦？不，我已經死了，所以盧詣脩不是。」

藍珂瑋對我的言論不予任何反對與贊同。我們兩人一前一後走著，像在散步，又像是趕赴戰場。

進入醫院後，充滿冰冷的日光燈粉墨登場，我們一同進入夏常芳的病房，除了他以外還有李知雲，吳易玄不知道去了哪裡，不過也不重要。

進入病房後，藍珂瑋神情緊張地看著李知雲與夏常芳兩人，總覺得像是要發生什麼，風雨欲來。

夏常芳的表情僵硬蒼白，他從身旁的櫃子取出一只被夾鏈袋保存妥善、近乎原封不動的證件夾，證件夾沾著些許塵土、發了霉、稍微褪了色，裡頭的證件也一樣。

李知雲一時之間不知做何反應，不受控制顫抖的雙手接過證件夾，既寶貝又難過地蹙緊眉頭，「為、為什麼？」

夏常芳低下頭，看著淡綠色卻一點也不療癒的薄毯，輕聲說道：「品涵說，如果她走了，要把這東西交給你，並且告訴你，那天開車撞到藍珂瑋的人就是林品妍。

「她說，你早就知道是林品妍，只是沒有證據逼自己接受事實。拿去吧，或許能當作一個證據。」

夏常芳的聲音迴盪在病房中，好不真實。他按照我生前的希望，將藍珂瑋的證件夾還給李知雲，給了支持他推測的證據。

李知雲怎麼也想不到這是真的，他曾經愛過的人是害死了曾經深愛的人的兇手。這叫他情何以堪，他是那麼地深愛著藍珂瑋，為了她可以不辭辛勞地一直不斷前往案發現場尋找真相，可他的懷疑又究竟算得上幾兩重呢？

我想他一定很想相信林品妍，因為如果他愛著林品妍，而林品妍也愛著他，她肯定不會繼續說謊、肯定不會再騙他，也肯定不會看著他繼續痛苦。

然而林品妍沒有坦白。

在夏常芳面前的李知雲表現鎮定，他雖然失望震驚卻沒有因此崩潰，小心翼翼地收下證件夾，走出病房打了一通電話給吳易玄，「林品妍就是開車撞死藍珂瑋的兇手，請立刻逮捕她。」

語畢，李知雲離開了醫院。

如果白靜宸在我的身邊，我想他一定會笑我又犯蠢了一次，如果我沒有將紅色的箭改射向藍珂瑋與李知雲的話，這一切都不會發生了。也許他仍然會繼續深愛著林品妍，爲了她不惜說謊一輩子、背叛藍珂瑋的癡心，也要繼續守護這個祕密到底也說不定。

深夜時分，李知雲回到警局確認林品妍被逮捕之後，一向奉公守法的他做了從不曾做的事情——偷偷帶走執勤的配槍，回到陰暗的公寓。

他將音響開到最大聲，震耳欲聾的爵士鼓聲幾乎穿破天花板，搖滾樂與歌手的吶喊掩蓋了槍響。

沒有人知道他怎麼了，只知道他不斷重複播放這首歌曲迎接他爲自己設定的死亡倒數。當公寓被破門，眾人看見的是李知雲頭破血流倒在地上，沒有呼吸、失去心跳，而那首歌就像唱著他的遺言一樣——

Tell my family I love them, I'm sorry.
Tell my friends it's okay if they hate me.
Tried so hard, came up empty.

Forgive and forget isn't like me.

I never learned how I need to let go.

It's all too much so swallowed the pain away.

I couldn't stay.

他不曾忘記藍珂瑋的事情，大概也未曾原諒林品妍，可是現在我想他最最痛恨的，一定是愛上了林品妍的自己。

因爲無法原諒，所以面目可憎，也因爲這樣，他才選擇離開這個世界。

當我透過手機新聞得知發生這件事時，我在房間中嚇得什麼話也說不出來。

又一個人因爲我的愚蠢走了，又一個人。

我抱著頭，反覆抬眼注視手機畫面，不論怎麼看、怎麼聽，李知雲就是眞的走了，簡直就像顏夏一樣。

「哈哈哈哈！你出來啊？白靜宸？你出來！告訴我我做的是錯的啊！」瞪大眼睛，我忍不住再次因爲自己的白癡笑了出來，「出來告訴我！我做的是錯的！」

看著天花板無限延伸的白沒有辦法給我任何答案，我想著，這次我可能眞的不行了。

如果夏常芳就是兇手，就當他是吧，如果殺害我的是別人，也無所謂了，我已經不想再因爲自己錯誤的決定感到無所適從與憤怒困惑。

就這樣吧，我已經不想追究了。

我起身將粉紅色卡片撕成碎片，我已經不想知道，也不在意我的生前記憶，我想神也是因爲這樣而感到震怒，將我的記憶撕碎，只爲了讓我爲自己的愚蠢負上責任。

我只能這樣解釋，也只能得到這樣的解釋。

打開房門，當我準備離開房間尋找藍珂瑋，並將愛神弓箭還給她的時候，她不知爲何又突然出現在我房內。

她一臉鐵青，我已經準備好要被她責備。我將愛神的弓與箭取下，「還給妳，我沒有資格當愛神，還有，很抱歉發生了那樣的事情。」

語畢，我一直忍耐著的嘴角垂下，抓著藍珂瑋的手臂哭了起來。

愛神箭四散在地，藍珂瑋抱著我，而我像孩子一樣鑽進她的懷中。

她身上的警察制服雖然乾淨卻帶著濕土的氣味，我們兩人依循著這個味道回到了十四年前的那一天。

如果我強烈阻止林品妍，是不是一切就不會發生了？

「對不起！對不起！」我的哭聲與話語混在一起，也不管藍珂瑋是不是聽得懂，反正我一股腦兒地全說了。

從那天的颱風夜到李知雲的自殺，我全都說了。

藍珂瑋靜靜聽著我說著，適時地給出回應表示她仔細聆聽。

直到心情終於冷靜下來時，藍珂瑋看著我，輕輕爲我抹去眼角的淚珠，「我可以說說我的事情嗎？」

我點點頭。

「我在很小的時候就意識到父母親想要的是一個兒子，不是女兒。當我很自然地想要玩洋娃娃、穿裙子的時候，父母親的反應很詭異，他們不希望我做符合性別的事情，別的孩子那麼做可以博得父母的歡心，我的父母卻不是。

「所以我選擇做男生會做的事情，丟了所有的裙子與洋裝、化妝品，剪了短髮，穿上束胸去讀警校。然而在遇到知雲之後，我開始想要改變了。

「知雲雖然年紀比我小很多，卻比任何成熟的人都還要清楚我需要什麼，他看穿了我的心。即便得和他維持稱兄道弟，或是就算得說謊假裝自己是同性戀也沒有關係，我就是不想讓他知道，我喜歡著他。

「我常常在想，知雲一定不希望自己的交往對象是男人婆。我爲了成爲符合別人標準的模樣，我甚至練了肌肉、和女人玩在一起、試圖重建自己的性向，不是有句話說『謊言說久了也會成眞』嗎？我就是這樣做的。

「因爲我無法想像和知雲成爲情侶的自己，就是無法，甚至非常恐懼，我的內心既期待又害怕他向我告白。終於，在朵嘉颱風還是個低氣壓的時候，他向我告白了，他聽說我準備調派北部，所以想要確認我的感情，確認我們之間不會因爲距離與工作而逐漸平淡，所以他在下班時迫不及待告訴我。老實說，我很開心，開心到像快要飛起來一樣，另一方面我又突然感到恐懼了。」說著說著，藍珂瑋笑了起來，「妳看過變裝皇后或是男扮女裝、Cosplay嗎？而且是很拙劣的那種？」

我點點頭，一幅青澀少年穿著白色洋裝的模糊畫面突然浮現腦中，少年有著白靜宸的臉龐……我不曉得為什麼。

「當我睽違許久穿上洋裝準備第一次的約會時，我看見的不是一個精心打扮、褪下警察男裝穿上禮服成為足以參加選美的漂亮的女人，像《麻辣女王》演的一樣，而是一個奇形怪狀且醜陋的傢伙。我以為我可以成為珊卓布拉克，但怎麼可能？我所看見的，就是一個醜女人而已。」我尋思著應該說什麼，可藍珂瑋打斷我，繼續說道：「我知道妳想說什麼，妳是不是想要安慰我，別人眼中看見的我跟我所看見的自己不一樣之類的？我當然知道啊，我比誰都清楚，但我就是跨不出那一步。

「所以我沒有去赴約，我把李知雲丟在餐廳，直到餐廳關門，我都沒有出現。」

我能想像那天是個陰鬱的天氣，雲層被遠方的低氣壓擾動，有些地方悶熱得不行，有些地方卻下著大雨。餐廳上空一定烏雲密布，在烏雲之下有個傷心欲絕苦苦等待的男人。

他等著等著，直到服務生上前叮嚀，「先生抱歉，已經超過我們的營業時間了。」這時，李知雲才看見外頭下著傾盆大雨。他或許還自欺欺人地想著藍珂瑋一定是因為大雨所以趕不過來……他再次原諒了藍珂瑋。

「三天之後，颱風來了，那幾天我們很忙很忙，忙到沒有時間說話。颱風重新登陸南部時，我被一輛急著逃命的車子撞飛，從此以病床為家，十四年就這樣飛也似的過去了。」

「妳是為什麼成為愛神的？」我問道。

「我在昏迷不醒的時候聽見了一個祈禱的聲音，然後我就突然擁有了力量。當我飛到那個聲音的身邊時，發現是一個青年跪著求我，求我讓林品涵獲得幸福。見到青年的臉時，我想起他曾經是依賴過我的孩子，從那一刻開始，我意識到我成爲了愛神。

「可是我錯了，我和妳一樣，我也做了錯誤的決定，妳最後並沒有獲得幸福，青年和我也因爲私欲受到懲罰。愛神的工作不能受到私心的左右，我一開始並沒有意識到我的能力受到規範，只是對那孩子抱持著歉意，才完成他的願望。」

我深吸一口氣，潛意識告訴了我她口中所說的人是誰。

「最後，青年代替我受到懲罰，成爲了死神。他必須看盡所有醜陋與死別，沉浸在死亡與悲傷痛苦之中，萬劫不復。當然，眼睜睜看著自己一直深愛著的女人死去，也是他的懲罰之一。」

倏然間，我的腦中一片空白，「妳是說……白靜宸？白靜宸看著我……死去？」白靜宸明明說他遲到了三天。

藍珂瑋輕輕點頭，「原本妳應該作爲一縷幽魂被白靜宸帶走慢慢消失，但因爲妳心中那股強大的願望被神所聽見，所以妳得以以愛神的姿態存在。妳會忘記所有事情是因爲神犧牲了妳的記憶，不是因爲妳的死因。

「現在，神將願望還給了妳，就放在我之前給妳的上鎖箱子中。當妳完成最後一個任務的時候，妳自然會得到鑰匙。」藍珂瑋將原先已是碎屑的粉紅色卡片變回原樣，交付到我的手中。

我不相信，「李知雲因爲我死了喔，妳爲什麼還這樣對我？」

「我沒有什麼好怪妳的，知雲的死是注定好的。當他知道林品妍是兇手而自己愛上林品妍的同時，他就那麼打算了。」

「就算妳這樣說，我也沒有自信，李知雲一定就是因爲我做了蠢事才會自殺。」我仍然忐忑不安。

藍珂瑋輕撫著我的頭，「愛神不能有私心，妳將我的箭拿走的時候我沒有阻止妳，因爲我的心中自私地希望知雲一直想著我。有了愛神箭後，他就會一直想著我，但是這樣的私心是不對的。李知雲的離開，同時是神對我的懲罰，與妳一點關係都沒有。」

雖然藍珂瑋這麼說，我還是無法立刻振作起來，我只能僵硬地接下卡片，「告訴我，白靜宸會回到我的身邊嗎？或是，他能活下去嗎？」

「會的，我可以向妳保證，而且他也想見妳，只要妳想著他，他就不會消失。」

我看著手中的卡片，調整呼吸與心態，疲憊的我終究得咬牙撐下去，爲了白靜宸，爲了尋回記憶中的重要願望，「我知道了。」

當我們的對話結束時，藍珂瑋撿起地上的弓箭交還給我，她的眼睛滿懷希望，像是在鼓勵我，告訴我我做得到。

雙手接過弓箭後，藍珂瑋化成煙霧消失在我的房間。

半晌，我打開了粉紅色的卡片。

楊詩怡，台北市士林區○○路○段○○號○○樓，晚間九點。

我頹喪地躺在地板上浪費光陰，任憑睡意將我帶至深淵。

隔天，我起身重新背起弓箭，雖然時間還早我還是出門了。我打算花一整天的時間慢慢晃去目的地，順便買一束花到警局前致意。

致意結束後，我隱身在人群中迅速消失，一如怪盜基德——他在煙霧中現身，同時也在煙霧中消失。

致意時，我見到了門神，也就是林誠澤，我與他簡短地眼神交會，彼此都沒有說什麼，接著我動身離開警局前。

到達目的地時正好是晚間九點，我跟在那個家的男主人的身後進入豪華宅邸。這裡光是坪數就令人很難想像竟然是在台北市蛋黃區的房子，更何況房中還有一堆美輪美奐的家具與擺設。

一踩進去宛如置身於華美的法國古堡之中，隨著男人放下公事包，脫下外套打開浴室門後，我這才看見了與這房子一點也不相襯的楊詩怡。

楊詩怡穿著不知道多久前的過季優衣庫鬆垮家居服，整頭長髮蓬亂打結，臉上有片從後方撒來的放射狀紅斑，看了怵目驚心。

男人興許看慣了，他的眼神毫無波瀾，沒好氣地招手道：「快點出來！」

楊詩怡得到許可，畏畏縮縮地緊跟男人走出浴室。

在那同時，我看見楊詩怡的脖子與兩隻上臂都布滿了紅色瘢痕……我依稀想起了楊詩怡和她的丈夫侯建宏。

楊詩怡是我的第一個商品試驗人、我的大學教授，帶我進入化妝品研發領域的人。

她的傷痕是因為當人別人小三後被正宮攻擊的。那時她和偷情對象剛從餐廳出來，兩人還在卿卿我我之際，埋伏的後宮往楊詩怡的背部潑上硫酸，她的偷情對象也遭殃，不過沒有楊詩怡嚴重。

從那時開始，她便帶著醜陋的傷痕卑躬屈膝地生活。

侯建宏招手叫來幫傭，「太太今天有乖嗎？」

幫傭連忙點頭，這個家唯二的兩個女人看來都發自內心恐懼著侯建宏。

「有，她今天都待在浴室，很乖。」幫傭回道。

我繞回浴室一看，楊詩怡果眞如幫傭所說，一日三餐、睡覺、休息都在寬闊冰冷的浴室中度過。浴缸鋪著毯子，馬桶蓋上竟有洗過的餐盤，原本懸掛蓮蓬頭的掛鉤掛著換洗衣物。

「很好。」身爲他妻子的楊詩怡過著如此的生活，侯建宏非但沒有不滿，反而滿意地笑了。他鬆開領帶落坐，蓬鬆的沙發凹陷出窟窿，「這是妳的懲罰，誰叫妳想要去給林品涵捻香？我呸，林品涵那賤貨值得嗎？」

楊詩怡見侯建宏開始生氣，連忙抹臉下跪討好，「都是我不好，我知道錯了！我不應該鬧說想去捻香。」然後重重摑了自己巴掌，左右兩邊加起來不下數十個。

我按捺住想拿出紫色羽箭射出的衝動，掐著自己大腿忍著。

巴掌結束之後，侯建宏冷冷地說：「肚子餓了，來陪我吃飯吧。」

楊詩怡當然乖順地回：「好。」

幫傭辛勤地準備了一桌飯菜，在那期間侯建宏去洗了個澡，而楊詩怡如狗一般地原地等待。等到她得到允許坐在餐桌椅上時，桌面上只有一雙筷子與一個碗，餐具不是在她的這一側，而是在侯建宏那一側。

能到餐桌吃飯、使用餐具的，永遠只有侯建宏。

而楊詩怡呢？她只能等侯建宏酒足飯飽一邊剔牙一邊施捨般地發令「Eat」後，才能像隻狗般地伏在餐桌上用餐。

我大開眼界，可這對楊詩怡來說彷彿才是日常，她沒有任何情緒起伏，只是依靠本能活下去。

當楊詩怡吃飽之後，侯建宏進行例行公事一樣地拖著楊詩怡進入浴室，舉起蓮蓬頭毆打楊詩怡的腹部不下數十次。當楊詩怡吐出食物時，侯建宏又要她趴在地上吃下。

吐出，吃下，吐出，吃下。

這樣的循環持續到我看不下去，我使出法力指使那名幫傭上前展開雙臂阻擋侯建宏，「侯先生，請您住手！再這樣下去太太會死！」

侯建宏這才大夢初醒，一臉不知道自己爲什麼會那樣，嚇得將手中的蓮蓬頭丟在一邊，喃喃自語一臉失落地走回房間。

夜裡，楊詩怡終於得到平靜，蜷縮著身體睡在浴缸，而我坐在冰冷的瓷磚地板上聽著她的夢囈持續一整個晚上。

隔天一早，我跟著侯建宏去到他的公司。

侯建宏雖然在家中是如此泯滅人性，在公司卻隱藏得極好，沒有人看得出他本性是個殘酷的人。他對任何人都笑容可鞠、和藹可親，即便是公司的清潔阿姨也一樣。

見侯建宏在公司完美得毫無破綻，而且也沒聽到什麼人提及楊詩怡，我只好一無所獲悻悻然回到楊詩怡家中。

楊詩怡依然待在浴室裡，到了中午，餐盤中只有一顆雜糧饅頭，而且餐盤放在馬桶蓋上令人食欲全無。

我無法忍耐，再次施法令幫傭再煎兩個荷包蛋與培根放在餐桌上，招手要她走出浴室。

楊詩怡遲疑著，不敢貿然走出去。

直到幫傭說道：「我不會說出去的。」

聞言，她才拿著饅頭心驚膽顫地坐在餐桌椅上用餐。

幫傭坐在餐桌另一邊，吃著與楊詩怡一樣的東西，口中喃喃叨念：「要不是看妳可憐我不會做這些事情……」

她肯定在想自己一定是失心瘋了，怎麼會讓楊詩怡坐著正常用餐？

楊詩怡沉默以對。

不一會兒幫傭又說道：「既然妳討厭先生，爲什麼不直接離開他？之前爲什麼要跟一個女人在一起羞辱他？現在好了，妳什麼都沒有了，那女人也死了。」

我在想，幫傭口中說的那個女人或許是我。

「我知道，是我活該。」呑嚥下口中的雜糧饅頭，楊詩怡的表情看來有些難受，最後只說了這句話。

用餐結束時，幫傭自自己房間取來幾封信件與一個裝著項鍊的小小禮盒。

楊詩怡感激涕零地將它們擁進懷中，如同擁抱著愛人。

幫傭趕緊催促：「快點看一看，這些信我等一下要燒掉！」

楊詩怡連忙道好，用顫抖的雙手揭開信件，心懷感激地讀著。

寫信給她、送她項鍊的人看起來是一個名為張詠霖的人。

她春心蕩漾地拿著項鍊在脖子上比劃幾下後，將項鍊交給幫傭保管，仔細閱讀著張詠霖寫給她的一字一句，乾燥的雙頰泛著紅暈。

前幾封信的內容大部分是交代自己的近況與敘述自己有多麼想念楊詩怡，一封封普通的情書卻滿懷著希望與思念。最新一封以國際郵件的信封裝著，印章的日期與今日相差甚遠。

幫傭怕被楊詩怡怪罪，澄清道：「最近先生很提防我，所以信我才會藏那麼久。」

「沒關係。」

楊詩怡輕輕撕開信封袋，取出信件細讀，內容仍然交代著他最近轉往國外的生活，以及對我突然的死訊感到遺憾。最重要的是，他即將要在八月二十九日歸國一趟，除了處理自己的事情以外，還預定要弔念我。

如果可以的話，我希望能見妳一面。信件最末，張詠霖如此寫道。

八月二十九日，已經是楊詩怡拆開信件這天的後天。一想到她根本沒有時間計畫如何與張詠霖見面，驚惶地哭了出來。

不知道為什麼，她覺得這是最後一次機會，錯過這次，她有預感再也見不到張詠霖。

幫傭見狀趕緊取來紙巾，「太太怎麼了！先別哭啊？」

「陳媽媽，可不可以幫幫我？我一定要去見他！」

陳媽媽一臉爲難。

楊詩怡繼續請求：「妳就說我過敏發作帶我去看醫生！一定可以的！幫我買芒果，或是讓我吃蝦子也可以！」

「我怎麼可能給妳吃芒果和蝦子？更何況妳被打成這樣怎麼可能去看皮膚科？」

「那我就自殘！這樣就可以了吧！」

「唉，不是我不幫妳，我實在是沒有辦法。」

楊詩怡跪了下來，向陳媽媽磕頭。

「求求妳了陳媽媽！我這兩年以來就是抱著能與詠霖見面的希望才撐過來的，如果不能和他見面，我寧願去死，求求妳！」見陳媽媽遲遲不願答應，楊詩怡厚著臉皮再求道：「求求妳了，還是妳要錢？只要妳肯幫我，十萬夠嗎？我有偷偷藏錢，我所有的錢都可以給妳！」

「太太，見到張詠霖可以做什麼？對妳有什麼幫助嗎？先生知道了只會更生氣，之後的日子妳只會過得更慘。」

「我會做好心理準備，不用妳操心！」

陳媽媽皺起眉頭，「換句話說，妳覺得妳能和那個張詠霖在一起嗎？妳皮膚變成那樣，又年紀大了耶？妳五十多歲了，已經不是能追愛的年紀了，不管是林品涵還是張詠霖，他們都才三十四歲喔？就算妳能和他們在一起又如何，妳就能幸福嗎？」

楊詩怡宛如瞬間被打回原形，失去了期待帶給她的神采奕奕，想著自己兩年以來的地獄生活終於迎來曙光，然而現實是她既醜又老。

這樣的她，有誰會喜歡？

冷靜下來的楊詩怡陷入漫長的靜默，書信往來不夠弭平她對於這段關係的不安。

陳媽媽看不下去，動手整理桌子後牽起楊詩怡進入浴室，接著從外頭鎖上。她靠著浴室門問道：「哪一個方法比較安全？」

「什麼？」

「芒果的過敏程度是怎麼樣？蝦子又是怎麼樣？」

楊詩怡知道她將獲得陳媽媽的協助，感激得喜極而泣，「都只會造成皮膚過敏而已，只要吃藥就可以解決，不會到需要脫衣服檢查的地步……謝謝妳，陳媽媽。」

楊詩怡知道陳媽媽在顧慮什麼——她被家暴的痕跡。

這些日子以來的痛苦都將因爲與張詠霖見面而値得，甚至如果要楊詩怡以死交換，她也沒有二話。

當天晚上在楊詩怡與陳媽媽天衣無縫的配合之下，侯建宏完全沒有發現她們密謀造反，甚至心情不錯，准許楊詩怡睡在鬆軟的沙發上。

翌日，楊詩怡識相地躲回浴室。爲了籌畫明日與張詠霖見面的細節，她深思熟慮，想了許久，在她小小的腦殼中沙盤推演，直到晚上睡前，她看起來仍激動不已。

我靜靜地看著楊詩怡滿足的笑臉，心中卻隱隱泛著一股不安的預感，無法由衷地爲她感到開心。

終於，漫長的黑夜過去，朝陽升起，來到了她與張詠霖見面的這天。

他們約定的時間剛好是侯建宏上班時間，簡直天時地利人和。

第十一支箭　關於靜晨（白靜宸與白靜晨）

中午前陳媽媽已準備好芒果與一盤炸蝦，除了這兩樣之外，還另外準備了桃子，這是楊詩怡要求的。

如果她過敏發作必須前往診所，絕不可能告訴侯建宏她是吃了芒果與蝦子，必須要說是桃子引起的。

她對桃子過敏的事情純粹謊言，陳媽媽理所當然不知情，因此應當可以全身而退。

楊詩怡在出門之前依序吃下了桃子、芒果與蝦子，直到皮膚開始有了紅腫反應後，由陳媽媽拍照並故作緊張傳訊息給侯建宏，詢問是否可以就醫。

得到侯建宏的同意後，陳媽媽立刻帶著楊詩怡趕赴皮膚科取藥。爲了令自己能在張詠霖面前維持漂亮的一面，楊詩怡還打了針，待狀況穩定後在陳媽媽陪同下赴約。

不過陳媽媽只是坐在車子裡，遠遠看著咖啡廳裡的張詠霖與楊詩怡而已。

我隨著楊詩怡的腳步進入咖啡廳，選了一個最角落、視野最好又可以聽見他們對話的位子看著他們兩人。

見到久違的楊詩怡，一身西裝筆挺的張詠霖眼睛一亮，嘴角揚起的卻是尷尬的弧度。

楊詩怡明白，畢竟兩人已經很久沒見，可她的笑容並不生疏，爲了這天，她不知道獨自一人對著鏡子練習了多少次，嘴角輕輕勾起她自認最美好的角度。

「好久不見。」楊詩怡畢竟年紀比張詠霖大許多，反應不怯場且自然地起頭。

「妳也是好久不見，過了兩年，妳瘦了好多。」張詠霖伸手爲楊詩怡拉開椅子，「請坐。」

楊詩怡坐下後，有些刻意地整了下洋裝下襬。

我想起她在家中都是穿著黑色寬鬆家居服，難得換上較爲正式的服裝，可想而知她的心情如何。

楊詩怡爲了令皮膚過敏就醫方便，沒有化妝就赴約了，直到張詠霖與她四目相接，她才似乎感到遲來的羞赧。

「也沒有瘦，不太能出門走走哪裡來的瘦？抱歉，我現在不用手機和網路，連信也不怎麼回你，不好意思。」

「沒關係，我幫妳先點了飲料，妳還是喜歡大吉嶺紅茶嗎？」

「嗯。」楊詩怡低下頭，下意識閃躲迎面而來的服務生的目光。

張詠霖對楊詩怡的自卑看起來再熟悉不過，接過菜單熟練地爲她點餐，「烤司康、蘋果派、熱美式。」

點完餐後，靠窗的位子又餘下兩人與沉默共處。

我想像著楊詩怡趴在馬桶蓋上寫信給張詠霖，她文思泉湧，說也說不完的話堆積如山，恨不得全部都對信紙傾倒似的振筆疾書。她斟酌字句，仔細檢查，深怕寫錯字，深怕字裡行間的幼稚被發現、深怕她藏在信中的感情被發現。

如果她寫了太多該怎麼辦？如果張詠霖根本不想看呢？如果她被發現深深喜歡著張詠霖，會不會就不再討他喜歡了？會不會張詠霖就這麼不再喜歡她了？

楊詩怡或許會被這樣的想法糾纏，於是當他們終於見到對方的時候，反而什麼也說不出口，曾經訴之以情的文字突然無法以語言說出，彼此有些難堪。

兩年不見，一切都顯得陌生。

「總覺得這些日子難爲你了，讓你等了那麼久的時間。」低頭看著自己糾結成一球的雙手，楊詩怡提起勇氣開口：「我想了很久，覺得現在就是跨出去的機會，不是有人說過嗎？做決定憑的就是衝動……我想就是現在，我有衝動了，我想追求屬於我的感情。」

楊詩怡神情燦爛，有如花季少女一般，令人差點忘卻她斑駁的臉與身體。

張詠霖的神情並不驚訝，彷彿早料到楊詩怡會這麼說，「我認爲，在林品涵剛走的這段時間談論這些並不適合。」

我嚇了一跳，自己的名字竟然出現在張詠霖的話中。

楊詩怡大夢初醒，僵硬地維持溫婉的笑容，嘴角開始抽搐，「那……你覺得要什麼時候？要我再過兩年這種生活，再繼續等下去嗎？」

張詠霖平淡地閉上眼睛，預料之中的惱羞成怒向他襲來。

「我就是爲了告訴妳這件事……我們就這樣吧，妳不需要等我，我也不需要再等妳了。」

楊詩怡瞪大眼睛，不敢相信與她書信往來兩年的人竟然會主動提出結束，「是我做錯了什麼事嗎？爲什麼我不用再等你了？就算我繼續等你也不會怎麼樣吧，不是嗎？」

楊詩怡慌張得可憐，連說出來的話都發著抖。

張詠霖激動起來，「我有要求妳等過嗎？是我害的嗎？」

我的心中有了不祥的預感。

他繼續吼道：「如果當初妳沒有把蘇景昀推下樓，一切都會沒事！」

來了，蘇景昀……他是誰？再告訴我多一點。

靜寂的咖啡廳響徹兩人的爭執，沒有人前來阻止，只有默默打開電視，試圖以電視音量打擾兩人的服務員。

紅潮襲上楊詩怡臉面，她感覺皮膚又辣又燙。

電視機播放著一則女演員復出的新聞，大家都說她是因爲錢花光了才復出拍戲。

她被預想應該會駁斥這樣的傳聞，然而她卻大方承認了，「我承認是因爲要照顧我的另一半，所以需要更多錢，這沒有什麼不好開口的。」

張詠霖瞪大眼睛看著電視中的女演員，他的眼神充斥著對那名演員的熟悉。

「知名女演員何淨儀宣布復出，據悉是因爲長期照顧意外墜樓的未婚夫的關係。何淨儀今天也大方承認，她爲了生計必須盡量賺錢。」

我循著張詠霖的視線看去，看見了一個再熟悉不過的人。

她曾經與李善婷競爭「百萬女優」選拔，可因爲我的干涉，放棄了比賽資格。因爲我曾經要脅她，只要她敢與李善婷競爭，我就會把她的裸照洩漏出去。

何淨儀不但沒有停下腳步，仍然追逐著夢想，直到達到理想中的高度。

見張詠霖的態度令她失望，楊詩怡氣得整張臉漲紅，我很清楚她的憤怒從何而來。因爲當張詠霖透過螢幕看著何淨儀時，他的身上確實飄著朝向電視機的粉紅色煙霧。

與此同時，楊詩怡感覺難以呼吸，不斷搔抓自己的脖子，氣管內癢得離奇。猛然一看，不只臉，連她的雙手也爬滿了猶如地圖般的腫塊。

過敏怎麼會在這個時候發作了？而且還比之前更加嚴重？

楊詩怡全身癱軟倒在地上，張詠霖見狀慌了，上前將她抱在懷中。

「趕快幫我叫救護車！」他朝著服務員吶喊道：「怎麼會這樣……妳怎麼了？吃了什麼東西？」

我站了起來，抽出紅色羽箭朝著他們走了過去，直到停在張詠霖身邊，舉起箭。從剛剛開始我便覺得奇怪，張詠霖與楊詩怡之間並沒有粉紅色煙霧存在，就連委屈求全的楊詩怡對張詠霖也沒有。

他們並不愛對方，但我想他們應該是靈魂伴侶。畢竟兩人通信許久是事實，一直爲對方保守祕密也是事實，千方百計要見到對方，也是事實。

所以，我認爲他們應該是靈魂伴侶。

此外，在我心中有另外一個聲音說著：好累，我不想再等了，再繼續等下去，距離見到白靜宸的日子也就更遙遠。

我必須速戰速決。可是我又感覺做什麼都不對，他們之間有沒有任何感情，我根本判斷不出來。

楊詩怡恐怕只是將重獲自由的希望寄託在張詠霖身上，而張詠霖或許只是對這段關係感到疲憊，不是不愛。

我只能仰賴直覺，握緊手中的箭朝著張詠霖與楊詩怡的肩膀刺下，眼睜睜看著紅色的煙霧飄回箭筒。

愛神箭發揮作用後，粉紅色煙霧開始繚繞在兩人之間，張詠霖與楊詩怡沉浸在濃霧中忘情地接吻。

他們突然既往不咎，原諒了對方，也突然從閃避對方的視線變爲注視對方的眼睛。

我向後退開一步，腳邊踢到了某個障礙物。

我定睛一看，兩個木盒躺在地面，其中一個是藍珂瑋給我的木盒，另一個是這次任務得到的木盒。任務得到的木盒從不會上鎖，只有一個小小的卡榫，輕輕一撥便開了，藍珂瑋給的木盒原本有鎖上，現在鎖卻是開著的……

藍珂瑋說，這是關於珍貴回憶的木盒。

我深呼吸，閉上眼睛的同時先打開承裝珍貴回憶的木盒，其次才是這次任務的盒子。

轉學到台中的第一天是個陰鬱的天氣，沉悶得聞不到新生的草木的香氣，聽說台中天氣很少這樣，經常豔陽高照。

時序進入秋天，天氣分明還很炎熱，我一走進學校，尤其是走進這個班級時，倏然感覺四周陰冷得令人窒息。

班導師試著活絡班上的氣氛，「同學們，這位是從台北轉學來的林品涵，請大家多多指教！」

我看著台下同學們如出一轍的冰冷表情，沒有一個人對導師的話做出反應。他覺得尷尬，搔了搔頭髮少得可憐的頭皮，指著角落的空座位乾笑道：「林品涵，請妳去坐蘇景昀旁邊的位子。」

我看向那名名爲蘇景昀的男孩，大半的瀏海遮住他近半的臉，黑壓壓的一片黑髮中兩顆眼睛宛如燈泡一樣發亮地盯著我。

我對他沒有好印象，收攏裙子後坐上自己的木椅，簡短打招呼：「你好。」

蘇景昀連一句回應都沒有，只是低頭將視線轉回自己的課本，我不知道他是不是睡了。

後來我才知道他不是因爲睡覺而低頭，而是眞的在專注於學業，與我不同，他的成績優異，優異得令人妒嫉。

我想我可能有點像陳月雲，有著與陳月雲一樣的特質，我並不習慣也不喜歡台中，就像陳月雲。

對於這個班級、這間學校也是一樣，我的第一印象便是——我無法喜歡上這裡。

第一天放學，我提起包包走出校園，發現蘇景昀走著與我一樣的路線，其他學生稀稀落落，我將注意力獨獨放在蘇景昀身上。

我們與其他學生一起搭著市區公車前往轉運站，有許多孩子在途中下車，只剩下四五人與我們一起在轉運站等待。

正當我在胡亂猜測著蘇景昀該不會與我搭同班車時，車子進站，我們與那四人一起坐上那輛車子。他們手上都還拿著月票——太好了，我最不想要的事情發生了。

那是一輛前往台中山區的車子，路途遙遠，距離我家需要兩個小時，車子離開市區時，整輛公車只有我與蘇景昀，以及幾名少年。那群少年並沒有與蘇景昀交談，他們只是自顧自地嬉鬧，只有我與蘇景昀處在各自的世界。

我看著窗外不斷流動的景色，目光不經意地掠過椅背上的一句塗鴉。

蘇X昀的老子殺了白靜晨。

我愕然看向蘇景昀的背影，好奇心的驅使之下，我站起來假裝在找東西，實則逐一檢查其他座椅。如我所料，每張椅子都寫了各種有關蘇景昀的塗鴉，有些更是指名道姓。

蘇景昀的老子是殺人兇手。

白靜晨是被姓蘇的一家人殺死的！

在我疑惑的同時，家附近的站牌到了，以往漫長得想吐的車程這天卻稍縱即逝。我乖乖下車，看著蘇景昀靠在車窗圓潤的頭頂，陷入沉思。

當天晚上，我詢問了游曲關於白靜晨的事情。

白靜晨時年五歲，長得白白胖胖、惹人憐愛，是個可愛的小女孩，更是含著金湯匙出生的千金小姐，那年她與家人上山賞雪後下落不明。

白靜晨再度出現時，已經過了七年，十二歲了，瘦小的身體被發現摔碎在山谷的一顆大石上。

蘇景昀的父親蘇復然是最大的嫌疑犯。不過他最後被無罪釋放，理由是證據不充分。然而他已經被小村的所有人視爲兇手，在白靜晨的事件過後兩年，調查終於結束。蘇復然留下一句「我沒有殺人」，便在同一個山谷、同一個地點離世，以自己的命證明清白。

直到現在，小村仍然流傳著蘇復然是殺死白靜晨的兇手，蘇景昀的母親徐秀敏熬不過每天被指責的地獄，精神崩潰了。

游曲感慨地說，蘇景昀不過是個孩子卻一肩扛起起照顧媽媽的責任，雖然他很陰沉，也不願意和周遭的人打交道，但他是個勤奮向學的好孩子。

我懷抱著不安問道：「爲什麼花了七年還找不到白靜晨？」

游曲長嘆一聲，「白靜晨是個聽障還只有五歲，要找她本來就存在很大困難，大家都努力過了，沒有人想到七年後，在失蹤地點距離一個山頭的這附近發現了她。」

我不禁想著，從這座山到那座山，開車大概需要三四個小時，白靜晨的父母卻花了整整七年。

隔天，我懷揣著各種複雜的情緒搭車上學，天還未亮，疾駛而來的公車已坐上幾個同班同學與蘇景昀。我快速地掃過低頭不語的蘇景昀，坐上習慣的座位——車子倒數第二排靠窗的位子，上學可以看著日出燦燦，回家時可以望著日落餘暉。

我曾經以為在這裡我可以得到久違的平靜，拋開對李善婷的感情與背叛她的負罪感，走得如同平凡女生一樣順遂。

有關心著我的奶奶在身邊、能與愛著我的奶奶一起生活，我已經很知足也很滿意了，即便這不是我喜歡的地方也沒有關係，總有一天，我能習慣。

當然，那時的我並沒有想到，被我丟棄的過去會像口香糖一樣緊緊黏在鞋底，一路走來，留下了令人詬病、討人厭的足跡。

我和蘇景昀平常不會有任何對話，我們只是偶爾對上眼睛，接著沉默，僅此而已。與我同班公車的四個男同學，我也只是知道他們的名字的程度而已，為首的男生名叫許智傑，剩下的分別是王瑞安、陳耀廷、張欣宇。

那天我少見地坐過站，雖然曾經有人試著叫我起床，但我怎麼也沒有醒來。終點站時，司機叫醒了我，天色已呈現深紫，那時正值冬季，天晚得很早。

我神色慌張地下車，雖然司機問了要不要載我回去，反正他順路也要回總站，但我拒絕了，反正是下坡，應該走得很快。楊儀華的事情之後，我對成年男性都抱持著病態的警戒。

我緊緊抓著書包，山間的微弱路燈多少點亮了暗夜，我並不害怕。一段路後，路旁的竹林裡傳來熟悉的嬉鬧聲，我往聲音來源望去，有幾道搖晃的燈光宛若冷色鬼火穿梭其中——是班上的男同學們。

我斗膽開了手機上的小燈，一步步逼近燈光處。隨著腳步越來越近，我逐漸聽清他們笑語中的內容。

蘇景昀哀號著：「拜託，你們想幹麼就對我，請你們放過林品涵。」

許智傑口氣聽來非常生氣，「今天她好不容易睡過頭，結果你在幹麼？竟然打算叫她起來？」

許智傑一聲吆喝，其他兩人對蘇景昀一陣拳打腳踢。

王瑞安拿出數位相機，眾人對相機的內容一陣起鬨。

「你喜歡林品涵嗎？你憑什麼喜歡她？你看看，林品涵是一個會對老師扭腰擺臀的人喔。」

「你看她的樣子！是不是很失望啊？她在台北曾經是這樣的人！」

我嚇傻了，沒想到他們談論的對象是我，握緊的手機掉到地上，敲到石頭，碎成一半。

蘇景昀抬起頭來，血糊在臉上開了兩個瞪大的洞，那是我第一次這麼清楚地看見他的眼睛。

「快跑！」他喊道。

我的身體反應過來，轉身狂奔。茂密漆黑的竹林間，我只能仰賴遠方的一盞路燈奔跑，雖然雙手能摸到周圍的竹子，卻避不了屢屢被枝葉劃傷。

逃亡沒有多久，我便被地上的石頭絆倒，跌得五體投地。

許智傑領著其他人上前將我拖了回去，裙子與皮膚被石頭與竹子的節劃開了洞，我看不見狀況，只覺得雙腿與雙臂火辣辣地痛，痛得眼淚直流。

他們將我拖到蘇景昀面前時，陳耀廷將他的頭用力拉了起來，而我的頭髮則被張欣宇緊緊揪起。

蘇景昀的眼睛如同黑洞一般，沒有任何亮光的存在，任何光芒都會被他的眼睛吸去。

我看著他，他看著我，然後他說：「不要怕，閉上眼睛。」

張欣宇將我的頭往前猛力一拽，這令我感覺頭部離開了身體，否則他怎麼會這麼輕易地就將我的頭往前揮動？

當我的嘴唇與牙齒、牙齦、鼻尖全都感到疼痛時，我們兩個已經被迫親在一起並且被王瑞安拍下照片，閃光從天而降，一道霹靂劃破黑夜，將我的視野閃成銀白。

我感受到自己將要失去意識，與此同時，游曲的聲音響起，她急切地呼喚道：「品涵啊——妳佇佗位？」

許智傑等人趕緊關掉手電筒伏地躲藏，然而我動彈不得，無法回應游曲的呼喚。

反而是蘇景昀撐起身子回應游曲，「阿嬷，品涵佇遮。」

語畢，蘇景昀扶起我，一瘸一拐地穿越竹林朝著路燈前進。

我沒有向後看，不知道他們四人現在如何，腦中只盤旋著一個念頭，他們怎麼知道我在台北發生的事情？

我想問李善婷，下一瞬間我馬上又覺得自己怎麼可能開得了口……懦弱又膽小的我，怎麼開得了口？

游曲站在她的小貨車前，雙手緊握手電筒擔憂地朝我們走來，「你們發生什麼事？」

或許知道我說不出話，蘇景昀代我發聲：「沒事，我們只是試著抄捷徑回家，沒想到摔下去了。」

游曲為我開了小貨車車門，朝我招手，「回家吧，我們洗個澡，處理一下傷口。」

「阿嬤，那蘇景昀呢？」我問道。

游曲與我看向蘇景昀，他如我所料推託了，「我家就在附近，沒事的。」

可我非常清楚將蘇景昀留在這裡會有什麼後果，「阿嬤，我們可以幫他嗎？景昀因為我睡過站幫了我很多。」

「當然，你也來吧。」

蘇景昀的表情驚訝，可他沒有猶豫太久便往游曲的小貨車邁進。

我覺得蘇景昀應該不想回家……我忍不住回憶著游曲告訴我的，關於蘇景昀的事情。

我們到游曲的家後，蘇景昀先用完浴室，並在用餐結束後迅速躲進作為客房的角落房間，好像這一切都使他備感煎熬。

我也在用餐結束洗完澡後進入自己房間，然而沒有多久，鬱悶難過的我穿著拖鞋走出房子散心。

明明空氣很乾淨，山上的天氣也不炎熱，甚至很涼爽，好不容易覺得離開陳月雲與林品妍的自己能過得再舒坦一些……我不應該因爲僅一天發生的事情而垂頭喪氣，可我就是覺得很鬱悶。

一走出家門抬眼，我便見到蘇景昀的背影，他抬高頭，視線看著高掛的月亮，聽見我的腳步聲後，才慌張地向後退開，藏起手中的東西。

我上前假裝不經意，「那是什麼？」

蘇景昀羞得低下頭，過長的瀏海垂下，遮住了他原本就陰鬱的臉龐，「沒事，就只是撲克牌。」

「喔，我還以爲你在想家。」

「沒有。」

「我們回房間吧，晚上山區滿冷的。」

「嗯……剛剛來不及問妳，妳還好嗎？」

我曾經想過他會問什麼，或許是有關楊儀華、有關那些男孩說的關於性愛影片的事情，但沒有，他只是純粹關心我。

「我還好。」我轉身想返回屋子。

蘇景昀追了上來，擋在我的面前，「我變個魔術給妳看，希望妳可以覺得好一點。」

我笑了，「不用，我說了我很好。」

然而蘇景昀堅持，再度擋住我的去路，「一下下就好。」

「好吧。」

蘇景昀臉上露出鬆一口氣的笑容，纖長如玉一般漂亮的雙手開始洗牌，然後攤開，「抽一張，不要告訴我妳抽到什麼，妳看完牌之後，只要把牌放回去牌組裡就好。」

「好。」我伸手抽牌後，將牌藏在我的手心偷看，是紅心二。

我將牌插了回去，看著撲克牌在蘇景昀的手上不斷地迅速飛舞並縮回，靜謐的夜晚頓時只迴響著撲克牌的紙張聲，聽著非常療癒。

洗牌結束，蘇景昀遞出靜靜躺在他手上的撲克牌組，「第一張就是妳剛剛抽到的牌。」

我的心情因爲蘇景昀的魔術變得雀躍，伸手翻開第一張牌——梅花三。

「傻眼。」我再度邁步，覺得有種受騙上當的感覺。

「等一下，再給我第二次機會。」蘇景昀又再度追上，遞出手中的牌要我再翻一次。

「好吧。」拗不過他，我再翻了一次撲克牌，這次居然是紅心，我的心情因此晴朗了一點，「不錯嘛。」

蘇景昀將撲克牌收起，如魔術師一樣的站姿與在學校的模樣截然不同。

「我以爲你很陰沉。」

「大家這麼說就是眞的，只有魔術可以讓我心情稍微開朗一點。」

那一瞬間，我原本想開口問白靜晨的事情……最後我將話嚥了回去，只吞吞吐吐說了句：「我們回去吧。」

這天的晚上我睡不著，大概是因爲我有預感明天會是個地獄。

隔日，在我踏進教室的第一步起，空氣就瞬間凝結了，黑板上大大的塗鴉寫著各種羞辱的字句，並貼滿我與蘇景昀被迫接吻的照片。

林品涵愛蘇景昀！

畸形兒愛殺人犯的兒子！

生畸形的小孩吧！

滾回台北，跟戀童大叔在一起吧！

滿滿的羞辱譏諷占據了視野，我轉頭看向我不再熟悉的同班同學，每個人的臉上都掛著毛骨悚然的笑容。我不再認識他們，他們卻重新認識了過去的我。

蘇景昀在我之後進入教室，冷靜地將黑板上的內容擦掉。結束後，他帶著我回到位子上，低聲告訴我：「別理他們，他們都是混帳。」

蘇景昀非常熟練，似乎已經習慣了這樣的生活。

我突然想起游曲說過的蘇景昀的媽媽不堪流言蜚語精神失常，覺得非常能感同身受。

誰能在這個時候保持正常？發瘋是很合理的吧。

因爲感覺這個班級中已經沒有我的容身之處，我與蘇景昀越來越靠近。我們總在下課與午休時間躲在學校頂樓樓梯間旁的陰影中，看著蔚藍的天色吃飯，或者浪費時間。

台中的天氣往往晴朗，在頂樓的日子中，我們沒有一刻因爲雨天而必須轉移陣地過，那裡儼然成爲了我們的祕密基地，這令我總會想起李善婷和我的過去，我們也曾經在學校中有祕密基地過。

我發現蘇景昀的中餐往往只有福利社的麵包，於心不忍之下回家要求游曲多做一個便當帶給蘇景昀。

我仍然記得很清楚，蘇景昀第一次收到游曲便當是什麼反應。

他張大嘴巴，眼眶含淚，一副很久沒有被好好對待過的模樣，「品涵，這樣好嗎？」

他這樣問我，不是「我可以吃嗎」或是「謝謝，那我就不客氣囉」，而是「這樣好嗎」，好像我爲他多帶便當是一件罪惡的事情，好像他配不上被這樣對待。

我笑了，「有什麼不好嗎？」

蘇景昀欲言又止，他看著我，又看看手上的便當。

現在想來，或許當時他想告訴我，身爲殺人犯的兒子，他不值得被這樣對待，那也是我第一次覺得蘇景昀會主動向我坦白他的過去。

其實我有許多機會可以問他關於白靜晨的事情，可是話最多總是只到喉中，怎麼也吐不出口。

我們之間平靜的日子並沒有持續多久，某天午休前，我從洗手間回來，便見到游曲做給蘇景昀的便當被倒在他的桌上，給我當點心的綠豆薏仁湯被淋在他的身上。

我衝上前，「你們在幹麼？」

幾名同學擋住我，「林品涵，妳知道他是殺人犯的兒子吧？」

「不只殺人，還有綁架喔！」

「他在這裡惡名昭彰，妳才剛從台北來，不懂啦。」

我瞪著他們，「所以呢？」

他們嘻笑，「所以妳看到的都是假象，他在裝委屈，裝一切都和自己沒關係。」

「妳想想，白靜晨死的時候，蘇景昀已經十四歲了，他怎麼可能是無辜的？他又不是小孩？」

我瞪著他們，「說夠了沒？我要去找班導。」

「沒用啦。」許智傑高聲回道，他坐在自己的課桌上居高臨下地看著如同螻蟻一般賤命的蘇景昀，「妳去找啊，沒用的喔。」

語畢，眾人哄堂大笑，王瑞安戲謔譏諷道：「怎麼樣？身上的衣服要不要換？但是只有『女裝』和『裙子』喔。」

蘇景昀並未理會，徒手將桌上的飯菜捏進便當盒中。

同學們又是一陣嘲笑睥睨，「哎唷，要吃餿水了？」

「不對，是牢飯，像你這樣的人就該吃牢飯！」

「你們夠了沒？」我急得大喊，推開重重人潮，趨前接應蘇景昀。

他正好將飯裝回，手上端著已然不成形的飯盒。

我不忍去看，牽起他的手前往頂樓，將身後那些莫名其妙的歡呼，比如「畸形兒愛殺人犯的兒子」之類的話拋諸腦後。

到達頂樓後，我將離開時一起拿來的我的便當遞給蘇景昀，「吃我的吧，不要吃那盒。」

蘇景昀搖搖頭，溫柔地笑了，「這個就好。」

「你在說什麼啊？」

蘇景昀回都不回，拿起湯匙挖出破碎不堪的菜色送入口中，嗯嗯嗯地發出聲音，一臉滿足，猶如味精廣告中的人一樣，「很好吃喔。」

「就算被倒在桌上也好吃？」

「還是好吃，又不是被倒在垃圾桶？還好吧。」他調皮地笑了。

我坐在他的身旁，無精打采地打開自己的便當，看著擺得齊齊整整的菜色，突然覺得非常難過，鼻尖一陣酸楚。

賤骨頭如我想起了李善婷，想起她被班上孤立的時候，想起原來我做了那麼過分的事情，眼淚忍不住掉了下來。

蘇景昀靜靜看著，從口袋中掏出面紙遞給我，面紙是新的，塑膠套上沾染著綠豆薏仁湯的味道。

「謝謝。」

他沒有問我為什麼哭，就像我始終沒有鼓起勇氣問他白靜晨的事情。我覺得這樣比較好，因爲我一點也不想提。

過去就像陳月雲所睥睨的火車站走廊，沾黏著各種口香糖的頑強痕跡，死死附著著，我知道無法擺脫，也知道過去無法改變。我們只要看著這些痕跡就好，不要說出口，只要保持沉默。

這天之後，蘇景昀就沒有來學校了，整整一週，他都沒有出現，回家的路上原本應該有他陪伴的公車上也失去了他的影子。

第十二支箭　月球表面（沒有空氣、沒有水，卻有光的地方）

我想過很多理由為什麼蘇景昀不再來學校，也想過要去他的家找他。在山中小村中找他對我來說並不困難，難的是跨越心中的坎。

班上同學看出我的侷促，有些人自以為溫柔提醒我：「最好不要去找蘇景昀，妳會後悔。」

我輕挑地回：「會怎麼樣？」

「這是一個好機會可以融入班級，妳不要白目，不要再和他牽扯上，不然妳會過得很辛苦。」

我強裝不以為然，實則有些為自己擔心，萬一他之後都不來怎麼辦？我終歸還是要在這裡生存下去……或許我應該要聽同學的話，我曾經那麼想過，也躊躇過。

同學以為他們的勸說見效，我安分了幾天，不再表現得惴惴不安。不過他們想不到其實最根本的問題是，我跨越不過心理障礙。

因為只要過了我家的公車站牌，回家的路程就只會剩下我與許智傑他們。我無法想像自己再次遭遇攻擊，只要一想到，心臟就會發瘋似的亂跳、呼吸紊亂、全身冒汗、無法正常思考事情。

每到這個時候，身體瞬間就會像被什麼屏障驅趕一樣彈出去，在我家的站牌處下車。我無法再靠近蘇景昀，再也無法。

山間公車三站的距離不比城市短暫，用走的得走上一個多小時，而我與蘇景昀之間的距離不是只有這三站，還有時間的距離。

十多天過去後，我終於在下著大雨的日子下定決心要見蘇景昀一面，而學校剛好考量到有學生住在山區，提前讓我們回家。

下著傾盆大雨，便是許智傑等人也一定會因爲大雨，打消欺負我與蘇景昀的念頭吧。我天眞地想著，在家附近的站牌下車，徒步跟著公車路線往上走。

大雨仍下個不停，小石和泥沙自山上滑落，手中的傘重得離奇，整個世界只剩下雨聲大肆喧囂，沒有多久，我的鞋襪已經濕了。但我繼續往上走，因爲我想見到蘇景昀。

根據游曲所說，從我家的站牌「嶺林」到蘇景昀家的「麓谷」站牌後，再往上走會看到石階，石階相當窄長，走二十幾分鐘後就會看到有間宛若廢棄倉庫的建築，那就是蘇景昀家。

我專心一志地踩著水窪一步一步向上，終於走到麓谷時，向著斜坡往上不久，果然看到了游曲說的石階。石階往更深更暗的地方延伸，大雨使枝林密茂的此處陰暗詭譎，我猛然想起不遠處的深山便是白靜晨陳屍的地方……

我緊張地嚥下口水，踩上階梯往上走。

浸水的皮鞋發出啾啾的聲音，我聽著皮鞋的聲音提神，約莫半個小時過後，游曲說的倉庫逐漸映入眼簾。

有一個地方，游曲說錯了。眼前不只一間倉庫，而是緊鄰的兩間倉庫，一間倉庫有著簡陋的木門，一間連門都沒有——堆滿木柴與不知道哪裡來的雜物。

我提步上前，沒有門的倉庫傳出稀疏的嬉鬧聲，爲了能在大雨中聽清，我硬著頭皮靠近，而不是走往蘇景昀的家。

事後我忍不住想，是不是我乖乖往蘇景昀的家前進就好了，如此一來，這一切就都不會發生了，是嗎？

雨聲淹沒了皮鞋發出的聲響，繞過成堆的木材後，映入眼簾的是穿著女用洋裝的蘇景昀與許智傑、王瑞安、張欣宇。張欣宇固定著蘇景昀，王瑞安則拿著數位相機錄影。

許智傑叼著菸撥起蘇景昀過長的瀏海，露出蘇景昀那幾乎占領整著額頭的菸疤，不滿碎念：「沒位子燙怎麼辦？」

端著相機的王瑞安大笑，「剩下的半邊臉啊！」

「說的也是，那就燙臉頰吧！」許智傑掐起嘴上的菸，準備朝著蘇景昀的臉頰前進。

我被眼前的狀況嚇得尖叫拔腿狂奔，情急之下，我跑進蘇景昀的家想尋求幫助，卻看到徐秀敏酩酊大醉，便是被打了也像中樂透一樣不停呵呵癡笑。

陳耀廷不斷毆打著徐秀敏，一面打，一面大笑。

我不明白爲什麼會發生這些事。

陳耀廷以懲奸除惡爲名目揮舞拳頭，「活該，變態的一家人！爸爸誘拐兒童殺人！媽媽是個瘋子，兒子是個變態！」

我的全身一軟，承受不住眼前的衝擊發出悲鳴。

陳耀廷在聽見我的聲音之後淡定地轉過身，冰冷的眼神掃視過我，一個拳頭揮來，我的後腦勺狠狠摔在地上，任憑一片白光淹沒了自己。

我之所以醒過來，是因爲感受到背部的僵硬與摩擦，衣服與冰冷的水泥地摩擦著我的皮膚，頭也宛如被錐子穿過似的疼痛，最後才是遲到的聽覺——許智傑等人拍手喝采爲蘇景昀加油打氣。

我的眼前一片模糊，模糊到我以爲那一摔傷了我的視神經，就像連續劇演的一樣。或許我會失明，不過這樣也好，我就不會像陳月雲一樣看盡世間的骯髒與醜陋……

啊，原來我就是陳月雲，而陳月雲就是我與林品妍。我們流著親人的血，天生帶著病菌垂直感染，我與林品妍將與母親越來越像，我們的父親林誠澤肯定是感染而死。

意識仍然處於朦朧之間，我的上半身被抬起來坐定，視野瞬間清晰許多，也因此看清楚眼前哭得淒慘無比的人是蘇景昀。

他被揍得鼻青臉腫、頭破血流，不斷對我說：「品涵對不起，是我的錯……」

他哭得撕心裂肺，令我覺得奇怪。

我的身體還動彈不得，視線捕捉到許智傑將我的底褲玩弄於手心，另一邊，陳耀廷偷走我的手機，傳訊息向游曲說我今天不會回家。

大家都呵呵笑著，只有蘇景昀肝腸寸斷。

許智傑惋惜地看著我，「妳醒來的眞不是時候，都怪蘇景昀搞太久，一直硬不起來，眞可憐，差點就有好東西可以拍了。」

「這下好了，蘇景昀不只是個變態，還是陽痿呢！我這裡都有證據喔！」王瑞安檢視著數位相機的內容，一臉興奮地說道。他將畫面給我看，數張蘇景昀被強推後腦勺哭著親吻我的照片一一展現，「畸形兒和殺人犯的兒子談戀愛，這比妳跟老師的故事還要勁爆！」

蘇景昀被張欣宇壓在地上，口唇貼地，即使如此，他仍聲嘶力竭哭喊著：「你們答應我要刪掉的！關於品涵的影片都要給我刪掉！」

我的腦子還很混亂，不斷想著爲什麼蘇景昀身上穿著女用洋裝，除此之外，無法再想其他的事情。

許智傑像是看穿了我的想法，他逼近我，「林品涵，妳是不是覺得很奇怪，爲什麼蘇景昀要穿成這樣？」

被按在地上的蘇景昀喊道：「不要聽！不要說啊！不要相信他們，嗚嗚……品涵……」

「我告訴妳，白靜晨的事情眞相就是，蘇景昀的父母親變態到將白靜晨關起來七年。蘇景昀的老子之所以要死，都是因爲怕查到他媽媽那裡去啊，他媽媽就是主謀，徐秀敏那瘋子就是綁架案的犯人，蘇景昀的老子是共犯。否則，妳能跟我解釋一下嗎？爲什麼徐秀敏把蘇景昀當成白靜晨扶養？」

「像這樣的變態家庭就是欠教訓，我們要替天行道，妳知道嗎？」王瑞安補充道。

我還無法回神，陳耀廷就與張欣宇一起將蘇景昀拖了起來。

許智傑掀開蘇景昀的裙子，露出他的性器笑道：「這傢伙每天回家都要穿女裝，我還擔心他是不是不正常了？是不是不能用了？結果他眞的硬不起來耶，超好笑，喂，喜歡的女生在這裡，竟然硬不起來？」

許智傑說完，其他人皆有默契地拍手叫好，除了我與蘇景昀之外。

我說不出話，也無法動彈，天仍在旋，地仍在轉。

「所以啊，我就是在教他，如果想成爲白靜晨，這樣一張臉是絕對不行的。」許智傑一面說，一面掀起蘇景昀的瀏海。

這次我才清清楚楚地看見，在又厚又長的瀏海之下的他。

他的皮膚很白，如同白玉糰子一樣柔軟細緻，感覺輕輕以竹籤一刺就能戳出餡料來。可是在那淨白無瑕的糰子上，卻有數個如同月球表面一樣的坑疤，一個個噁心又深沉的黑洞密集滿布在他整個額頭，如同蜂窩。

然而我還是聽不懂，什麼叫蘇景昀被當成白靜晨？

在我糾結於這個問題同時，徐秀敏的聲音傳了過來，在那一瞬間，我懂了。

「靜晨——靜晨——妳在哪裡？」

許智傑聞聲放肆大笑，「妳聽，那女人是不是在叫白靜晨？」

確實，我聽得很清楚，徐秀敏喚蘇景昀作「白靜晨」。但我仍然無法對周圍的一切做出反應，只是持續癡呆。

負責拍攝的王瑞安終於察覺不對勁，「喂，陳耀廷，誰要你做得這麼過頭？」

陳耀廷怒火中燒，憤怒地喊了一聲：「蛤？」

原本被牽制的蘇景昀趁隙掙扎，猶如從身體深處吼出：「滾開！」伴隨著血液自他的口中流洩而出。

幾人亦因爲徐秀敏的聲音接近一哄而散。臨走前，王瑞安揮了揮手中的相機，「剛剛的事情我都拍下來了喔。」

語畢，他緊跟著許智傑等人一同離開現場，餘下姍姍來遲的徐秀敏。

她在見到蘇景昀時咧開大嘴，甜膩地笑著：「靜晨——原來妳在這裡。」好像在她的世界中從來沒有蘇景昀的存在。

當天晚上，我在蘇景昀家中梳洗過後由他護送我回家，我跟傳說中的徐秀敏的接觸僅止於短短的致意，並未寒暄。

蘇景昀與我走在山間小路，從麓谷到嶺林漫長的三個站中，迴盪在周圍的只有沉悶委屈的風聲與踩踏枝葉的聲音。我們彼此都沒有說話，只是不斷走著。

這確實是我所需要的，不要說，只要沉默。我在心中不斷默念，祈求蘇景昀不要揭開我的瘡疤，只要無視我就好。

快要接近嶺林時，蘇景昀忍不住打破沉默：「如果妳想報警就去吧，我沒關係，是我的錯，我會負責。」

「什麼意思？」

「我傷害了妳，這一切都跟妳無關，都是因爲我妳才會被欺負。」

我看著被黑暗籠罩的他許久一段時間……後來當我想起這段事情時，我想或許是因爲我當下感應到，這是我最後一次見到蘇景昀也說不定。

「不用了，算了。」

「如果他們繼續這樣呢？」

「沒有如果，我會想辦法。」頓了頓，我繼續問道：「你幹麼講得好像你要離開學校了？」

蘇景昀神色不安，欲言又止，「我只是想知道，以後如果怎麼樣了妳要怎麼找到我？」

「什麼意思？很簡單啊，搭公車就可以找到你不是嗎？沒公車的話，走一個小時？」

「我是說，除了這個之外，可以找到我的其他方式。」

「你是說電話嗎？不了，我不想。」

「可是……」

我突然一時之間無法繃住，眼淚和怒火同時爆發，衝著已然是一團黑影的蘇景昀大吼出聲：「你還不懂嗎？離我遠一點！我不想和你扯上關係，再也不想！我本來搬來這裡是想圖清淨的，就因爲你，我的生活亂七八糟！算我求你了，離我遠一點好嗎？我不想看到你！」

即便蘇景昀被黑暗籠罩我也能看透他的表情，他露出了想哭的臉與錯愕的神色。

因爲受到的傷害太多了，我鐵了心，也認爲自己再也無法和蘇景昀自然地相處下去，再也無法。

「這輩子，我都不想看到你，永遠。」我咬牙切齒地說道。

他是萬丈深淵，只要朝著他走就會被拖向地獄，這點我比誰都還要清楚。

我選擇前往與蘇景昀不同的方向，獨自一人快步朝著家裡走。

蘇景昀呢？他走了沒？回家了沒？我不知道，我只知道，那之後整整十多年，我們都沒有見上面、沒有任何聯絡。

我才明白，原來他是打算離別後與我保持聯絡，才彆腳地問我那些問題。

隔天蘇景昀當然沒有來學校，第二天也是，第三天也是，第四天也是，整整一個禮拜，他都沒有出現在學校，也沒有出現在公車上、山村中。

一個禮拜過去後的週六夜晚，我本來預想隔天要去見蘇景昀，可我怕得不行，害怕同樣的事情會再度發生。然而心中有個聲音告訴我，如果再不踏出去的話，很有可能再也見不到蘇景昀了。

我將明天當作是最後的機會，懷抱著這樣的想法沉沉睡去。

週日的凌晨還未破曉，家用電話不斷響起，當我接聽起來時，連話也來不及對對方說便掛了電話，叫醒游曲開車載我去麓谷。

一路上，我的心臟彷彿擂著鼓般無法冷靜，直到看見蘇景昀的家燃著熊熊大火，心臟重重地抽了一下，痛得無法形容。

「蘇景昀呢？」我對一個來幫忙的村民問道。

「別擔心，他被救走了，沒事的，他還活著。」

我暫時放下心，「那……徐秀敏呢？」

游曲一臉悲傷將我攬進她的懷中，輕輕拍著我的背，語氣溫柔，「應該沒辦法了，她還在屋子裡。」

我有什麼好被安慰的？我看起來很難過嗎？

兩行熱淚滑過我的臉頰，我遲緩地發覺自己哭了，驀地想起先前對蘇景昀說過的話。

「這輩子，我都不想看到你，永遠。」

我有個預感，而這個預感將會實現。我呆滯看著看著不斷衝高的烈焰，即使灑了許久的水，火勢仍然不見撲滅，直到朝陽升起，餘燼仍然頑強地冒著星火。

我問游曲蘇景昀去了哪裡、哪一家醫院？可游曲的回答都是不知道，班上同學也不知道，就連老師也不知道，想當然爾山村中的人也不知道。

他就這樣消失了，被救護車載走之後，消失在了某一個地方，下落不明。

火災之後的每一天我都輾轉難眠，每一天都吃不下飯，每一天都提心吊膽地想知道蘇景昀在哪裡，家都沒了，可憐的他會去哪裡？能去哪裡？

他會發生什麼事情？他現在好嗎？有受傷嗎？

火災之後的每一天我都在想著，假如重新遇到蘇景昀，我要跟他說什麼。

時間又過去一週，老師終於在班會中說了蘇景昀的事情。

「各位，我想在新聞播出之前跟大家說一下，蘇景昀將會轉學到高雄，他將會被白靜晨的親生父母收養，請大家給蘇景昀祝福。」

隨著老師將課本敲在桌上的聲音結束，我很慢地才意識到，我與蘇景昀要眞正地邁向結束了。

晚間，新聞播放著關於蘇景昀與白靜晨的親生父母白令誼、古梅萱的事情。

當記者詢問爲什麼要收養嫌疑犯的孩子時，古梅萱道：「當初在靜晨的案件終結、蘇復然自殺時，我們就產生照顧他小孩的想法。我們都同意，因爲輿論上的暴力引起自殺是錯誤的事情，這件事說起來，蘇復然與他的家人也都是受害者。現在蘇景昀成了孤兒，我們唯一能做的就是好好安頓蘇景昀，給他一個安穩的成長環境。」

「那麼綁架白靜晨的犯人就這樣被原諒了嗎？你們會繼續要求警方追查綁架白靜晨的人嗎？」

「綁架靜晨的兇手我們永遠不可能原諒他，但是事實已經證明了蘇復然是無辜的，我們不可能將罪責強加給他。證據會說話，蘇復然是清白的，所以他們家更不應該遭受到長年以來這樣的對待，蘇景昀也是。」

「蘇復然是清白的，那麼徐秀敏呢？您覺得徐秀敏是不是綁架白靜晨的兇手呢？」

「徐秀敏有精神疾病，她對這件事情完全不知情，精神科醫生也鑑定過了，她之所以呼喚靜晨都是因爲電視上一直播放靜晨的新聞，沒有別的意思。」

「請問您要怎麼給蘇景昀一個安穩的新生活呢？」

「我們兩個打算之後把他送到美國讀書，他必須離開這個地方才能自由……」

我有些害怕聽見古梅萱說出我會牴觸的事，於是我將電視關掉，獨自消化蘇景昀將要離開我的事實。

我不記得我有沒有哭，只知道隔天醒來的自己眼睛還是紅腫的。我對不知道蘇景昀身在何處感到恐慌，對自己知道的他太少感到恐慌，也對之後他將不會陪伴我感到恐慌。

心中最壞的預感成眞，蘇景昀即將離開我的世界，我再也見不到他了。

翌日，我上學嚴重遲到，一進入教室便聽見同學們交頭接耳，說著蘇景昀撿到了對現成的父母，運氣好得比電視劇還扯，莫非這一切都是他的計謀云云。

有人說他放火燒了自己的房子，營造自己父母雙亡的可憐形象，畢竟人人都知道他對徐秀敏恨之入骨。

也有人說蘇景昀的城府極深，在台中市區經常看見他與白氏夫妻見面吃飯，那開朗健談的樣子，跟學校裡的形象大相逕庭。他肯定是爲了白氏夫妻的財產才布局那麼久。

又有人說蘇景昀才是眞正囚禁白靜晨的人。思來想去，身爲最後活下來的人，他的嫌疑最大。

我握緊雙拳，靜靜聽著。我的背脊發涼，腦殼卻是滾燙的，握緊的雙手不斷沁著冷汗，同學們耳語的聲音突然變小，似乎開始顧忌著我。

轉動僵硬的脖子，當我環視陌生的他們一圈之後，這才驚覺自己除了許智傑一行人外，從來沒有記得過他們的名字——非常諷刺。

不知道蘇景昀是不是也和我一樣？嘴角不自覺地抽動，我的苦笑流洩出來，「怎麼了？繼續啊，繼續說啊，繼續抹黑啊，怎麼不繼續講？」

離我最近的女同學以難以言喻的眼神看著我……對了，那就是陳月雲看我的眼神，我這一輩子都不可能忘記。

「妳是不是跟蘇景昀眞的有什麼？」

話音未落，另一個女同學搶過話道：「妳跟蘇景昀到底是什麼關係？還是妳反過來利用他？」

第三個女同學加入，「都是妳在操控他嗎？妳有他的把柄？不然他爲什麼要爲妳做這些事？」

這回輪到我不懂了，「什麼事？」

第一位女同學將手叉在胸前，柳眉緊蹙，「今天早上，班導和姓白的那對夫妻找我們全部人，要求我們在他們面前刪除妳高二時的影片、妳和蘇景昀的『那些』照片。」

我看向王瑞安，他端著珍愛的相機，哭喪著臉，魂不附體的模樣。

一道霹靂劈開我的腦門，我跳了起來奪門而出。

我跑出教室，依稀可見班導在停車場點頭擺手，一股巨大的危機感如海嘯席捲而來。我提起腳步往下狂奔，不斷喊著：「老師、老師！請他們等一下、請他們等一下……」

不知何時開始，我的吶喊變成哽咽，變成號啕，我只希望班導聽見我的聲音，或者發生什麼不得不讓他們等一下的事情……拜託，只要一下子就好。

最後一階階梯終於出現在眼前，可我卻突然踉蹌，五體投地跌了下去。

我趕緊爬起身，刻不容緩地使出全力往停車場跑，受傷的四肢抽痛不已。我咬牙忍耐，冷汗沁濕了制服，可是當我到達時，停車場中央只剩下班導一人。

望向空無一人的停車場，我只是單純想著，又錯過了。

與悲傷不安共處了一段時間後，春假一開始我終於攢到了一筆小錢能讓我搭車前往高雄。當然，我是瞞著游曲的，所以時間不多。

我帶著關於白氏夫妻的報章雜誌，興致勃勃也焦慮不安地前往南部。要找到蘇景昀很困難，但找到白家經營的企業或醫院卻很簡單，尤其是醫院，上網搜尋一會兒便得到答案了。

列車帶著我前往高雄後，我在火車站前搭上公車，一路上聽著新年音樂與喜氣洋洋的鑼鼓喧天，所有的聲音都蓋不過我吵雜的心跳。

當公車停在醫院前，我幾乎是以跳的方式急迫地下車，前方白色偉岸的建築矗立，門匾上是黑色書法字——白慈三紀念醫院。

此刻，我感覺自己終於離蘇景昀近了一些。我站在醫院前，感受著我與他的距離。我們曾經很近，近到我能清清楚楚看見他的撲克牌魔術；我們曾經很近，近到他就坐在公車離我三個座位的位子；我們曾經很近，近到在學校頂樓依偎著彼此。

我們接吻過，曾經看著對方的眼睛。

現在，我也很接近他。我已經來到高雄，可我突然間不曉得終點在哪裡，看似近，卻又感覺遠，這段漫長的路途令我不清楚自己究竟求的是什麼了。

我低頭看著身上一直珍惜的深藍色洋裝。為了見蘇景昀，我才把這件洋裝穿出來，然而現在一切彷彿突然沒有意義了。

如果我當初有告訴他電話就好了，或許現在他能有機會向我道別，或是和我保持聯絡，語帶輕鬆地說「高雄好熱啊」，或是「聽說我要去美國，如果是明尼蘇達還是內布拉斯加之類的地方下雪不是很冷嗎？一個『高雄人』受得了嗎」。

我幾乎已經可以想像，蘇景昀會對我說些什麼了。

半晌後，迎著冬日的暖陽來了下一輛巡迴公車，司機廣播著：「本班車前往高雄火車站……」

乘客魚貫趨前搭乘，很快地，留下我一人呆站在醫院站牌旁。

我看著即將要關上的車門，右腳不聽使喚地跨上公車踏板，然後身體被右腳抬了上去，迅速逃進公車裡，重新回到不斷循環播放的新年歌曲中。

直到回到火車站之前，我都無法理清楚自己究竟在想什麼。我只是不斷地想著，直到這些想像變成幻覺，在那幻覺之中，蘇景昀對我說——

「妳來這裡做什麼？」

「我不想讓我爸媽看到妳。」

「我已經有新的生活了，請不要打擾我。」

「妳看，沒有妳的日子我過得多好？」

是啊，是我想太多，是我想得太過美好，我怎麼會覺得自己冒冒失失地前來找他，他會對我報以微笑？

是我說一輩子都不想看到他，然後現在不請自來。比起微笑，他應該更想跟我說「請妳不要再度出現在我的人生中了」吧。

新年充滿新希望，而我希望的是什麼？

回到台中的日子恢復了平靜，許智傑他們果真再也沒有靠近過我，聽說他差點被扭送警局，沐浴在親友的指責中過得並不好，還因此學乖了。但我沒有想查證，也不想和他們有瓜葛，日子平平靜靜就好。

只是有時候我會不由自主地崩潰大哭寫信給蘇景昀，信紙全被淚水浸濕而皺起，原子筆的墨水不爭氣地糊成圓點，每封信的結局都一樣——被我撕碎扔進垃圾桶，沒有一封完好的信被我保留並且寄出。

這樣的日子持續到了高中快畢業，久遠的記憶中古梅萱曾說會讓蘇景昀高中畢業後去美國，我知道接下來聯絡上他的機率會更加渺小，所以我嘗試將信件寄到白慈三紀念醫院，一封、兩封、三封、四封……直到我再也無法計算自己究竟寄了多少封爲止，不斷地寄、不斷地寄……

我甚至查到白家親戚有經營鋼鐵廠，於是我也將信件寄去鋼鐵廠，就算石沉大海，也繼續地寄。

直到高中畢業，我才終於放棄寄出沒有任何回音的信件。

蘇景昀過得好嗎？他在做什麼、正在想著什麼？

上了大學之後，我對蘇景昀的追尋轉移至網路，沒有課、沒有打工的日子我都會泡在學校的圖書館借用電腦，在如同茫茫大海般的資訊中尋找蘇景昀——

我在鍵盤上按出「蘇景昀」三個字，點擊搜尋。

「白靜晨／綁架／綁票」，點擊搜尋。

「白靜晨／撕票」，點擊搜尋。

「白靜晨／失蹤」，點擊搜尋。

「古梅萱」，點擊搜尋。

「白令誼」，點擊搜尋。

「白慈三紀念醫院」，點擊搜尋。

「鴻榮與鋼鐵／造船」，點擊搜尋。

「徐秀敏」，點擊搜尋。

可獲得的資訊往往只有前年古梅萱受訪的新聞與白靜晨的事件，沒有更新的消息。就像我那些沒有寄出的信一樣，它們躺在垃圾桶中慢慢積灰，等著被丟棄，最後成了眾多可燃垃圾的一部分，化成灰燼消逝在爐火中。

我逐漸忘記我在那些信中痛哭流涕地寫下什麼……最終，我也能忘記蘇景昀吧。我曾聽說記憶就像抽屜一樣，而既然它是抽屜，就有辦法上鎖，對吧？插入鑰匙，轉動鑰匙，簡簡單單地忘記這個人。

只要時間夠久，沒有什麼是辦不到的。

我最後一次夢到蘇景昀是在學校的頂樓，那只是無數我們相處時光中的一幕，內容也不重要。我們只是茶足飯飽，仰頭看著清澈無比的天空，聊了很多事情，不過一直以來，我們都沒有聊過白靜晨與李善婷的事情。

我們小心翼翼，連邊緣都沒有去碰觸過。

我避免提到白靜晨摔在溪谷大石上的那一刻，他避免提到我與楊儀華在未落成的補習班的事情。我們有默契地保護彼此的雷區，感覺只要越過線，就什麼也不對了，我們將不會再是知心朋友，再也無話可說。

我看著天空，突然語重心長，「你的臉不知道治好會長怎樣。」

「不知道，不過如果我有能力的話，我想治好妳的耳朵。」

「我又不是聽不到。」

「我說的是修復外型。」他笑了，露出一排整齊潔白的齒列。

倘若不是額頭的傷，蘇景昀應該可以被稱爲美少年，我如此覺得。

「當然，如果可以的話，我想成爲醫好耳朵的人。」

我愣了下，「阿嬤說，白靜晨是聽障。」

微風習習，這裡的風不同於台北，不帶一點濕氣，乾燥輕盈。

蘇景昀看著我，「我一開始以爲妳也是聽障，半邊聽不見那種。」

「是嗎，所以你才保護我？」

或許蘇景昀將我當成白靜晨看待，將我當成他的妹妹，或是家人，然而我也從來不知道蘇景昀與白靜晨之間發生了什麼事，他們眞的如同傳聞說的住在一起嗎？他們眞的囚禁了白靜晨嗎？

溫柔的風輕輕拂過，我當時沒有聽清楚他說了什麼，可在這個夢境中，蘇景昀的話語卻鮮明起來。

「我說，我以爲妳是聽障，如果妳是，我就有機會幫助像靜晨那樣的人，我想幫助像她那樣的人。」蘇景昀低下頭，語帶哽咽，「我喜歡妳，因爲我以爲妳是聽障，我以爲妳會需要我。」

「但我不是。」

良久之後，蘇景昀站起身，我們都準備離開頂樓。

「是啊，是我以為，但妳不是。」

我從夢中清醒，頂樓的水泥地面堅硬不妨礙我在這裡睡午覺，陽光與徐徐微風如同往常。我不禁唏噓，自己將在今天離開這裡。

畢業典禮一結束，學校的人空了將近一半，以往搶不到籃球場的中低年級生大肆在球場上揮灑青春活力。

我看著他們一段時間，接著緩緩離開頂樓走入空無一人的教室，蘇景昀的課桌椅自他離開之後就沒有人用，雖然功能正常，卻被畫滿詆毀的文字與塗鴉。

我拿出去光水、酒精和棉布，花了一整個下午的時間仔細擦拭，直到它成為能迎接下一位學生的課桌椅為止。

第十三支箭　試圖找到（目標）

上大學後的某一天，我的選修科教授楊詩怡注意到我每天往返圖書館的身影。她教的是假體製作與美感，我對她最大的印象是，謠傳她背部有塊放射狀的灼傷，從後面往前面，像水潑濺一般的紫紅色花朵延伸至她的脖子與下顎。

傳聞那片灼傷是因爲她介入別人的家庭，元配對她心懷怨恨，於是找了個機會帶著硫酸埋伏在約會現場。很不巧那天她穿著露背洋裝，剛走出私廚法餐的餐廳門口就被伺機潑下硫酸，於是皮膚上有了如菊花一樣的放射狀圖案。

我雖然對她的傳聞印象深刻，但我從來沒有單獨和她說過話，我們的關係僅僅止於學生與教授。

楊詩怡突然走向正在電腦前辛勤人肉搜索的我，輕輕戳了我的肩膀。

我轉頭過去，她溫柔地問：「品涵對假體有興趣嗎？我看到妳退選這堂課。」

主要學習化妝品研發的我從沒想過鑽研假體，當初加選楊詩怡的課純屬意外，因此我去沒幾次就辦了退選，「假體？我沒有興趣。」

「學會假體妳就可以做假耳朵囉。」

楊詩怡的話雖然沒有任何惡意卻讓我自卑。我抬手遮住我的左耳，惱怒地看著她。

「怎麼樣，對假體有興趣了嗎？假體也是化妝品研發的範圍喔。」

「化妝品的開發要考慮的是，是否適用消費者與它的商業價值，假體只有少部分人需要而且它不屬於化妝品範圍，它屬於醫療用品範圍，我沒有興趣。」

「是嗎，我倒覺得它比較接近化妝品範圍呢。妳看，給顏面傷殘的人使用的假鼻子、假耳朵不都需要遮瑕膏和粉底嗎？假體也可以讓人變得漂亮啊！

「但妳說的沒錯喔，像義肢、義乳這種具有功能性的東西確實屬於醫療工具，可是兩者的目的都是爲了重建患者的自信與恢復正常生活，跟化妝品是一樣的。

「不過我不是要妳做義肢那種假體，別誤會我的意思，我的意思是，妳很有潛力。我看過妳的試作產品，我想如果是妳，肯定可以做出完美的假體與化妝品。」楊詩怡口若懸河，繼續說道：「妳爲什麼會選擇化妝品研發？我覺得妳的理由一定和別人不同，尤其是妳執著於研發遮瑕膏的部分，是不是有人是妳想要努力呈現產品的對象？如果是的話，我可以幫妳，有朝一日妳一定可以完成夢想。」

當時我被楊詩怡的話深深說服，重新加選了楊詩怡的課程。

我確實有想努力的對象，總有一天，我想要讓蘇景昀的臉恢復正常，藉由研發皮膚填充物與遮瑕膏。

一開始，我與楊詩怡只是單純的師生關係，關係發生變化是在半年後的我的生日。

春假期間楊詩怡到我打工的餐廳獨自用餐，用餐結束後，她加點了蛋糕。結帳時，她將蛋糕遞還給我。

「生日快樂，品涵。」接著她將一個小方盒交給我，「這是我爲妳準備的生日禮物，妳一定會喜歡。」

說完，楊詩怡離開了餐廳，留下錯愕又驚喜的我。

整理完餐廳搭著公車下班的我看著窗外飛逝的景色，情不自禁地將禮物捏緊，即便已經是一身疲憊也絲毫不影響我高昂的情緒。

一進家門我便迫不及待打開楊詩怡的禮物，禮物以深藍色的和紙包裝，我粗魯地撕開，竟然是精美的矽膠假體耳朵與卡片躺在方形小盒之中。

楊詩怡在卡片上寫著：這是我花了三個多月觀察妳的右耳形狀，並不斷重新調整膚色做出來的假體，希望妳喜歡，生日快樂。

我迫不及待將盒中的假體戴在我的左耳上，當冰冷的矽膠一接觸到我的臉頰時我立刻就知道了。我的左耳應該是這個樣子，這才是我原本的模樣。

眼淚頓時無法控制地流了下來，我在這一刻才終於感覺自己是個正常的人，聽力正常又如何？我的耳朵是這個樣子，說眞的我寧願聽不見。這樣至少聽不見其他人批評我的耳朵，不會有人直接問我的耳朵怎麼了。

因爲楊詩怡，我才如願以償地成了「正常人」。

開學之後，我特別在下課時等著楊詩怡走出教室。我亦步亦趨跟上，滔滔不絕地說著：「謝謝教授送的假體，我很喜歡。我現在終於感受到假體的魅力，我能去老師製作假體的工作室看看嗎？」

楊詩怡欣然答應，「當然好啊。」親切地牽引我進入工作室。

一踏進房內，我便被琳瑯滿目的照片與獎狀吸引住目光，整個房間充滿她輝煌的戰績與驚人的成就。

我一面觀賞，楊詩怡一面細細解說，牆上有各式各樣不同的人、各式各樣不同的故事、各式各樣不同的傷疤與畸形。他們都在楊詩怡的巧手之下有了不一樣的面貌，人生得以重新開始。

我不禁感嘆，原來化妝品可以更有意涵與意義。

楊詩怡見我讚嘆得合不攏嘴，便問道：「怎麼樣，是不是對假體更有興趣了？」

「是，我更有興趣了。」

看著楊詩怡的作品，我突然有了信心，未來的某一天，我也能藉由我的雙手改變蘇景昀的臉，讓他重獲新生。

在那之後，我幾乎每天都往楊詩怡的工作室報到，從幾乎每天搜尋蘇景昀的下落到每週只搜尋一次。搜尋工作慢慢被荒廢了，我逐漸以楊詩怡爲中心。

但我的目標沒有改變，我仍然是爲了蘇景昀努力地進行實驗，想像自己有一天也能如同楊詩怡那般，賦予別人全新的人生。。

每當我抬頭看著蔚藍天空，想的仍然是遠方的蘇景昀……他現在在美國了嗎？他在做什麼？那裡的天氣如何？他過得好嗎？

當我見到他的時候，我要同他說些什麼？

「對不起，最後沒能送你一程」，我應該這麼說嗎？

大學二年級時，我比一般的同學都還要出色，楊詩怡將她的所學傾注予我，而我也不辜負她的期待，很快地，才大學二年級的我便研發出第一件作品——同時具備填充與黏著功能的遮瑕膏。

它既能填充傷疤也能完美黏著假體，卸除它亦不需要多花心思，只需要簡單的卸妝油就可以完成，而我的第一個人膚試驗對象預計會找楊詩怡。她有著與蘇景昀類似的灼傷，我想如果是她，一定可以代替蘇景昀給我作品的回饋，讓我知道目前爲止我的努力是有回報的。

我提出想要楊詩怡作爲我的模特，楊詩怡欣然答應了。

她看起來很開心，不過她似乎誤會了什麼，她眼眶含淚地說：「這是爲了我研發的嗎？我好開心，眞的好開心。」

我說不出這是爲了蘇景昀而製作的東西，我既不想要楊詩怡知道這一段往事，也不想說出事實。所以我只能欺騙她，在她寬廣整潔的工作室中，在竄進工作室的初夏蟬鳴中，我說了謊，「嗯，因爲我想報答老師。」

楊詩怡的眼神充滿欣慰與感慨，「老師就知道妳一定可以。」準備一段時間後，我與楊詩怡相約在她的工作室中，她拉上所有窗簾，僅留下足以讓我作業的燈火。燈火之下，她脫下白袍與裡頭的連身裙，僅剩一件蕾絲內褲，背對著我。

那是我第一次見識到她背上的灼傷，傷痕如同傳聞似是一朵巨大盛開的花，紅紫色的瘢痕呈現放射狀恣意擴散延伸，像曼珠沙華，也像菊花。

我聽過關於這個傷痕的故事，也想像過她衣服下傷痕的模樣，我已經做足心理準備，可實際看見仍然怵目驚心，燈光下的紫紅色花朵張牙舞爪，竟然醜陋又不可思議地美麗。

我怔在那裡，手中緊緊握著遮瑕膏。

楊詩怡察覺我嚇到了，回頭問道：「嚇到了？很恐怖吧？」

「沒有，沒有很恐怖，只是……我不知道這樣說對不對，我覺得很美，教授的模樣，很美。」

我的反應在她預料之外，她哈哈大笑，「有趣，妳竟然覺得漂亮……品涵，妳聽過蟹足腫體質嗎？」

我點點頭，「就是皮膚的修復組織增生，是一種皮膚症狀。」

「我就是蟹足腫體質，其實一開始被硫酸潑到的區域沒有這麼大，妳看到的延伸，都是蟹足腫。」

「這不能雷射除掉嗎？」

「不行，只能手術切除，雖然有其他方式，但一來範圍很大，二來我擔心傷口一樣會生成蟹足腫。所以我放棄了，反正衣服遮得住，脖子和下巴的一小片也不會影響到我什麼。」

語畢，楊詩怡見我還沒有動作，回頭催促：「還不快一點？我在等妳呢。」

我緩緩上前，分明是夏季可我的指尖卻異常冰冷，我伸手輕觸楊詩怡的蟹足腫，她全身顫了很大一下，緊咬的牙關吸進濕熱的空氣。

在那蟹足腫之外，我見到她健全白淨的肌膚開始慢慢泛紅，我不知道爲什麼，也不明白，木訥地說：「那我開始了喔。」

我取出罐中的遮瑕膏，小心翼翼地塗抹上去，先是塗在蟹足腫與肌膚的界線上，後續再暈開，接著是蟹足腫的部分。

蟹足腫的範圍很大，我安靜且專注地作業很久，除了手指之外，我嘗試了各種工具，圓形海綿、海綿球、扁刷、圓刷、密集毛刷、三角海綿……雙手不斷在各種工具間來回忙碌。

經過一個下午，我終於放下雙手，看見了楊詩怡完美且完整的皮膚。

楊詩怡的皮膚本來就白，蟹足腫的痕跡被成功遮掩後，更能看見她本來皮膚的優點。

我感動得無法言喻，掉下眼淚，「教授，完成了。」

「眞的嗎？」楊詩怡不敢相信，她取來放在身邊的相機遞給我，「快幫我拍下來，我要看看怎麼樣？」

我趕緊在遮瑕膏的水分完全流失前取來相機拍下幾張照片，心懷忐忑地繞到楊詩怡面前，將相機遞給她。

楊詩怡看見螢幕中的自己，淚水奪眶而出，眉頭擰得死緊，抱著胸彎了下來，「這是我的皮膚……不，妳做得比我的原生皮膚還要好，謝謝妳，品涵，這是很成功的作品，只要克服一些小缺點，妳一定會在這條路上獲得成功。」

聽見楊詩怡如此稱讚我，我當然開心，「謝謝教授，這都是教授的功勞，如果沒有加入製作假體的成分，這個產品不會成功。」

楊詩怡放下相機，搖搖頭，她炙熱的雙手捧起我的臉，深深地看著我的眼睛，像是準備穿進我的軀殼中，接著她親吻了我。

我有些詫異，直到嘗到楊詩怡的淚水後我順勢回應起她，我們的舌頭在彼此口中得到安慰，糾纏不休、渴望著彼此。

我們逐漸緊緊相擁，楊詩怡的內褲不知道是被我脫下還是被她自己脫下，她脆弱地躺在工作桌上，帶領著我的雙手，教我如何撫摸她。

當楊詩怡以我的手指高潮時，她羞紅了臉，嘴上說著：「這樣不好。」同時渴求我的雙手，渴望我的觸摸與親吻。

我再一次地想起李善婷。

楊詩怡像是看穿的我的心思，她如同催眠一般告訴我：「我喜歡妳，品涵，妳呢？」

我該怎麼回答？對方是大我二十多歲的教授。

我該怎麼解釋……我們之所以做愛，只是因爲我想要楊詩怡變得跟我一樣骯髒。

因爲只有這樣，我才能調整自己的心態。

楊詩怡肯定是開心的，在朵嘉颱風過境後，我們做愛的頻率高得離譜。

說來奇怪，我們都沒有男人的生殖器，按道理來說，我們應當會比男人還要理性。然而我們一見到對方就會不斷地索要對方，直到其中一方筋疲力盡。

我們能以各式各樣的工具重複高潮，在不曉得體力的極限前，我們是兩頭飢餓的野獸，不斷交合，不知何謂節制。

我們暗通款曲直到大學三年級上學期，兩人假藉研究假體在她的工作室恣意玩樂直到忘記時間。夜間部的同學已魚貫回家，我們卻還樂不思蜀，我笑著懇求楊詩怡讓我試試新花樣。

楊詩怡汗濕淋漓，她的蟹足腫呈現豔紅色澤，感覺得出來她的體力將要被我弄得透支，「好吧，試完就回家好嗎？」

我笑了，「好啊。」

當我將震動棒放入楊詩怡依然潮濕的體內準備按下開關時，工作室的門鎖發出被轉開的聲音。

楊詩怡整張臉刷地變成青色，連滾帶爬抓起衣服擋住光裸的自己。

不知道爲什麼，此時的我感覺不到任何羞恥，我只是平靜地看向米白色的門扉，期待那個人可以結束這一切，因爲我已經厭煩了。我對楊詩怡老了的身體厭煩，對她的需索無度感到厭煩，對已經髒掉的她厭煩。

我們之所以做愛，只是因爲我想要楊詩怡變得跟我一樣骯髒。

可是我無法親手結束這一切，無法說出傷人的話，所以一直在期待有人來幫我結束。

我噴了男用香水讓她能被起疑，送她小東西讓她能放在車子裡，寫許多信給她都是爲了留下證據。可是過了許久，楊詩怡的丈夫侯建宏都沒有發覺自己被她背叛。

也對，誰會立刻聯想到太太出軌的對象竟然是個女人？誰會第一時間就想到妻子每天晚上與孜孜不倦的女學生在一起是爲了偷情？

所以我推了侯建宏一把，我查到侯建宏的公司地址，寫了一封信給侯建宏，信中沒有寫什麼，只寫了時間、地點，並告訴他親自過來能看到什麼。

那天我故意不鎖門，好讓侯建宏能不費吹灰之力看見楊詩怡背叛他的模樣。

果然，一切如我所想般順利。

楊詩怡不是白癡，她當然知道是我搞的鬼，可她不願意相信。在被侯建宏帶走並軟禁之後，她不斷透過手機的小小視窗傳訊息給我，並問我爲什麼——一如她被帶走的那一天。

她連衣服都來不及穿，就這麼光著身體、披著一塊布被侯建宏扯了出去。她不敢號啕大哭，也不敢尖叫哭喊，只是夢囈一般地重複問我：「爲什麼？我做了什麼？」

就算她留職停薪，暫時離開學校回到家也一樣，仍然不斷地傳訊息問我。

我從來沒有回覆過她，她想要的理由也並不重要，當然不是因爲她做了什麼，重點也不是我爲什麼這麼做，而是我爲什麼想這麼做。

我從來沒有對楊詩怡坦承過，她卻不停地爲我找理由，總是說是不是因爲颱風造成的創傷導致我變成這樣，是不是因爲游曲過世所以我變成那樣？

然而什麼都不是，也什麼都不重要，蘇景昀離開了我的世界之後，我想盡辦法地忙碌，想盡辦法地填充自己，想盡辦法地生活，想盡辦法找到前進的理由，最後都只是證明了我是個空殼。

我在做什麼？或許蘇景昀根本就不需要我做這些，他只要找到如同華陀在世般的神醫爲他治療就好了，不是嗎？

他不需要我，也不需要我爲他做的一切，如果他需要我、想見我，就會和我聯絡。

而事實是，他沒有任何一點音訊。

楊詩怡是如何想我的？我想我現在知道了，可是來不及了，我選擇從楊詩怡的身邊逃開，回到獨自一人的狀態，重新尋找活下去的目標。

休息很長一段時間後，楊詩怡回到學校重執教鞭，我們彼此都退到教授與學生的位置，這是最安全的距離，也是最理想的距離。

我沒有因此意氣用事退掉楊詩怡的課程，仍然學習製作假體。在那段時間，我對特效化妝有了興趣，原本的科目加上有興趣的科目，我的每一天都過得很充實，每一天都特別忙碌，也特別開心。

楊詩怡並沒有窮追不捨，回到學校後她立刻就接受了我們分開的狀態，一段時間過後，她甚至能和我閒話家常，將學校與自己的事笑著侃侃而談。

她知道我有苦衷，我明白她也有，但我們都接受也適合如此，所以我們都沒有說什麼，也沒有任何一方提起那天的事。

日子安穩地過去，一天渡過一天。

不過上天並沒有讓我虛度太久，我在準備三系聯合展覽的教室中遇見了夏常芳。

大學裡的一處寬敞教室被布置成攝影棚，教室四周罩上不透光的黑布，挺立聳直的燈罩有大有小，它們圍著被拍攝的模特兒閃著燦爛的光。

教室中聚集的是服裝設計系與化妝品科學系、時尚設計系的小組學生，三系合力完成期末展覽，在動態走秀之前，得先完成的重大作業是平面攝影。

被委託進行攝影的學生，因爲一張清晨的高美濕地照片被選入車站內展覽聲名大噪，進而成爲當時校刊的封面——正是夏常芳。

可除了他出色的攝影技巧之外，還有另一個他出名的原因，與楊詩怡一樣，夏常芳奇醜無比，他的臉上有一片鮮紅的斑塊。那斑塊鮮豔異常，像是血濺在他的臉上，又像臉被刨出血肉，嚇死不少人。

可能因爲這樣，當時的校刊刊登的是他的側臉。

夏常芳聚精會神地拍攝著眼前的女孩，對流言蜚語充耳不聞。

「我們眞的要找夏常芳來拍嗎？」

「換別人不行嗎？攝影社不是還有別人嗎？找紀學長怎麼樣？」出聲的是時設系小組代表王美慈，她正在強烈央求著妝科系小組代表陳諺樺更換攝影師，即便照片已經拍下去幾張，她也絲毫不介意前功盡棄。

「不行，要相信我們這一組絕對可以，我對他的照片有信心。」與王美慈截然不同的態度，陳諺樺肯定說道，自信的神情之中好像她預見了未來一樣。

「我不是對他的技術有疑慮，可是他拍最好的不是風景嗎？人像怎麼會找他？而且他也不會指導模特兒，還長得那麼凶，女生們都嚇到了！哪還笑得出來？」

我在角落默默聽著王美慈和陳諺樺浪費時間，終於忍不住插話：「長相跟攝影技巧有關係嗎？」

王美慈一聽，整張臉從白皙到漲紅只有瞬間，「妳自己看看他，他會指導她們擺姿勢嗎？我們時設系的作業配上不懂得發揮的模特兒，再加上一個只會拍風景的攝影師，能拍出衣服的什麼？」

「所以呢？妳有看過他的照片嗎？妳媽媽沒有教妳在批評別人之前要先省視自己？」

「你們兩個好了啦。」見我與王美慈對峙起來，原本與王美慈辯得激烈的陳諺樺竟然開始勸和。

可他的勸架哪能阻止我們，我的鬥志被燃起，趁勝追擊：「笑死，妳的作品得過獎了嗎？」

王美慈禁不起激將，揮高手掌便要打我。

突然間，一直沉默拍照的夏常芳出聲，低沉的嗓音穿透一眾女人的妳一言我一語灑脫道：「我不拍就是了。」

夏常芳站起身，單手握著笨重的單眼相機，逆光中看不太見他那令人詬病的臉，未待陳諺樺出聲，他大步流星地離開臨時搭建成攝影棚的教室。

見夏常芳如此乾脆離開，王美慈雖然詫異，接著很快聯絡上她口中所說的紀學長，「紀學長拍人比較厲害，交給他準沒錯。」

而我在紀學長拿著相機姍姍來遲之前便離開了教室，漫無目的地在校園中追尋夏常芳的身影。

校園很大、天氣很熱，在不絕於耳的蟬鳴與人群的交談聲中，我好不容易在盛開的阿勃勒下見到他舉著相機對準花隙，試圖捕捉光芒中斑斕的彩虹。

察覺我站在不遠處，夏常芳將鏡頭朝向我按下快門，接著移開了鏡頭。

那一瞬間，我想起了盧詣脩，可我並不懼怕夏常芳，我想可能是因爲他長得醜，對一個人來說是減分的部分對我來說卻是加分。

雖然對他不好意思，但自從遇見了蘇景昀之後，我對臉上有傷的人好感度明顯比長得好看的人高，長得好看的男人與女人給我的只有痛苦的記憶。

我向前走去，「你在拍什麼？剛剛是不是有拍到我？」

「對。」夏常芳大方承認，將相機的螢幕遞給我看，「我在拍鴿子，妳也入鏡了。」

「鴿子？」螢幕中的我身後有幾隻鴿子隨著我邁步走向夏常芳，同時振翅高飛，而他捕捉到了那一刻。

「我以爲你不會拍動物。」

夏常芳轉動鏡頭，繼續糾結於此刻灑落的光，「沒有不會，只是討厭。」

我看著夏常芳一身阿宅裝扮——黑框眼鏡、格子襯衫、西裝褲，可以理解他爲什麼說出這些話。

他辛勤地繼續拍攝，我還以爲夏常芳是個沉默的人，結果反而喋喋不休繼續說道：「時設系的人就做好他們的時設就好，幹麼來當模特兒？半調子，他們怎麼不合資雇用網拍模特？」

「她們說是你不願意指導。」

夏常芳冷笑，「指導有什麼用？她們腦子都空的，就算用整天來拍照也拍不出好東西。」

「你這是在瞧不起時尚產業的人嗎？」

「不是，我認爲他們很厲害、很有品味，但不是那些時設的人，妳有聽過她們都在聊些什麼嗎？感情、減肥、感情、減肥、錢……」

我來了興趣，「你是什麼系？」

「建築與室內設計。」

「難怪你瞧不起他們。」我聳聳肩。

「我沒有，我只是覺得跟他們不合。」夏常芳傾身轉換拍攝角度。

「我也覺得我跟他們不合，這樣吧，要不你幫我完成畢業作業？」

「教授不是規定好了，三系一起完成？」

「不是，還有另一個，但有點困難，大家都不想做。」

「嗯？」夏常芳提起鼻子輕輕一哼。

我猜這是他有興趣的反應，因此我繼續說道：「產品研發。她們現在做的是化妝品最廣泛的應用，畢竟化妝品本來就是爲了讓人變美而製造，搭配服裝、時尚設計一起製作作業，提出兼顧商業考量的企畫，是其他組別一項重要的工作。

「所以她們的作業比重商業度比創新度還要多許多，他們只要照著配方重新製作就幾乎能及格。我不反對，這本來就是販賣化妝品所需的一項重要技能，在化妝品成爲化妝品之前，本就應該說服公司它有被販賣的價值。

「但是，我覺得化妝品不是只有那樣，我想回到製作化妝品的原點，開發出讓無法接受雷射治療的問題皮膚能夠使用的化妝品，比如你。」

夏常芳瞪大眼睛，眼神有著惱怒，可他壓抑著脾性，壓低聲音，「憑什麼我要幫妳？妳回去和他們一起做就好了。」

我像是發現一個不可多得的寶物那樣，腦海中有個不能讓夏常芳就這麼離開的理由……我想是蘇景昀，因爲他是蘇景昀的替代品。

我盯著夏常芳的眼睛，直直看進他的內心，「除了你，我誰都不要，你是最適合我作品的人，除了你，再也不會有別人。」

夏常芳驚愕地看著我，再也不能言善道，也不再話鋒犀利。

我將寫著教室號碼的卡片塞進他格子襯衫的口袋中，非常地有把握與自信，「明天我會在卡片上寫的教室中等你，等到晚上九點，什麼時候來赴約都可以。」

語畢，我轉身離開，沐浴在飄落的阿勃勒花瓣下。

「如果我不去呢？」

我沒有回頭，只是聳聳肩，雲淡風輕地回應：「那我就只能延畢了。」

隔天一整天，我都在卡片寫著的三樓教室等他，從夕陽灑落餘暉開始等待，安靜且自信。我堅信夏常芳會來，深深相信著。

教室的牆上掛著我的作品，右下角的年份已是兩年前，初出茅廬埋首苦讀的我很快有了成績。也是在那時，我第一次親身經歷傳說中的畫面——彩妝公司捧著銀子前來求我畢業後進入他們公司工作，並且希望買下我的配方。

製造化妝品的成分與技術已經達到瓶頸，剩下成分大同小異的商品不斷配來配去推陳出新，口紅有上千百種顏色，眼影盤的組合更有上萬種，光是這樣消費者也會買單。然而這個行業需要新的刺激，需要如同防水睫毛膏、溫水卸除睫毛膏一樣劃時代、令人驚豔的技術。

我為了尋找突破口努力到了現在，一開始還挺順利，很快地找到方法，但後來的一年間，我再也做不出東西。好像所有的一切都成為空白與虛無，我好像擁有許多，卻又像一無所有。

我常常在想，這會不會是楊詩怡給我的詛咒？會不會是楊詩怡憎恨著我的證明？從我們不再互相擁抱開始，我就再也做不出東西了。

不，不是這樣，是從我把楊詩怡變得和我一樣骯髒開始，我貧脊的腦子就再也想不出什麼東西。

由於我不知道如何愛人，加上我已經丟棄楊詩怡，所以必須尋找替代的人，於是我將夏常芳視爲下一個染指的對象。

第十四支箭　感情何時（會突然消逝）

時間是晚上九點半，距離我和他約定的時間已經超過三十分鐘，我看著錶，思忖著是不是該現在離開的同時，夏常芳的身影突然出現在教室門口。

我沒有請他進來，他也沒有貿然進入。當我將目光移到兩年前的作品上時，他循著我的視線走進教室，毫無情趣的日光燈映照在那照片之上。

照片有一半是某個女人美麗光滑的背，女人僅僅穿著內褲，毫無保留地露出她的肌膚，以脊椎爲分界，一半是以我製作的遮瑕膏進行遮瑕之後的成果，一半是她蟹足腫恣意生長的扭曲皮膚。

「她怎麼了？」

「她是楊詩怡，帶我到三年級上學期的副教授，現在還在學校教書，你有聽說過嗎？她是因爲介入了別人的家庭，被那個家的女主人報復成了那樣，從背後被潑上硫酸。如果她當時正面對著兇手，我無法想像會是什麼狀況。」

「所以她是妳的第一個試驗對象？」

「當然，雖然這令人驚豔、效果超群，卻同時是失敗品。」

「我看不出來。」

「因爲你看見的是剛完成不久拍的照片，大概三個小時之後它就龜裂了，但是廠商對它一直很有信心，相信之後一定可以再改良。可是不管我怎麼做都沒有辦法修復龜裂的問題，需要不斷地補充水分在上面。

「這個世界上只要有錢手術，很多皮膚的狀況大部分可以搞定，這個產品是爲了沒有辦法接受手術的人開發的，比如凹凸不平的疤痕、燒燙傷、無法雷射手術的過敏皮膚等等。如果它的使用感受令消費者覺得麻煩，或是會讓人覺得『還是動手術好了』的話，就失去了它的意義。」

「所以妳想要用在我身上的是這個失敗品嗎？」

「不是，我找到改良它的方法了，至於方法就是祕密了。」

夏常芳對我的謊話沒有半點懷疑，「說吧，什麼時候找妳做作業？」

「後天的下午兩點。」語畢，我邁開步伐，從容不迫地離開教室，留下臉色漲紅的夏常芳。

我還沒有走遠便聽見他奪門而出，心思被我猜中的他惱羞喊道：「妳早就知道我會答應嗎？」

我沒有回他，只是得意地笑了。

在校內研發產品發表的日子之前，同系的同學見到我張口都是勸我放棄，不要選擇這麼難過關的作業。

確實，與其他系的學生合作推出成果展比較容易過關，結合大家長處一起努力製作的作品也較完善。成果展需要製作的化妝品也只需要學以致用，將書上說的東西發揮上去，不需要創新、不需要冒險就能及格。

化妝品某個程度和藥物很像，和普拿疼一樣成分的藥物那麼多種，它們或者叫痛可止、伏痛能、立停疼、斯斯解痛……但它們的成分都一樣，效用也一樣。化妝品也是，只要照著學到的配方調製就能做到，這是最保險、最能保證及格的方式。

創新？那種事情應該交給專業的研發員才對。

我卻選了艱難的道路，同學對我的擔憂想必是因爲我不再是兩年前的我，已經江郎才盡的我不可能完成研發的工作。

放眼望去，有哪個有錢有勢有時間搞研發的公司，會願意做出只能給少數人使用的化妝品？更何況這時代有臉部瑕疵的人還需要遮瑕膏嗎？

大部分雷射幾次就能解決的瑕疵，爲什麼需要我的商品？

無法解決皮膚瑕疵的人究竟只是少數，而這些少數注定了他們永遠缺乏資源。

我的心中有許多徬徨，也存在著許多困惑，可這是我從很久以前開始就想努力的事情，我不想放棄。我堅信著我該走的路，同時也深信自己的信念，所以我才選擇重新證明自己。

面對那些人的質疑，我總會一笑置之，告訴他們，總會有辦法的。

成果考核的下午的兩點整，妝科的教授如同先前所告知，有五人出席，而參加這次作品展示的學生僅有十人，有些是原本就喜歡參與商品開發的學生，有些是像我一樣參加小組作業途中脫隊的人。

每人各帶著一個有問題皮膚的人參加考核，另外配了校內十個專業的彩妝老師針對作品的質地、功效等等評分。考核之前需要繳交各自研發的作品報告與樣本，由於並不是專業的化妝師考試，而是開發作品的展示，所以重點並不是化出完美的妝容，而是展示適合客戶、解決客戶需求的商品。

我帶著夏常芳走入會場時，夏常芳比我還要緊張，我甚至感覺到他屏住呼吸。

然而我一點也不緊張，因爲我相信自己將會通過。尤其是在看過一圈模特兒後，我更加確定了。

所有人帶來的不外乎是泛紅肌、過敏肌、乾燥肌、痘痘肌、酒糟肌的人，沒有人敢挑戰最難的。所以當夏常芳隨著我的步伐一起進入教室時，周圍響起一陣扼腕的聲音，他們惋惜我將要失去這個機會，曾經的天才將成爲過去。

夏常芳的半張臉彷彿被紅酒潑過一樣，深紅色的斑塊在他的臉上恣意橫行，紅酒酒液般的斑塊周圍還有許多紅點，其他人避之唯恐不及的缺陷卻是我的求之不得。

很快地，考核開始，時間限制是一個小時。

考核的過程中，學生不需說話，只要聚精會神，整間教室充斥著翻閱說明報告與呼吸的聲音，安靜得令人窒息。

在我忙碌的雙手下，夏常芳一點也不像與我初識，他顛覆緊張的態度，完全信任地閉上眼睛，在我面前放鬆展現出他的自卑與醜陋。我遺失的初心在這一刻逐漸找回，那感覺令我心安，執刷具的手停止顫抖，順利地在夏常芳斑斕的臉上揮灑。

手上的錶靜靜擺動，帶走一分一秒，枝葉婆娑與涼風穿梭在空盪走廊間的聲音交錯，我專注於夏常芳那細小得不能再細的呼吸與我的手，既像個雕刻家在他的臉上細細雕琢，又像陶藝家不斷撫摸，試著從他身上找到我所追求的，讓我前進的理由。

一個小時過去，作品展示完成時，夏常芳睜開眼睛，同時迎上評審們的驚異目光。他們走上前細細研究，交頭接耳地討論著怎麼可能有遮瑕膏可以自然到彷彿眞的皮膚。更何況我不是什麼專業的化妝師，既然連這樣的我也能使用的產品，相信所有有需要的人都可以信手拈來，重拾自信。

片刻過去，教授們拍下照片，收下報告告知擇日再公布成績後，參加考核的學生與模特們不約而同一湧而上。

「林品涵，妳太厲害了吧。」

「這個東西簡直是無法雷射的病患的福音！」

「妳會繼續改良它嗎？我很期待它成爲更棒的作品！」

我不好意思地看著他們，一方面恥於接受他們的讚美，一方面我說不出實情。

事實上，它目前無法再改良了，我已經試過很多方法，也已經山窮水盡，這是我的極限，也是我研發的極限。

當然，說的是現階段的我，未來或許有其他可能。

夏常芳聽著周圍讚嘆此起彼落，好奇之下，拿起身旁小桌上的鏡子，端看自己的模樣。當他見到鏡中的自己時，忍不住熱淚盈眶。

夏常芳的手顫抖得無法拿穩鏡子，鏡片碎裂的聲響喚醒被吹捧圍住的我……對了，我剛剛說了什麼？

啊，我正在尋找的東西，在那一瞬間，我找到了。

我是爲了夏常芳而存在，而夏常芳是因爲我而存在的。我明白了一切，這就是我的命運，他就是我的靈魂伴侶，我將會爲了他牽腸掛肚，爲了他魂牽夢縈。

可是我並沒有認眞地看待我對夏常芳的感情，更貼切地說，他是我現階段甩掉楊詩怡的手段，再更長遠一點地說，我需要他來讓我更加靠近蘇景昀。

我知道楊詩怡愛著我，她也沒有做錯什麼事，更沒有傷害我，我知道、我都知道。

但是我就是膩了，我需要一個新玩具證明我不需要楊詩怡，而這個玩具就是夏常芳……雖然我是這樣想的，一開始。

畢業典禮的時候，夏常芳請我讓他拍攝畢業照。我站在學校中央噴水池前穿著學士服、拿著畢業證書。

下午接近黃昏的光線令人感到舒適，夏常芳取好光線，先是拍了許多我的個人照片，

「最後我們一起拍幾張吧。」

「好啊。」我沒有想太多。

原本，我想要讓一切都在那天終止，離開台中回到台北，夏常芳成為我阻擋楊詩怡藉口的工作已經結束。楊詩怡終究還是會在台中教書，而我再也不會遇見她。

我令她失望不會成為假體製作師，我依然準備進入化妝品公司進行產品研發。醫學的極限我會努力將它弭平，不論未來我遇見的蘇景昀是什麼模樣，我一定能拯救他。

我將希望放在將來，不過依舊停止寫信給蘇景昀。

不為了什麼，只是因為心中的一個小小的聲音不斷重複著「如果他想跟妳聯絡早聯絡了，怎麼可能拖到現在」、「只是有沒有心的問題，他若有心，怎麼可能找不到」。

雖然這個聲音一直存在，但我並沒有因此放棄，我仍然想幫助像蘇景昀、夏常芳、楊詩怡那樣的人，這點一直沒有改變。

夏常芳站在我身邊，而我偷偷看著他臉上的斑塊，沒有察覺他將手輕輕放在我肩膀。

「看前面喔，倒數十秒。」他的話語越過噴水池的水花、嘶啞的蟬鳴、鴿子的呼嚕聲，「我們交往吧，以結婚為前提。」

鴿子紛紛振翅飛了起來，我突然就認定了夏常芳，視線緊緊依附著他，就好像心臟被愛神射箭狠狠刺中那樣，他如此認定著我，我也如此認定著他。

或許就是在那個時候，我們被藍珂瑋的愛神箭給射中。

因為愛神的箭，我恍惚地說出：「好。」

畢業後，我們從台中搬到台北，租了房子住在一起。

他在建築師事務所上班，先從助理開始做起，起初薪水不多，於是他兼職攝影，爲雜誌與旅遊文章拍攝照片。而我如願以償開始接觸產品開發的工作，加入了積極的團隊。

剛搬上台北沒有多久，我就收到楊詩怡傳來的訊息，她說她跟著侯建宏的工作調度搬到台北，問我有沒有空與她見面，我當然沒有回應。

夏常芳很常拍我，我們休假的時候他不辭辛勞背著笨重的相機陪我上山下海。而每當我有新的產品想試的時候，他的臉也總是會不吝惜地借我塗抹，完成之後，我會幫他拍照。

除了遮瑕膏外，我的工作內容包含開發各種各樣的化妝品。當我將這些產品全在他臉上揮灑時，總會不禁讚嘆，原來夏常芳擁有張漂亮的臉孔。

夏常芳也因爲我，慢慢學習到化妝的方式。

我不覺得這有什麼，在學校裡這樣的人滿地都是，不分男女。我覺得想讓自己變得美麗是人類的天性，夏常芳不需要因爲這樣覺得丟臉，我也不需要。

所以我贊成他繼續學習化妝，甚至贊成他偶爾穿著裙子在家中走來走去。他仍然愛我，我也愛著他，不會因爲外表產生的變化改變，我反而覺得這樣更好，畢竟以性向來說，我喜歡女生多一些。

隨著年紀的增長，我曾經認眞地思考自己對於蘇景昀是怎麼樣的情緒，我喜歡著夏常芳，但我仍然掛念著蘇景昀，直到現在——沒有人能告訴我這種掛念是什麼意思。

我只好隱藏著隨時都有可能背叛夏常芳的情感與心中唯一的目的，繼續和夏常芳過日子。

別誤會了，我愛著他，我只是擔心，感情何時會消逝？

我在與夏常芳共進早餐時想著，在我們相擁時想著，在上班的路上想著，在捷運的轟隆聲中想著，在與同事對話時想著，就連入睡，我也想著。

對於感情的消逝，我膽戰心驚地等待著。

事情有了開始，便剩下迎來結束。如果感情的結束就是婚姻，韶光飛逝，夏常芳向我求婚了。

從我死亡的結局來看，我們結婚只有一年，是在三十二歲那年結的婚。不過夏常芳向我求婚是在我三十歲生日時。兩年之後，我死在破爛的小木屋中。

春節時期，夏常芳陪我回到台北舊家。我們與陳月雲、林品妍吃了一頓不算幸福也不算太差的團圓飯。

夏常芳當然不知道朵嘉颱風侵台時我們所發生的事情，他是一個完整且乾淨的人，不需要知道，就算他與我如此親近也一樣。

林品妍對他和我仍然抱持敵意，她吃得很快，簡單的一頓年夜飯才進行到中間，她便粗魯地擦了擦嘴，「我醫院還有事。」然後迫不及待穿上大衣離開。

夏常芳看著我，而我看著碗中的佛跳牆，質疑著爲什麼佛跳牆裡有芋頭。

一頓年夜飯潦草結束，夏常芳和我一起整理廚房，他偷偷瞥了一眼客廳的陳月雲，低聲問道：「妳姊怎麼了？」

我沒有特別編造什麼，只是簡短地說出一部分的實情：「她大學時期的前男友被我搶走了。」

「那件事情誰錯比較多？」

「你說呢？」

夏常芳調皮地笑了，「看妳媽和妳姊的反應，應該是妳吧。」

我當下雖然沒有回應，不過我心中想著的事情確實被夏常芳說對了。我也這麼覺得，一切的事情都是因我而起，是我的錯。

除夕才剛結束，在該是初二的這天，夏常芳買了炸雞與蛋塔。當炸雞吃完之後，他單膝下跪打開手中的肯德基紙盒，露出鑽戒，「品涵，請問妳願意之後的除夕改來我家嗎？初二我會再陪妳回家。」

我很錯愕，「你幹麼把戒指藏在肯德基盒子裡？」

「因爲這是我能想到的，最能夠給妳驚喜的方法。」

一只鑽戒，就讓我整個人覺得煥然一新。

關於自己很髒、配不上夏常芳、左耳畸形、背負著藍珂瑋的人命、一直憂心忡忡自己不會愛人等等的想法，在那一瞬間，全都灰飛煙滅——只因爲一只鑽戒，我有了存在的意義。眼淚奪眶而出，我迫不及待上前緊緊抱住夏常芳，像要將他納入自己身體一般。

他哭著說：「我愛妳，妳接受了我的全部，我愛妳，我眞的愛妳。」

夏常芳可能曾經很掙扎，像他這樣的人有哪一點能吸引我？他愛穿女裝、愛化妝、臉上有著醜陋的斑，像這樣的他有哪一點配得上我？

我們都擁抱著一樣的不安。雖然如此，我還是收下鑽戒，哭著戴上了它，「謝謝，我會一輩子珍惜它。」

夏常芳的微笑無比幸福，我卻看著這樣的笑臉、想著這樣的笑臉，在半夜三更起床，久違地提筆寫信給蘇景昀，收件地址當然是高雄的白慈三紀念醫院。

我並不期待會有回音，就像之前石沉大海的那些信件一樣，只是洋洋灑灑地把自己想說的話寫了出來。

就算淚水依然將我的字句糊成圓點、紙因潮濕而皺褶，我依然寫著，直到朝陽灑在餐桌，金粉在我的信紙上綴上沙漠。

我看著燦燦金光，想起與蘇景昀一起度過的那些日子。

夏常芳起了個大早，他伸懶腰朝我走來，不經意地瞥了一眼成疊的信件。當他再度回到餐桌旁，放了一杯熱咖啡在我面前。

他沒有問這些信是寫給誰的，只是輕輕開口：「有什麼事想聊聊嗎？」

我呆滯很久很久，撐起自己乏力的身軀搖搖晃晃走向回收桶，翻找昨晚曾經放著鑽戒的肯德基紙盒，端著它回到餐桌旁。

我打開紙盒，露出的不是什麼鑽戒，而是封印在夾鏈袋中，沾滿塵土的警察服務證。

沉默瀰漫在我們之間，而我終於能說出這件事，將這件事讓另外一個我所深信也深愛的人爲我分擔。

我深吸一口氣，「我想跟你說一個關於在颱風天堅守崗位，冒著狂風暴雨只爲了撤離山中小村居民的一個女警的故事……」

將滴滿淚水的信件寄出之後，過了很長的一段時間，我想大概有半年，我依然沒有收到回音。

有時候我會想著，或許他早就在那場火災中死去了也說不定。

當然，我希望蘇景昀活下來，最好讓我知道他還存在於世，不管是什麼方式都好。

然而彷彿有一股力量勸我打消念頭——那封信被退了回來。

時隔六個月，它回到傷心欲絕的我的手中，紅色字章蓋著：查無此人。

蘇景昀消失得徹徹底底，連胡迪尼也比不上的徹底。

這年，我三十歲。

我無法確切地整理出自己究竟是在什麼時候死心的，我只是渾渾噩噩地過日子，食不知味、廢寢忘食。我認眞地工作，認眞地與夏常芳規畫人生，只是我很快地又感覺一切失去意義，陷入每天捫心自問的迴圈中。

這樣眞的好嗎？這樣下去眞的好嗎？

我曾經找到了前進的意義，然而現在我不那麼確定了。

結婚是我想要的嗎？我又不確定了。

我感覺自己好像缺少了某種功能，這個bug使我不知道怎麼愛人。這不是故障，先前正常的功能現在沒有才是故障，我不是，所以無法修復。

我現在會變成這樣，是不是我和別人不一樣？如果我和別人一樣有著正常的左耳，是不是一切都會有所不同？我也能正常地愛人，不是一直思考背叛——左耳就是我的bug。

與夏常芳向我求婚一樣的春季某天，我在一覺醒來時如遭當頭棒喝，突然想著「我想治好左耳」，精神百倍地起床，尋找一間不錯的整形外科，預約，然後前往。

接著我找了各式各樣的醫生，他們有各種專業，也有各種見解，我將獲得完整耳朵的希望放在他們身上，可我又很快覺得厭煩。

治好耳朵後，我會好一點嗎？

我不斷地詢問自己、反省自己，這是沒有盡頭的疑惑，不會因爲我尋找到了眞愛、與夏常芳結爲連理就能改變。

最終，我還是不曉得。

不過我確實與夏常芳過了一段開心的日子，我們膩著對方，給予對方擁抱與陪伴。

決定好隔年要與夏常芳結婚的我，這年獨自回家過除夕。我、林品妍、陳月雲三個人終於在孤單寂寥的圓桌上和解，吃上一頓沒有人提早離席的團圓飯——雖然我們都很沉默。

陳月雲尷尬地開口：「品妍，習慣現在的醫院了嗎？」

林品妍大約是在去年夏天換了職場，整整超過半年，陳月雲才木訥地藉此找話題。我的意思不是她漠不關心過了半年，而是她不斷以這樣的話題去表示她有多麼在意林品妍。

我想翻白眼，林品妍大概也是。

「還不錯。」她在咀嚼之間含糊回道。吞下食物後，她又說：「同樣的話妳問過好幾次了。」

陳月雲的神情閃過一瞬的失落，我於心不忍，提醒林品妍：「今天是除夕。」

林品妍的眼神仍充滿敵意，「哦？終於長大了嗎？」

我不想再與林品妍戰，嚥下想說的話，繼續用餐。

她似乎覺得我成熟了一些，見到我的態度平靜也不再相逼，只是靜靜地吃著飯，不再像去年一樣，飯只吃到一半就急著要走。

我在圍爐將結束時，藉這個機會告訴林品妍與陳月雲：「媽媽、姊姊，我決定和常芳結婚。」

語畢，陳月雲沒有說什麼，只是點點頭。

反而是林品妍瞪大眼睛、張大嘴巴，一臉驚愕。

我抱持著不滿與疑惑，但沉默不語，心想林品妍有什麼好驚訝？

當我們結束用餐時，我將餐盤收起洗淨，林品妍出人意料前來幫忙。她將餐盤整理遞給我後，站在我的身邊，圍繞著我們的只有流水與碗盤敲擊的聲音，以及電視中新年特別節目傳來的歡笑。

良久，林品妍終於開口：「所以，妳眞的打算結婚了？」

「還有假的嗎？」

「我只是覺得很可惜，因爲妳不是想找一個人嗎？」

我心知林品妍說的是蘇景昀，我從來沒親口對林品妍說過他的事，但我能猜到一定是游曲說的，基於關心我的理由。

「都過去了，沒什麼好說的。」

「妳都不想知道嗎，火災之後蘇景昀怎麼了。」

「我比妳清楚，他去了高雄，然後去了美國生活，就這樣，他過得很好。」

「之後呢？之後的故事妳不想知道嗎？」

「妳不用說我都知道，成爲高富帥，迎娶白富美，從此走向人生巔峰，可喜可賀、可喜可賀……」我感到煩躁，刻意模仿網路上看見的中國廢片。

林品妍打斷我，「蘇景昀改名了，現在叫白靜宸，現在在我們醫院工作。」

聞言，我竟然不自主地雙腿一軟，「哈哈哈哈，不可能，妳在開玩笑，不好笑，白靜晨死了，這個世界上誰會選擇用死人的名字重新開始？」

「我怎麼會知道？或許是想要紀念他妹妹，畢竟他已經成了白令誼的兒子……這不重要，重要的是妳到底要不要見他？」

「可是我要結婚了。」我不曉得自己哪根筋不對，恍惚地說著。

林品妍戲謔地哼笑，「男女見面難道一定得是因爲愛情？不能是友情？」

「當然，一定是友情啊。」

「那有什麼困難的？我不懂。」

妳當然不懂啊，妳曾有過像我一樣的感覺嗎？有曾經像我一樣，千里迢迢只爲了見虛幻的泡影一面嗎？有曾經只差臨門一腳就放棄的經驗嗎？

「妳不懂，這很困難。」話說完，水槽中的碗盤也清洗乾淨，「我現在過得很好，沒有必要去見蘇景昀……不對，白靜宸。既然他已經重新開始，就沒有必要去揭他的瘡疤，我們現在都得到治療了，就這樣。」

林品妍眼看與我無法繼續談論，擦乾手轉身背對著我，「好吧，我會跟他說『妳不想見到他』……」

「閉嘴！妳到底懂個屁啊？」我毫不客氣打斷了她。

林品妍瞪大眼睛，如同看著陌生人一樣地看著我。

這瞬間，我覺得曾經想把藍珂瑋的證件丟掉的自己實在愚蠢至極，我竟然想過藉由這個手段原諒林品妍。

她不知道事情的全貌，還是與盧詣脩同一艘船上的人，憑什麼對岸上的我指指點點？她甚至曾經是將我推下急流暗湧，眼睜睜看著我差點溺死的人。

藍珂瑋還在苟延殘喘，林品妍卻吃香喝辣，這樣的她沒有資格露出受傷的表情。

「夠了，不需要，我不需要妳的同情。」

隔日，林品妍難得在初一早上還在家中，我見到她在飯廳慢慢喝著鹹粥，連句早安也說不出口。

經過一夜的思考，我變得不再尖銳，情緒稍有緩和。我端著鹹粥坐在她的對面，也不明白自己爲什麼回心轉意，逕直跳過招呼語，「妳說，怎麼樣能見到蘇景……白靜宸？」

「什麼怎麼樣？約他出來就好啊。」林品妍沒好氣回道。

「不要，我不想被常芳誤會，而且一對一我怕尷尬，有沒有什麼不是一對一，但可以很自然跟他說話的場合？」

林品妍想了一下，「去和楊詩怡聯絡，春假結束後白靜宸會去參加和假體有關的研討會。妳就假裝是陪楊詩怡去的，再假裝巧遇。」

一聽見需要楊詩怡的幫助，我立刻退縮，「沒有別的方式嗎？」

林品妍搖搖頭，「這個研討會只邀請相關產業的人，整形外科、皮膚科、外科……還有義肢、假體製作師。」

「如果我沒有辦法呢？我的意思是，爲什麼他不能來見我？」

「那句話不是妳說的嗎？妳再也不想見到他。」

我愣住，「誰跟妳說的？」

林品妍聳聳肩，「當然是白靜宸，他說妳不想見到他，不要跟妳說他在台北，但在我看來不是那樣，我覺得妳口是心非。」

「那他呢，他想見我嗎？」

我一向覺得林品妍擅長說謊，這次我卻有種她說了眞話的感覺。

「我覺得他想，而且非常想。」

只是這樣簡單的話語已我心滿意足，我難得對林品妍說了聲謝謝。

我迫不及待在春節連假一結束就傳了訊息給楊詩怡示好，竭盡渾身之力說服楊詩怡帶我參加研討會。

楊詩怡很驚訝我突獻殷勤，喜形於色，也不管我和她約在咖啡店這種公共場合就直接驚叫跳了起來，「眞的嗎，發生什麼事了？我以爲這輩子我都沒有機會跟妳說話了。」

我看著楊詩怡那雙老去下垂的眼睛，魚尾紋撐不住歲月的折騰如同稻穗垂頭喪氣，她雖然笑著、嘴唇塗著顯年輕的迪奧粉色口紅，依舊完全無法挽救衰老。

我明明知道自己設下與楊詩怡的界限，明明知道她是任何橄欖枝都不會放過的人，卻還是鬼遮眼說著：「有什麼好說不上話的，我們之間曾經發生了什麼嗎？」

一番昧著良心的說辭不僅沒有令楊詩怡瞠目結舌，反而讓她感動得泫然欲泣，她按著自己鼻翼兩側，不停啜泣，「我好感動，我就知道，之前發生的事情都是誤會，妳還年輕，一定會犯錯，我知道，我原諒妳。」

我輕笑，「對啊，都是誤會，也都過去了。」

一聽到她說「原諒」二字我便無法控制翻湧的胃部。我藉故去洗手間，趴在馬桶上的我看著自己骯髒的口腔吐出五臟六腑——原諒？憑什麼？

第十五支箭　成爲謊言（原定第一受測者）

研討會當天我穿了最喜歡的深藍色洋裝，儘管它有些陳舊，卻是我穿去高雄的那件，思來想去，這件最爲適合。我緊緊跟在楊詩怡身邊，同時注意著往來參加的人潮中有沒有白靜宸的身影。

研討會開始後，幾名醫生與假體製作師上台報告。當白靜宸上台時，不需要司儀介紹，我馬上認出他。

就外觀而言他與高中時期並無明顯不同，但他的內在脫胎換骨，談吐之間充滿自信與開朗，該是嚴肅的議題卻惹得台下歡聲笑語，與我所知道的蘇景昀有著天壤之別。

我與他的差距便在這裡。我停在某個我沒有自覺的時刻，而他早已邁步前進，雖然覺得丟臉，我並沒有因爲這樣又打算退步。

研討會結束後，大家在餐點自助吧前穿梭，我拋下楊詩怡上前接近白靜宸，手中還不忘端著餐盤，假裝只是與他正好湊到一塊兒。

我們在杯子蛋糕區前相遇。他看到了我，比我的一句「好久不見」還要早跟我說：「好久不見。」

真的是蘇景昀，他的聲音與眼神絲毫未變，我也對他說：「好久不見。」

我沒有告訴他我一直試圖聯絡他，他也沒有提起任何這方面的事情。我們分別裝了滿滿一盤小食與飲料，找了一個樓梯旁的角落泰然自若地坐著聊天，像兩個在研討會後突然沒了家的流浪漢。

「真巧啊。」我說。

「真巧，沒有想到能再遇見妳。」頓了頓，白靜宸補充道：「還是妳不想跟我見面？抱歉，妳直接說，我馬上就離開。」

「爲什這麼說？」

「我以爲妳不想見到我，一輩子的那種。」

我彎了彎嘴角，「那只是氣話，都過那麼久了。」

白靜宸露出放心的笑，「那就好，因爲我總想著有天遇見妳一定要好好開懷暢飲，把誤會說清楚。我知道只要說開了，以妳的個性一定能理解。」

「是嗎？我們之間有誤會嗎？」

「當然有，有很多來不及說的話。」

「嗯。」我飲下香檳，「比如說？」

「我不應該沒有和妳道別就走，對不起。」

「好，我接受你的道歉。」我的語氣爽快，不想讓白靜宸感受到我的耿耿於懷。

「我是有苦衷的。」

「什麼苦衷？」這裡開始，我覺得自己咄咄逼人、顯得耿耿於懷了，話才說完，我的臉綠了一半。

白靜宸沒有發現，喝下香檳，娓娓道來：「白太太，也就是我的養母，不希望我與學校任何人有瓜葛，包含妳，甚至學校的老師。我雖然不開心但只能聽她的話，所以才會以這樣的方式告別，不過我要求的事情她全都幫我做到了。我不要許智傑他們靠近妳、刪除同學手中的我和妳的照片、可以刪除的網路公開流傳關於楊儀華的影片也全都刪除了。」

「謝謝。對了，火災是怎麼引起的？你有沒有受傷？」我沒有對白靜宸說之後發生的關於朵嘉颱風的事情，開開心心的重逢不需要那些話題引起反感。

白靜宸搖搖頭，「只有一點嗆傷，我很快就逃出來了，之後被村民通報送到醫院，接下來的事情就像妳知道的那樣。」

「白家的人對你好嗎？你在高雄、美國過得好嗎？」

白靜宸的臉龐泛起一陣紅暈，酒意逐漸濃厚，他的話多了起來，「白家的人對我很好，是我一開始讓他們有些失望。剛到高雄時我經常偷東西，被一個女警抓到之後，才讓我逐漸改變這個惡習，她教會我很多事情，也支撐我度過難熬的時間。因爲她，我甚至想當警察，只是最後沒有那麼做，我還是想要成爲治療耳朵的人，希望有一天可以做個左耳給妳。」

我的臉瞬間漲紅，「你、你在說什麼？」

「不過我現在看到妳耳朵上的假體也不錯，精密器官的手術很複雜又相當疼痛，如果假體已經能滿足妳的話，不做眞的也可以。」

「不，當然要做眞的，我要做眞的耳朵！」

白靜宸對我的回答報以滿意的笑，他將寬大的手掌覆在我的頭頂撫摸，「好。」

趁著酒意，我們越來越靠近。

「話說回來，如果那個警察知道你現在成爲醫生而不是扒手小偷之類的，一定很欣慰。她知道嗎？」

白靜宸搖搖頭，「她不知道，不知道未來有沒有機會讓她知道。」

我傻笑著靠上白靜宸的肩膀，「什麼意思？」

「妳還記得大概十年前有個朵嘉颱風嗎？它原本應該會穿越北部從基隆出海，結果它從基隆出海後轉強颱在南部重新登陸。新聞有報導過這個女警，她爲了疏散小村的居民出了意外，現在還昏迷不醒。」

這個故事似曾相識，和藍珂瑋一樣倒楣的警察絕對不會有第二人，絕對。只是事情太過巧合，令我全身一陣惡寒，我故作輕鬆問道：「我知道，那警察好像叫什麼……藍什麼的？」

「藍珂瑋。」白靜宸回道。

「噢，藍珂瑋，我想起來了。」

「嗯，我現在有空就會去看看她，她是我的恩人。」

那天結束之後，我的腦中仍然迴盪著這句話，久久消散不去。

「她是我的恩人。」

後來我們兩個人都醉了，彼此互相扶著走到Uber的乘車定位點。白靜宸掏出手機，「等一下，要加聯絡方式，手機號碼和LINE都要。」

「好。」我揉開模糊的視線，點開LINE掃描QR code的方框，可我就是對不準。

「哈哈哈哈哈，是不是醉了？來。」白靜宸握住我的手，將方框對準他的QR code，成功加了他好友。

他的手仍然淨白如玉、五指纖長，一碰到我，便令我心跳漏了一拍。

「我發個貼圖給妳。」他說。

下一秒，出現在我手機畫面的是一隻熊貓害羞花癡的表情，搭配文字「喜歡泥（❁ˋ◡ˊ❁）」。

「你都發這種貼圖給異性嗎？」

「哈，什麼啦，不覺得很可愛嗎？」

「很可愛。」

「然後是電話，要交換電話號碼，我的是09XX-XXX-XXX。」

「我的是09XX-XXX-XXX。」

爲了證實電話號碼是我的，白靜宸撥通我的電話。

我將手機螢幕朝向他，證明電話會通，與此同時，螢幕上除了他的來電外還跳出數十個即時通知，全都是楊詩怡傳的。

「妳太過分了！」

「這樣丟下我很好玩嗎？」

「我會要妳付出代價！」

「妳到底在哪裡？」

「妳在利用我嗎？」

「妳在找誰？妳在利用我找誰？」

「我受不妳第二次這樣背叛我！」

「我知道了，妳找到了遮瑕膏的原定第一受測者。」

白靜宸見狀愣了一下，我趕緊將螢幕轉向，「可以了吧？」

「可以了。抱歉，我們下次聊，Uber來了。」

「好，我等一下搭捷運回去。」

看著白靜宸的車子漸漸走遠，我繞到陰暗的窄巷內撥打電話給楊詩怡。

如我所預料，她很快接起電話，又哭又叫，千篇一律地問我：「爲什麼？」

「妳變不乖了，怎麼了？我不再是妳的學生妳就不放過我了？」

楊詩怡怒吼著：「妳是不是利用我？」

我覺得沒什麼好隱瞞的，開門見山地說：「是啊，就連之前的事也是我故意通知侯建宏。妳如果不想被侯建宏打，建議妳放聰明點，離我越遠越好，不要想著接近我，而且我快結婚了，我跟妳之間連屁都不是。」

我能想像楊詩怡泫然欲泣的表情，也能明白被人背叛兩次的心情，我懂，我眞的懂。

如果讓我選一個人和我一起下地獄，我會選誰？

不用說，當然是楊詩怡。

經過上次，我終於成功甩掉楊詩怡。

有了聯絡方式後我和白靜宸經常聊天、約出門吃飯喝酒，就像一般久別重逢的朋友一樣，沒有不純物質摻入。我們之間有明確的規範與距離，我們都墨守成規，沒有任何一方試著打破藩籬，相安無事。

經過了好幾個月，跨年後的冬天到了尾聲，我們一直都維持這樣的狀態。

某天吃完飯後，我們兩人如同往常握著啤酒搖搖晃晃走進公園，一面走，一面瞎聊。

我們還是沒有聊過白靜宸死去的妹妹究竟發生了什麼事，也沒有聊他與藍珂瑋之間的事情。我害怕傷害他，也害怕自己會忍不住說出眞相。

我不想要他知道我是個說謊的騙子，不想要他知道在朵嘉颱風時發生的所有事情，那些都與他無關，也不需要由他承擔，包含和楊詩怡之間的糾葛也是。

「爲什麼妳想做耳朵？假體很好不是嗎？」白靜宸繼續了飯局上我提到的話題。

我憑藉一股酒膽，「因爲我要結婚了，我想要變好看一點。」

白靜宸愣了一下。

這也是我期待的反應——聽見我要結婚，他會愣住。

「是嗎。」他的聲音悶沉沉的。

我舉起還算滿的啤酒罐，「乾杯，慶祝結婚。」喝下一大口後，「你一定要來參加喔，我的結婚典禮。」

「當然，然後妳也要參加我的。」

「什麼？」我的心臟猛烈抽了一下。

「哈，不過我的時間一定比妳晚，我未婚妻的工作很忙，她一旦結婚工作就會停擺，需要再計畫一段時間。」

「是嗎。」最終，我也只能這樣說。

這些年來，我不知道自己究竟抱著怎麼樣的期待到了現在。我明明知道白靜宸一定有了全新的人生、有了新的家人，也一定有了新的伴，怎麼會還一廂情願地覺得他一定會留在原地等我。

眞他媽白癡。

所有莫須有的期待都是我給自己的，白靜宸沒有辦法滿足我的期待也是理所當然，他沒有必要。

「我比你好很多，我能確定自己什麼時候結婚。對了，你未婚妻做什麼工作？這麼了不起，一結婚工作就會停擺喔？」

「嗯，她是演員。」

聞言，我的自卑令我縮得比塵埃還要微渺。我憑什麼站在白靜宸身邊？他遇到了更好的對象，而我無法配得上他。

現在的白靜宸早就不是過往的蘇景昀，他的傷痕已經痊癒，不需要我的努力與我的一廂情願。

「好棒喔，演員是一個裝載了很多夢想的工作。」

「妳的工作也很棒啊，這世上有很多外科手術彌補不了的臉部缺陷，假體製作師是很棒的工作。」

「可是我不是假體製作師。」

「嗯？」

「帶我去研討會的人是我以前的教授，她才是假體製作師，我不是，我現在在研發化妝品。」

「那也很棒，是很美好的工作。」

面對白靜宸，我撒的謊不斷堆積，說不出是因爲白靜宸才做了那些事。

我們只是對著月色，不斷喝著酒。

耳朵的手術日期定下來前，我每個禮拜都前往醫院做檢查，白靜宸會和我討論相關細節、手術方式與時間。他會使用一個由右耳製作出的對稱左耳3D模型，告訴我這個手術會怎麼進行。

耳朵的重建手術大概需要七到九小時，第一次手術結束後，若有狀況通常還會有第二次的微調與檢查，有自體移植與使用人工材料兩種方式。

白靜宸推薦我使用人工材料，因爲自體移植不可避免要經過兩次手術，需要取出自己的肋軟骨使用。如果身體沒有異狀也不排斥的話，人工材料是很理想的方式。

我的耳朵是單側畸形，沒有耳廓支撐耳朵，經過評估，白靜宸表示不用取身體其他部位的皮膚移植，只需要原本在耳朵上的皮膚即可。

說完正事，我問他：「你的臉在哪裡治好的？」

白靜宸靦腆地笑了，「妳還記得啊？」

他指了指自己的額頭，「在美國治好的，當時那醫生簡直是我貴人，因爲這樣，我才眞正確定了我的志向。當警察雖然很好，但是每當我抬頭仰望遠方的星空，我都會想起妳，想起對我而言最重要的朋友。爲了這個朋友，我想爲她做些什麼。」

朋友，他說朋友……我總算找到心死的理由。

恍惚之間，我想起了李善婷，她說我這樣的人不會有人愛，她說的對。

我想吸引力法則是靈驗的，當我走出醫院坐上公車準備回家時，遇見了一個與李善婷有關的男孩，他坐在公車最後一排的座位上哭泣著。

男孩有著過長的瀏海，瀏海之下藏著炯炯有神又深沉的雙眼，讓我想起蘇景昀，於是我不由自主坐到他的旁邊。

他不斷啜泣，我也沒有多事詢問他怎麼了，如同許多冷漠的台北人一樣，默不作聲，只是陪伴在他的身邊。

哭到沒有面紙的時候，我遞出新的一包面紙，「同學，你還好嗎？」

男孩遲疑了下，可還是伸手接過面紙，「謝謝。」

仔細看他的臉確實有些像蘇景昀，我不知道哪裡來的同情心，忍不住問：「發生什麼事了？我是林品涵，希望你不要把我當成怪人，我只是想關心你。」

男孩瞪著我，「顏夏，顏色的顏，夏天的夏，我失戀了，我發現我女朋友劈腿，對象還是我同班同學。」

「哦，那還眞是難過。」

聞言，他眼泛淚光又準備要哭。

「既然如此，說明那個女生沒有那麼愛你，趁這個機會放手也不是件壞事？」

「可是爲什麼是我退出？爲什麼不是另一個男的退出？重點這已經不是第一次了，在我和她交往之前，她就同時跟很多人在一起過。她明明答應我只要有我就好，她會斷絕掉那些不正常的關係……爲什麼她要騙我？」說著說著，顏夏再次哭了。

看著他掉眼淚，我也莫名其妙被他影響，突然跟著哭了起來。

顏夏慌了，「妳幹麼哭啊？」

「因爲我能體會你的心情，我也失戀了。」

「怎麼說？」

「我一直偷偷喜歡我的高中同學，但我直到分開之後才確定自己喜歡他，一直期待久別重逢後或許可以稍微改變一下一籌莫展的狀況。結果還是不行，他有未婚妻，而我也準備要結婚了。」

「妳不是一直期待著重逢嗎？如果期待又爲什麼要跟別人結婚？」顏夏單純地問道。

「因爲我放棄了，放棄和他重逢、放棄和他的可能性，所以我才會和別人互許終身，而且很巧，你的名字剛好是他的姓氏。」

顏夏轉頭望向窗外，「林小姐，妳今年幾歲？」

「我？我三十一，再過幾個月三十二。」

他朝著五光十色的窗外景色輕盈卻低沉地說出：「我女朋友跟妳差不多大，她是我的補習班老師。」

「等一下，所以她跟你差了十幾歲耶？」掐指一算後，我吞下口水，「顏同學，你眞的不打算放棄？」

顏夏搖搖頭，幽幽然轉向我，「我不打算放棄。林小姐，妳和我老師差不多年紀，我能拜託妳當我的諮詢對象嗎？我想知道老師在想什麼。」

我上身向後傾，瞬間有種被蘇景昀害得不輕的感覺，「等一下，弟弟，你應該去Google，或許查到的東西比我告訴你的還要受用。你不應該拜託我，我很忙，我要去整形、忙結婚的事情，沒辦法當你的諮詢師。」

「沒有用，該查的我都查了，沒有一項符合老師的想法。我很慌張，再這樣下去，善婷老師會被周瑜安搶走……」

顏夏的哽咽被我擱在一旁，我沒想到自己情竇初開的對象的名字會從一個莫名開始交談的男孩口中說出，「你說善婷？這個老師叫作善婷？」

「嗯，我女朋友叫李善婷，我有她的照片。」

顏夏將他的手機螢幕喚醒遞來，確實是他與李善婷，就是那個李善婷。

畫面中顏夏與李善婷親密相依，與普通情侶並無二致，但從顏夏身上的制服推測，他最大也才十五六歲……我不安地看著已成罪犯的李善婷。

我忍不住咳了聲，「同學，你今年幾歲？」

顏夏瞪著懷疑的眼珠，「妳想幹麼？別想傷害老師喔，我跟她是心甘情願，而且再過幾個月我就十六歲了。」

我撇過頭，「我才沒有興趣傷害她。」

公車到站時，顏夏和我交換了LINE ID。在他的不斷央求之下，我還是心軟答應讓他諮詢感情問題，我就是無法放下與蘇景昀那麼相像的顏夏……或許在內心深處，我放不下的是李善婷也說不定。

主要是我很害怕，如果視而不見，顏夏會如何？

一想到這裡，我便無法控制自己對於蘇景昀遺憾的情緒。即便我們重逢，他看起來也比過去好許多，甚至脫胎換骨，我還是覺得遺憾。

在我心中，蘇景昀從來沒有離開過小村，他在那場火災中倖存，卻也逝去。

深夜，我瞞著夏常芳起床，辛勤按著手機搜尋李善婷、補習班等關鍵字。找她一點也不困難，得來全不費工夫，第一頁就出現了她的資訊——她還在台北。

我記下補習班的地址與下課時間，隔日夜幕降臨，我躲在補習班停車場一隅尋找李善婷的身影。

很巧地，她的身邊沒有顏夏，也沒有周瑜安或是其他男同學，只有她獨自一人沐浴街燈，踩著輕盈步伐往藍色速霸陸前進。

我迎上前去，「嗨，善婷，好久不見。」

李善婷細瘦的肩膀猛然抽了一下，手中的車鑰匙沒抓穩落在地上。她慢條斯理彎腰撿起，也不急著上車離開，只是挺直身軀，神態自若回道：「是啊，好久不見，品涵……妳來幹麼？」

「只是想關心好朋友有沒有變成罪犯。」

李善婷眉頭蹙緊，「什麼意思？」

「妳在跟一個國三的孩子交往是嗎？妳知道那是犯罪行爲嗎？」

被我說中後，李善婷齜牙咧嘴，「我李善婷需要妳教嗎？妳又是怎麼知道的？」

「妳不需要管，我只是想勸妳回頭是岸，學生的家長總有一天會知道。」

「妳才是不要臉的東西！」李善婷惱羞成怒將手中的車鑰匙砸向我。

我未能完全躲開，臉頰被車鑰匙劃開一道裂縫。

「像妳這樣的人懂個屁？林品涵，妳有被人愛過嗎？沒有吧？沒有被愛過的人才能這麼輕鬆地跟我瞎扯。」

她朝我走來，猛力將我撞開，撿起車鑰匙。

「我再也不想看到妳，以後也請妳離我的學生遠一點！」她打開車門跳了進去，「妳那種跟蹤、探聽的行爲都不怕造成學生心理壓力嗎？在我看來，妳那才叫犯罪。」

語畢，李善婷啓動引擎揚長而去。

看著速霸陸揚起的滾滾黑塵，我發自內心覺得惋惜。

在準備耳朵手術之前，我約好了試婚紗，並且心懷不軌地約了白靜宸。

白靜宸欣然答應，目的是爲了預先看看未婚妻的婚紗。

嘴上我當然告訴夏常芳自己約了女性朋友來試婚紗，實際上我卻約了白靜宸。

白靜宸則聽信我的謊言，相信夏常芳很忙沒有辦法赴約的說詞。

婚紗店員工還以爲我們是夫妻，一句「白先生、白太太」滿足了一些我的虛榮心，而且白靜宸竟然並沒有反駁。

這會讓我對他抱持不切實際的期待，接著期待的泡沫消失，被打回原形。

我們在成百上千的婚紗中穿梭來去，像兩隻自在的小丑魚在珊瑚中悠游，白靜宸挑了許多復古的長袖款式，而我沒什麼挑，他挑給我試穿什麼我就試穿什麼——其中一件深藍色的晚禮服與一件藍色漸層的白紗最吸引我的注意。

「妳和淨儀都很喜歡深藍色，所以我挑了深藍色。」

淨儀是他的未婚妻。聽著他說出她的名字，令我嫉妒擁有那名字的她。

我先試穿了深藍色的晚禮服，果然如我想像的美麗。我躲在簾幕後面想給白靜宸看看，然而理智將我拉扯回來，告訴我不可以重蹈覆轍，好不容易有了穩定的好對象，也將論及婚嫁，怎麼可以傷害夏常芳。我壓著聲音，「這件其實沒有那麼好看，我先換下來。」

外頭的白靜宸應了聲好，「沒關係，我們再多挑幾件。」

我讓妄想停止在腦中，脫下晚禮服，試了另一件白紗。

藍色漸層白紗是復古的長袖蕾絲設計，沒有蓬蓬的視覺，只有修身的長下襬，若不是白靜宸想看這件，打死我也不可能拉開簾幕給他看。

當我慢慢拉開試衣間的簾幕，看見了白靜宸目瞪口呆的表情，讓我覺得他似乎還在離我很近的地方。但那只是錯覺，他想看我穿僅僅是因爲他的未婚妻可能也喜歡這一套白紗，不是因爲什麼。

我明明知道，卻還是試圖從他的眼神中尋找任何一點蛛絲馬跡，可以讓我相信這段時間以來的堅持與等待是值得的。

後來我終於忍不住問他：「我們還有可能嗎？」

白靜宸看著我，他的眼神有著惋惜，讓我知道了他的答案。

是了，那就是答案……他的沉默就是答案，他的惋惜就是答案。

「我知道了，你不說沒有關係。」我伸手拉起簾幕，除了將自己關閉之外也試圖關閉自己的羞恥，同時認爲說出這樣的話的自己是多麼無恥及難堪。

我到底憑什麼能擁有白靜宸？我對他而言無足輕重。

簾幕關緊時，我跪了下來，摀著將要爆炸的心臟與口，眼淚止不住地流了下來。在那一刻，我眞的非常非常希望時光能夠倒回到火災發生前的日子，我會告訴他我的聯絡方式，不論他到天涯海角都能找到我。

我躲在簾幕裡哭了很久，白靜宸聽見哭聲拉開簾幕走了進來，從後方冷不防抱住我，炙熱的呼吸在我的脖頸與肩膀上纏繞。

「對不起……」他的聲音在發抖、雙手也抖個不停，好像非常害怕我在他的手中碎裂，害怕著總有一天會失去我。

我不懂他爲什麼說對不起，可心中有個聲音告訴了我答案——手術之後，白靜宸將不會再見我。

我就是知道，與那個時候一樣，過了幾天就發生了火災，這次也是，過了幾天，他將會爲我動手術，之後，我們不會再見面。

我握住白靜宸的手，將他的手鬆開，轉過身，我捧起他的臉，深深地親吻他，許久許久，久到彷彿失去時間。

只有在這裡，我們才能擁有彼此。

在這裡，我們終於擁有彼此。

過了三日，我依約來到醫院接受手術，手術前白靜宸向我解釋手術內容，與先前說的無異，接著我平靜地簽下同意書。

「妳老公呢？」躺在冰冷的手術台上，白靜宸輕鬆問道。

「他下班就過來，只是耳朵的整形手術，他不在也沒關係。」

「等一下就會幫妳打麻醉，好好睡吧，睡醒之後就有新耳朵了。」

我笑了笑，「如果和你一樣去了明尼蘇達，新的耳朵會因爲天氣太冷掉下來嗎？」

儘管白靜宸戴著口罩，可我知道他笑了，他漂亮的眼睛瞇了起來，「不會，它會像眞實的耳朵一樣永遠陪著妳。」

不會，他說了不會。

「睡吧。」他輕輕說道。

麻醉醫生在一旁開口計時：「倒數十秒。」

「你也會像新耳朵一樣陪著我嗎？」

「嗯。」

「九個小時結束後我能見到你嗎？」

「嗯。」

「說好了喔。」

「嗯。」

「倒數五秒。」

「我覺得好奇怪，身上的一個器官是你給的……」我的視線變得模糊，眼皮逐漸失去力氣，越來越無法將目光放在白靜宸臉上，身體的力氣亦逐漸被剝奪。

「哪裡奇怪？」

「覺得……自己成爲你的……」我覺得自己將要從你給的左耳開始擴散，成爲你的東西。我想說，卻無力說出口。

「一。」

我無法再說出具有意義的話，也不再能想得更多更遠，有人關掉了視野中的燈光，一望無際的暗夜如同宇宙降臨在我的身上。

在深得不能再深的夜裡，只有白靜宸的聲音輕輕告訴我：「我會陪妳。」

而我回道：「好。」

但是，最後這些都成爲了謊言。

第十六支箭　預知死期（被選爲死神的人）

我做了一個夢。

在深得不能再深的暗夜中迴盪著火焰燃燒木材的聲音，劈哩啪啦……劈哩啪啦……我駐足在熊熊燃燒的蘇景昀家前，呆滯地看著火焰吞噬建築，染紅天空。

「品涵。」突然，蘇景昀自身後呼喚我。

我轉過身去，身後的白靜宸不是現在的他，而是高中時的蘇景昀——瀏海過長、眼神深沉、身形瘦弱。

不過我還是喚他：「靜宸？」

蘇景昀臉色蒼白，「爲什麼不問我『白靜晨』是怎麼走的？爲什麼不追究火災是怎麼引起的？」

「那你要不要告訴我？」

「不敢問是不是因爲妳怕是我搞的鬼？」

「對，我不敢問，因爲我也有很多事情瞞著你。」

「妳希望我告訴妳眞相嗎？」

我點點頭，「對，因爲我希望可以了解你的心，知道你在想什麼。」

「就算知道了妳也不會離開我？不會再說『這輩子，我都不想看到你，永遠』了？」

「不會，不會再說了。」

蘇景昀似乎很滿意我的回答，他拋下猛烈燃燒的房子，牽著我的手，一步一步往山的另一處走去。

森林很黑暗，天空也是，沒有任何光線照進我們兩人周圍，便是高掛的明月也無濟於事。蘇景昀卻對路線相當嫻熟，泰然自若地走著，領著我朝著不知名的地點前進。

走了許久我才遲鈍地領會到，蘇景昀的目的是白靜晨過世的地點。

我們慢慢靠近那裡，逐漸聽見溪流潺潺的聲音，在月光依稀的照射下看見被照亮的溪石與水流，銀河宛若在我們腳下，而我們俯視無數星光點點。

我想那天應該也是一樣。蘇景昀或許也曾經與白靜晨看著銀河，向聽不見的她解釋肉眼所見的星光其實全都不存在於現在，而是存在於消逝的過去……時間可眞是光怪陸離。

我們兩人看著溪谷下的迷幻銀河，視線被緊緊吸住，半晌過去，蘇景昀突然說道：「時間差不多了。」

「什麼意思？」

「就是，我的時間要到了。」

「我還是不懂。」

他苦澀地笑了，「品涵，不知道爲什麼，我從很小的時候就知道自己的死期是什麼時候，差不多是現實時間的十幾分鐘之後吧，我會在妳睡得很熟的時候離開這個世界。」

我不知道該做何反應，只是呆愣聽著。

「我知道一時之間妳很難相信我說的，我從很小的時候就有這個能力，我知道自己什麼時候會死、別人什麼時候會死，也能看見鬼魂。我知道自己的壽命沒有辦法守護妳太久，甚至會讓妳難過受傷，所以原諒我，我沒有辦法再更靠近妳了。」

「你到底在說什麼？」

「妳還記得我提過的那個曾經幫我很多的警察嗎？藍珂瑋現在是愛神，爲了讓妳能獲得幸福，與心愛的人長長久久，我求她撮合妳和一個我爲妳所選的靈魂伴侶，就是夏先生，相信我，我挑選的人不會錯……我想我終於可以放心了。」

「放心什麼？放心個屁，我不管，我不知道你和愛神達成了什麼協議，那些和我無關，我只要你，我只要你留下來！」我委屈又可憐地哭了。

「妳可以當作我只是被魔術變不見，其實我沒有消失，如果從星星的那一端看著我，我依然會在，或許也還是高中時期。」

「你聽不懂，我只要你留下來，求求你……」我一把鼻涕一把眼淚地求著，甚至下跪求他，「我們重新再來，好嗎？」

蘇景昀難受地牽著我，他的臉龐慢慢成熟，成爲現在白靜宸的模樣，「品涵，我會從星星的另一端看著妳，妳也要這樣看著我，好嗎？」

「不要，憑什麼我要照著你說的做？」

「沒有辦法不要，對不起。」

「我就是不要！」

「沒有時間了，可以再聽我說幾句話嗎？」

我只能搖頭，不斷搖頭。

「第一次見到妳的時候，我就喜歡上妳了。從妳朝著我旁邊的空位走來的時候，我就非常喜歡妳，我從那時就發誓要保護妳，所以我一定會保護妳……直到現在，我還是很喜歡妳。」

我看著蘇景昀，眼淚無法控制，我知道這次是眞的，我眞的要再一次地失去蘇景昀，而且是永遠。

「但我無法讓妳幸福。」他說道。

「就算是這樣也沒有關係，你爲什麼要在規定的時間死？這樣太奇怪了吧！這是什麼狗屁命運？」

對於我的怒氣，蘇景昀也只能無奈地笑了，「能有這十分鐘到妳夢裡向妳告別，我已經很滿足了，我只希望妳幸福。」

「再見。」他舉起手揮了揮。

稀疏的月光之下，蘇景昀縱身一躍，輕盈跳進溪谷中的銀河，鈍鈍的聲響迴盪。我朝下一看，他正被銀河吞噬。

然後，我醒了過來。

醫院不應該如此騷亂吵鬧，然而四處都吵得不可開交，大家跑來跑去，導致我醒來的第一句話是：「好吵……」

夏常芳聞聲握起我的手，一臉擔憂，「妳還好嗎？」

我的眼皮沉重，耳朵傳來陣陣刺痛，這就是活生生的耳朵的感覺，不是用來欺騙的假體，是眞的耳朵的感覺。此時此刻，我是眞切地感受到白靜宸親手在我的耳朵裡放入植入物，那成爲我左耳的一部分，成爲我的血與肉。

「還好，只是耳朵很痛。」

「要先吃止痛藥嗎？」

「不用，沒關係，現在幾點了？」

夏常芳瞥了一眼手中的錶，「晚上十一點了，手術時間八小時，出手術房大概十點，我去請醫生過來看一下妳。」

我點點頭，推測來的會是白靜宸，可走進病房的竟然是林品妍。

我心口一緊，腦子飛快地揣測林品妍是爲了什麼來到這裡，或許她是爲了告訴夏常芳我與他已然同床異夢，又或者她已經知道我將藍珂瑋的警察證交給夏常芳……我毫無頭緒，耳朵更加刺痛了。

林品妍神色緊張，「還好嗎？」

「爲什麼是妳？白靜宸呢？」

林品妍扭扭捏捏，一副有口難言的模樣，這使我倏然想起那個夢境與手術前的預感。

我迅速翻身下床，推著點滴架走出病房，走廊上的所有人都擠在一扇玻璃窗前你一言我一語，誰也不讓誰。玻璃窗外的聲音逐漸流洩進入，有許多人議論紛紛、驚聲尖叫，也有警車的聲音。

「發生什麼事了？」然而沒有人回應我，大家只是聚精會神地看著樓下發生的事情。

當我想再度開口時，林品妍的聲音悶悶地響起，「大概在二十分鐘前，白靜宸從六樓的看診室打開窗戶跳了下來，摔在草坪上。他還有呼吸，目前正在搶救。」

「不可能，他才剛治好我的耳朵，怎麼可能手術之後沒多久就跳下去？」

林品妍雙手交握，思忖著該怎麼回覆。

但我根本沒有時間聽她搪塞，推著點滴架一路跑向一樓的急診室，夏常芳趕過來，並牽著我過去，舉目所見的是成群的警察與新聞媒體蜂擁而至。

急診室前還有一名女子抱著緊急包紮的肚子，心有餘悸地接受詢問。

「我喜歡白醫生，但是像我這樣的人他根本看不上眼，所以我想死給他看，可是他想奪走我的刀，然後他就不小心摔下去了……」她顫抖的聲音說著，說到一半，她突然放聲大哭，「我眞的不是故意的！」

女人的身邊陪著一個男人，當男人起身時，我這才看清女人與男人的側臉，

男人是張詠霖，曾經與我一起學習製作假體的同班同學，女人是楊詩怡——是楊詩怡這婊子！

我瞬間理智盡失，扯掉點滴上前指著啜泣得如同演戲的楊詩怡，「是她，是她把白靜宸推下去的，才不是失手！她就是兇手，她是故意的！」

楊詩怡看向哭鬧的我，眼神寫滿困惑與陌生，「我不認識她。」

「操妳媽的混帳！什麼叫不認識？妳這個死雞掰！」我哭喊著，將所有最汙穢的詞彙一股腦地傾倒而出。

夏常芳從後方抱住失控的我，「品涵，不要這樣……。」

我哪裡控制得住自己，我必須喊出聲音才能不嘔吐出來，否則，我會將五臟六腑一個不漏地吐出來。我不斷吼著，聲音沙啞也無所謂，「妳這兇手，我不會放過妳，我死也不會放過妳！我要妳付出代價！」

我被打了鎮定劑後全身乏力昏昏睡去，這次的夢中再沒有白靜宸。

後來我所能見到的白靜宸，就只是一天兩個時段中的三十分鐘，閉著眼睛彷彿睡著的白靜宸。

疫情過後每一次的探視時段就只能一個人進去陪伴，除了主要看護者之外，訪客只能有一人。我因爲這個原因與白靜宸的養父母、未婚妻何淨儀見上了面。

世界眞的很小、很狹窄，窄到仇人都能隨心所欲地遇見，何淨儀是高中時與李善婷一起競爭「百萬女優」的人，也是我曾經傷害過的對象。

我幾乎不看電視，所以也不知道她已經成爲小有名氣的演員。

見到白氏夫妻時我還能說謊，把自己編織成是一個非常受白靜宸照顧的病患，還是他的高中同學，每天來探望白靜宸絕對不是出自於個人私心之類的，但是見到何淨儀，除了眞話，我就沒有什麼好說的。

猶記得我當時僵硬著一張臉與她打招呼：「好、好久不見。」

何淨儀撇過臉，不屑我的問候，我們就在尷尬又窒息的氣氛中度過漫長的三十分鐘。

後來，即便我出院也是照三餐來醫院探視，每次雖然都尷尬得快要缺氧。每當我見到古梅萱與何淨儀兩人，都覺得她們很不容易——古梅萱爲了照顧白靜宸開始住在台北，何淨儀爲了白靜宸犧牲了演藝事業。

一開始爲了照顧白靜宸，何淨儀請了長假，不過長假結束之後，我開始能聽見何淨儀在茶水間低聲講著與工作有關的電話。

電話另一端大概都在說「演員的職業生涯是很有限的喔」、「妳再不加入以後就沒有機會了」這種威逼利誘的話，我也看得出來何淨儀非常苦惱如何處理工作問題。

她掛掉電話，我一如往常裝模作樣問道：「還好嗎？有什麼需要協助的？」

她一如往常翻我白眼，「怎麼幫？妳能幫我去演戲嗎？」

「不行，但我可以幫妳照顧白靜宸。」

何淨儀橫眉豎眼，「妳在說什麼啊？有夠不要臉！妳不是結婚了嗎，可以說這種話？可以每天來醫院照顧一個根本跟妳沒關係的男人？」

她說的沒錯，我結婚了。

我與夏常芳辦了一個小小的婚禮，就在白靜宸發生意外後沒有多久。我們很低調，邀請的人很少，原本預定的結婚日期本就是那天，沒有必要因爲一個「跟我沒關係」的人延後。

結婚之後，我向公司提出離職，幾乎每天都窩在醫院，偶爾兼差做特效化妝師賺取生活所需最基本的薪水。

我回得理直氣壯，「我來這裡夏常芳都知道喔，他很能理解我的苦衷。」

「懶得跟妳說。」何淨儀舉起左腕的手錶，「妳還剩十分鐘探視，麻煩妳時間一到就回等候區。」

她頭也不回走進白靜宸的病房，我立刻跟上，拉著塑膠椅死皮賴臉坐下，「楊詩怡的事情怎麼樣了？」

「能怎麼樣？沒有證據證明是她推靜宸下樓，警察也沒有辦法，而且她確實得了憂鬱症，有可能會像那樣自殘。」

「不可能，她一定做了什麼事才會導致白靜宸跳下來。」

「我從以前其實就想問了，楊詩怡對妳做了什麼嗎？」

「什麼意思？」

「我的意思是，爲什麼妳這麼篤定她一定做了什麼？好像妳很懂她一樣。」

我挺直背，「沒有啊，我只是覺得白靜宸怎麼可能自己跳下去？」

何淨儀心存懷疑地看著我，然後問道：「耳朵既然做好了幹麼遮起來？」

我嚇了一跳，這才意識到左耳已經被重建了好一段時間，然而我還沒習慣，總是用頭髮遮住。我的bug被修復了，我卻還沒習慣變成完整的自己。

被何淨儀這麼一說，我把頭髮撥起來，露出左耳。

「靜宸做得眞好，跟眞的一樣。」

我不知道怎麼面對突然變得柔和的何淨儀，尷尬得說不出話。

白靜宸陷入昏迷已經過了半年，何淨儀的工作也因此停擺了半年。

沉默了一段時間，何淨儀開口道：「聽說楊詩怡休息一段時間後就沒有繼續教書了。」

「妳想說什麼？」

「我想知道是不是妳做的？」

「我做了什麼？」

「比如……散播沒有證據的黑函，說靜宸會這樣都是楊詩怡害的、說楊詩怡和自己的學生搞在一起之類的。」

「但這些事情是眞的，她用生病的理由沒有辦法接受法律的制裁，那就用社會制裁她，我覺得很公平。」

「所以妳承認了？」

「我沒有承認，不過如果妳硬要說是我也沒有關係，反正我沒有什麼好辯解的。」

何淨儀無言以對，低下頭看著自己糾結成團的手，「剩下兩分鐘，妳該收拾東西了。」

我果斷起身收拾包包，望向窗外午後的一片晴空。

「我在樓下看電視吃個飯，晚上再來。」

「隨便妳。」

「爲什麼不公開妳和白靜宸在交往的事？」我糾結著是否問出這個問題已經很久了，直到現在忍受不了，脫口而出。

何淨儀抬眼看我，目光頗爲無奈，最後她只冰冷道：「時間到了。」

我頭也不回踏出病房，反正稍晚我還會再來。這些日子以來，我已經變得恬不知恥，動不動擺出「我就是這麼死皮賴臉」的態度。

到了醫院的美食街後我進入摩斯漢堡，找了最角落的位子坐下用餐。沒過多久我便見到何淨儀同樣端著摩斯漢堡的餐盤走近我，接著坐下。

「幹麼？」

「妳不是想知道爲什麼我不公開和靜宸交往的事情嗎？」

「嗯，不過我大概知道爲什麼了。」

「妳該不會以爲我是因爲工作的事情才隱瞞到現在吧？」

「當然不是。」

何淨儀嘆了口氣，「是因爲他妹妹的事，不只如此，還有火災的事，如果他因爲娶了我導致過去的事情又被重提，那些臆測肯定會傷到他，所以我想盡可能低調。」

「什麼臆測？」

「看來妳很相信蘇景昀，從不以最負面的想法揣測他，可大家都不相信他。大家總說，他是因爲要投向白氏夫妻的懷抱，才會放火燒了自己的家與媽媽。」

「妳是這樣想的嗎？」

「當然不是，只是爲了他，我和他養父母都只能低調讓一切過去，直到所有人都不會再提起那件事爲止。在那之前，我必須保護這一段關係。」

「既然妳說要保護這段關係，那麼妳就不能停止工作，也不能每天往醫院跑，總有一天事情會曝光。」我趁勢說道。

何淨儀低下頭，認眞思考我說的話，然後又抬起頭，「妳說的是眞的嗎？妳可以照顧靜宸？當然，我會給妳看護的薪水，我不希望什麼奇怪的人來照顧他。」

「如果妳眞的相信我，我願意，不過我不需要薪水。」

何淨儀看著我，眼神中是千頭萬緒，曾經敵對的關係在此時終於得到緩和。她從來不曾想過我們能促膝交談，我也是。

我感動於自己終於有更多時間可以陪在白靜宸身邊，何淨儀感動於她終於可以以自己認爲最恰當的方式守護這段感情，我們都紅了眼眶。

「我要妳答應我一件事，如果靜宸醒來，請妳不要再見他，永遠消失。」

「不是我要觸霉頭，如果他一直不醒呢？如果他死了呢？」

我從沒告訴何淨儀關於白靜宸到我夢中道別的事情。如果那個夢是眞的，那麼白靜宸的昏迷狀態也不會持續太久。

「一樣，請妳離開，連他的喪禮都不要來，就算妳被他爸媽邀請，也請妳不要來。」

我很快地想過一遍，認爲沒什麼好遲疑。我想讓白靜宸得到妥善的照顧、想讓他痊癒、想讓他得到幸福，現在的我能做到的事情我都願意爲他做，重點已經不是我能不能與他繼續下去了。

「我知道了，我接受這個條件，我會照顧他，直到他甦醒或者他死亡爲止。我會陪他到喪禮之前，然後我會消失。」

我歡快地接下照顧白靜宸的工作，當天夜裡，我幾乎是用跳的回家。

夏常芳見我春風滿面，忍俊不住詢問：「品涵，怎麼了？發生什麼好事？」

我迫不及待告訴夏常芳：「我跟你說喔，何淨儀答應讓我照顧白靜宸了，我可以有更多時間可以和他在一起了！」

我原以爲夏常芳會和我一樣激動，可他沒有，他愣住了，不發一語地低下頭看著空白的地板。他寧願看著地板，也不願意看著我，空氣瞬間凝結，我與夏常芳從來不曾這樣，這著實令我嚇到了，忘記平常是怎麼樣與他互動。

我們是怎麼維持以往那種稀鬆平常的日常生活？我不禁想著。

如果人能感受到愛神箭失效的時刻，會不會就是現在？

夏常芳深深呼吸，緩緩開口：「恭喜妳。」

我不解，「爲什麼要恭喜？恭喜什麼？」

「恭喜事情照著妳所想的發展。」

「我不知道你在說什麼。」

「妳就承認吧，妳有點慶幸白靜宸現在是躺在床上動彈不得，而不是長了一雙健全的腳能夠四處走來走去，當然也能輕易離開妳，說走就走。」

會這樣說話的人不是我所認識的夏常芳，他一向只會對自己討厭的人才會這樣。

我什麼反駁的話也說不出口，他說我慶幸……也不是沒有，我的心裡確實有個微渺的想法，這個想法總會不斷提醒我、告訴我，比起白靜宸真的離開這個世界，他躺在床上哪裡都不能去不是太好了嗎？

夏常芳洞悉了我的心，而我在還沒意識到時已經掐緊拳頭朝著夏常芳揮了過去，我們都瞪大眼睛，也都沒有想到我們會如此傷害對方。

我們究竟是爲什麼變成這樣？我們到底哪一步做錯了？

思來想去，我終於放棄與他對峙。

「很晚了，我想睡了。」我伸手撥開夏常芳，走進我們的臥室，搬走毯子與枕頭重重摔在客廳沙發上，示意今天我要睡在這裡。

不知道哪根筋不對的夏常芳也不發一語，一副任憑我如此發脾氣、隨便我的態度。那絕對不是一天之內就產生的情緒，他一定忍耐許久，然而我無所謂，也不想知道爲什麼。

現在想起來，我就是一個失敗的妻子、失敗的老婆，已經結婚了卻不顧丈夫，跑去照顧一個與我現在一點也不相關的男人。如果我是夏常芳，我也會是這樣的態度。

只是我當時想不透，一心只覺得原本一直支持著我的他吃錯藥了。

隔天我打包了簡單的行李去和何淨儀交接，她說她依然會每天來探視白靜宸，我說沒有關係，她想每天來就來，工作要緊。

何淨儀收拾了行囊，餘光瞥見手中的錶指向正午，「要不要再去吃摩斯？」

「好啊。」

我們一同前往美食街，坐在與上一次一樣的角落位子，與上次一樣的摩斯雞塊套餐。

我們只是沉默地吃著，一開始並沒有聊些什麼，後來是由何淨儀打破沉默。

「我希望妳之後不要做什麼傻事。」

「妳說什麼？」

「妳都寫了黑函、和大小媒體爆料和暗示兇手是楊詩怡，把她逼到離開職場只能關在家裡了，我不知道妳還會做出什麼事。如果有一天，她恢復自由，妳會怎麼做？」

我失聲笑了，「我就說不是我啊，還是妳在擔心我？妳都不擔心她逍遙法外？」

何淨儀深深嘆息，這樣的對話雖然已經重複多次，可這次最爲深沉與正經，她發自內心地說：「指控人要有證據，現在證據就是不充分。我問妳，如果靜宸是被她推下去的怎麼可能不掙扎？他的看診室什麼推擠痕跡都沒有。」

「一定要推擠痕跡才能證明嗎？他如果是被逼的呢？」

「那妳可以說說他是因爲什麼理由被逼的嗎？」

我說不出口。關於這個問題的答案我有許多版本，然而每一個版本我都說不出口。

何淨儀絕望地笑了，「妳看吧，妳說不出口。」

「我沒有辦法對妳說，但是我會解決這件事，我會讓楊詩怡付出代價。」

「別說了，我怕妳做出恐怖的事，靜宸肯定也不希望。」

「我知道。」我如此回答何淨儀，可是我不曉得我的回覆算不算說謊。

開始照顧白靜宸之後，我三天兩頭住在醫院，偶爾回家只爲了取換洗衣物，原本能和夏常芳每天見到面說說話，變成只是傳訊息。

我們的關係變得像我和顏夏一樣，我沒有什麼可以說話的朋友，只有顏夏。我們能肆無忌憚地聊著，或許是因爲見不到面才能那樣。

偶爾我能出門接些特效化妝與兼差劇組化妝的工作。因爲何淨儀的關係，我的工作增加了一些，她藉由這樣的方式，讓不領看護薪水的我有比最低限度還要好一些些的收入。

當我們都不能照顧白靜宸時，則是古梅萱照顧他。她和我們兩個一樣，我們都不相信除了我們之外的人能給他什麼像樣的照顧。

和古梅萱聊過、旁敲側擊之後，我發現古梅萱完全不曉得我曾經寫了很長一段時間的信到醫院的事。如果她知道，並且曾經偷看過我寫給蘇景昀的信件，現在對我的態度可能會有所改變。

寄信這件事，我曾經傳訊息告訴顏夏。

那時顏夏在台中過春假，我們因爲台中的話題開啓了你來我往的訊息交談，他安慰我：

「或許他也曾經寫了很多信件給妳，只是妳不知道。」

我只簡短地回：「可能吧。」

日子平常地流逝著，白靜宸依然深深沉睡。在他昏迷八個月之後，我們做好了心理準備，曉得接下來有得熬了。

八個月、一年、一年半過去，明明是春天卻仍有寒流來襲，夏常芳傳了訊息給我，提醒我今天是除夕。

我聯絡了何淨儀，表示今天是除夕，我得回家吃個晚飯。

這頓晚飯是我最後一個除夕，半年後的夏天，我在一間破舊的小木屋中死去——當然，我當時不可能知道。

我收拾好包包，在何淨儀趕到之後坐車回家，一路上都在興奮地想著如何與夏常芳修補關係、如何彌補我們之間已經出現裂痕的感情。我想這頓飯是一個好的開始與契機，在那之前，我們已經有很長的一段時間沒有好好說話。

一踏進家門，我高聲喊道：「我回家了。」

廚房中傳來夏常芳的聲音，「好，來洗手，準備吃飯了。」

我不禁笑了出來，夏常芳已經很久沒有以這樣的態度跟我說話，不再帶刺、不再激烈，而是心平氣和。

我衝進廚房，忍不住從身後抱住他，「我回來了，我愛你。」

夏常芳回過頭，朝著我寵溺地笑，摸摸我的頭，「先去洗手。」

我像個孩子一樣，蹦蹦跳跳進了洗手間，洗完手後迫不及待地看著滿桌的菜流口水。眼前的料理都是過年期間可以吃到的婆婆拿手菜色，夏常芳完美複製了她的手藝。這是第一次只有我們兩個人過除夕，我感到既滿足又幸福，沒想到今年是這樣的方式，這一定是夏常芳的貼心。

他一定是怕我無法應付公公婆婆與親戚們的關心，畢竟誰說得出口自己這一年多來在照顧別的男人，沒有正職收入。

一想到這裡我就開心得不行，他為我的計畫做了好的開頭，我也必須要認真回應。我想告訴他，今後我會再多撥一些時間陪他。

等這頓飯結束，我要確實地將我的心意告訴他，我原本是這麼打算。

夏常芳卻搶在我前頭，我們的團圓飯才到中間他就放下碗筷，雙手交握，握得很緊，彷彿說出這句話已經用盡了他全身的力氣與精神。

他看著我，我們四目相對，「品涵，我們離婚吧。」

第十七支箭　他寫的信（死去的那天）

我怔住，餐桌椅的皮面像長了黏液緊緊地黏住我，我坐在上面既擺脫不了也無法掙脫，所有曾經在腦中構思的美好藍圖突然間什麼也不是了。

我突然開始不合時宜地思考著，自己到底為什麼要選擇回家自取其辱？到底是有多厚臉皮才能恬不知恥地抱著夏常芳，不要臉地對他說我愛他。

結果他什麼都不需要，我做的事情全都是多餘的。

我從顫抖的嘴角擠出細碎的笑容，厚臉皮地問道：「為、為什麼？我做錯了什麼？我做了什麼嗎？」

「妳什麼事都沒有做錯，妳很好，都是我的錯。」

「不對，如果是這樣你為什麼要跟我離婚？一定是我做了什麼吧？是因為白靜宸嗎？對不起，我知道了，我會將大部分的時間給你，我也會做家事，做一個老婆該做的事情與本分，我知道錯了，你就原諒我好嗎？」

夏常芳搖搖頭，「不是因為那樣。」

「那是因為怎樣？」

我承認我愛白靜宸比愛夏常芳多，但不表示我能接受夏常芳主動提出離開，這種又被丟棄、又不被需要的感覺我並不喜歡。

夏常芳蜷縮起肩膀，掙扎許久才艱難地開口：「是我的問題，我有了喜歡的人，是個男性，對不起，這麼晚才發現自己的性取向……」

我的情緒越發激動，那我們之間的感情算什麼？我是實驗對照組嗎？所以有了別人之後才明白與我之間只是笑話？

我說不出任何話，只想找個地方躲起來，什麼人也不見。

見我啞口無言，夏常芳繼續說道：「妳不在的時候都是他陪著我，我很寂寞，他的陪伴對我來說很重要，所以接下來我也想好好珍惜他。品涵，我們離婚吧，我想對他負責。」

「我才不相信。」

夏常芳嘆了一口氣，非常理解我爲什麼這麼說，畢竟我們已經交往很長一段時間。因此他拿出證據，將手機畫面推來給我，「這是我現在喜歡的人，他叫盧詣脩。」

照片中的兩人穿著短袖，所以這是之前的照片，也就是說，不是最近的事情。

不對，重點是盧詣脩，夏常芳竟然背叛我和盧詣脩在一起？

我感到強烈的胃絞痛與翻滾，以及強烈的噁心，世界天翻地覆，再也沒有正常的模樣。我竟然在這時才遲來地爲白靜宸的昏迷感到眞實。

如今夏常芳背叛我、白靜宸又不知道什麼時候能醒來，我感覺自己被全世界孤立、不被需要。

我如同機器人般僵硬離席，感覺血液不再流動……對，我現在是機器人，只要把自己當成機器人就沒事了，我能撐下去。

我站直身體，接著彎腰，朝著夏常芳的方向鞠躬，「謝謝你這段時間的照顧，我會找個時間回來搬家。」

語氣是我確認過的冰冷與平靜，我不動搖、我不動搖、我不動搖。

誰會為了夏常芳這樣的混帳傷心難過？我不會，對，我不會。

「我先回醫院了。」

夏常芳彈了起來，「現在這個時間醫院不會讓妳進去，就先待在家吧？」

眼淚快要奪眶而出，我知道現在再不離開，就眞的要在他面前哭了。但我不想哭，更不想在夏常芳面前哭，「沒關係，我可以的。」這個回應眞是莫名其妙。

我不知道自己是怎麼讓身體動起來的，只知道自己掐著大腿，一步一步往家門移動，腦中還有著不要臉的想法，想著或許夏常芳會追上來……可是沒有，也根本不會。

直到我眞的走出公寓一樓，不適時的大雨落下，夏常芳連傘也捨不得給我。

我打電話給何淨儀，然而何淨儀沒有接，人生第一次恨透自己朋友少得可憐。我撥通從來不打的顏夏的電話，他倒是很快就接了，一聽見他的聲音，我佇立在街邊的小雨棚下號啕大哭。

顏夏被我嚇了好大一跳，我其實也嚇了一跳，我竟然需要拜託一個孩子來拯救我。

待我稍微冷靜一些，原本應該要待在家團圓的顏夏竟然跟我說：「妳在哪裡？我去找妳。」

我永遠都忘不了這個除夕，不是由夏常芳給我溫暖，或是給我一把傘，而是一個還在讀高中的孩子，離開溫暖的家，搭著計程車前來找我。

顏夏的家似乎就在附近，他很快就找到我，撐著一把傘擋在我淋濕的肩上與頭上，憂心忡忡地關心我，「還好嗎？」

面對他的關懷，我只喃喃念道：「我要去醫院……我要見白靜宸。」

顏夏拉住我，「現在這個時間醫院進不去，乖，我先幫妳先找個地方洗澡、弄乾身體。」

除夕夜的冷風既尖銳又冰冷，即便只是徐徐微風也彷彿能將我的皮膚劃破。

我想起寒冷的醫院，確實這樣的自己進去也只是拖累何淨儀而已。而且我不能生病，一旦生病我就不能照顧白靜宸了。

顏夏搜尋附近旅館，好不容易找到一間有空房，立刻帶著我搭乘計程車前往。

我們的目的地是一間老舊的旅社，下著大雨的夜裡，旅社內的空氣散發著霉味與花露水味，櫃台的老太太瞥了一眼我，視線靜落在顏夏臉上，「成年了嗎？」

顏夏反應極好，突然哭哭啼啼，「我今年十六歲，這位是我媽，她被我爸趕出來了，沒有地方可以住。」

「哎呀。」老太太喊了一聲，笨重的身體從櫃台移出，將房間鑰匙交給了顏夏，「你真是一個好孩子啊。」

沒錯，顏夏是個好孩子，是這樣的一個好孩子撿到了在除夕夜沒有人要的我，收留了沒有半個朋友的我。

顏夏慌張無措，趕緊將我抱在他單薄的懷中，裹著我到房間裡，「快點洗個澡吧。」將包成一套的沐浴用品塞給我。

我進入浴室，木然洗去一身的冰冷與疲憊。我將熱水轉到最大，強大的水壓與高溫刺痛我的皮膚，令我能不在乎心裡的雜音與顏夏的關心。

「品涵姐姐，妳老公打又來了，真的不接嗎？」顏夏這樣詢問我已經不下十來次。

夏常芳瘋狂聯絡我，可是已經太遲，我知道他想說什麼。他想道歉，但這並不會改變他的態度，不會改變他要離婚的決定。

良久，我將熱水關閉，隔著單薄的浴室門朝著顏夏說道：「你就幫我接吧，就說我們現在在旅社，然後我在洗澡。」

「他如果問我是誰呢？」

「這很重要嗎？」

顏夏頓時語塞，「可能很重要。」

「你就說『關你屁事』。」

「這樣好嗎……」他話才說到一半，我的手機又響了。

我將如何應對夏常芳的事交給顏夏，轉開熱水繼續洗著，隔絕門外的一切。

漫長的沐浴結束後，我穿著路上臨時購買的寬鬆睡衣走出門。

顏夏坐在床上百無聊賴地看著電視，按著手機。他瞥了我一眼，目光無處安放，最後迅速回到電視畫面。

「洗好了啊，要不要吃點東西？」

我搖搖頭，什麼也不想說。

「可是我點了海鮮炒飯。」

「那你吃就好，我想睡了。」

「可是我點了兩份。」

我不知道該說什麼，已經全身麻木，不知自己靈魂在哪，與此同時，我又得面對一張不斷絮叨的嘴巴。

我想請顏夏閉嘴讓我靜一靜，但是我怎麼能對關心我的孩子說這種話？

「好吧，就吃吧。」我妥協了。

顏夏低低嗯了一聲後就進浴室洗澡，而我在外頭等著，夏常芳再也沒有打電話來，連訊息也沒有。

顏夏一離開浴室，我便迫不及待問他：「你眞的接了夏常芳的電話？講了什麼？」

粗魯地擦拭一頭亂髮的顏夏歪頭想了會兒，「哦，我就跟他說……妳在哪裡關他屁事啊。」

我沒想到他眞的那樣對夏常芳說，我也沒有想到我的反應竟是捧腹大笑。

顏夏被我感染，靦腆地笑了，有種終於爲我出了一口氣的感覺。

我不禁想著，他眞是個天眞又可愛的孩子，可我利用他欺騙了夏常芳。

這就是現世報，我這才明白。

爲了傷害楊詩怡，我利用了夏常芳，而楊詩怡爲了報復我，將白靜宸從六樓推了下去，摔成了人不人鬼不鬼的樣子，跟藍珂瑋一樣。

一切都是我的錯，是我活該。笑著的口腔不知爲何嘗到苦澀，我抱著悲慟欲裂的胸膛號啕出聲。

我不清楚究竟哭了多久，只察覺自己嗅聞到炒飯的香味，肚子竟感受到飢餓，然後我便狼吞虎嚥地吃了起來。

顏夏看我如此，欣慰地笑了，「雖然不知道妳怎麼了，不過我猜妳應該很餓才會叫兩份飯，有什麼事情吃飽再說吧。」

「嗯，很好吃。」我匆促回道，將食物塞滿我的口腔與咽喉，直到不能說話爲止。

「那就好。」顏夏衝我笑，又令我想起蘇景昀。

飯還沒吃完，我迫不及待告訴顏夏這個除夕發生的所有事。

顏夏專注傾聽，時而瞪大眼睛，時而忿忿不平。

「妳老公眞是個混帳東西耶。」顏夏與我同仇敵愾，試圖讓我心裡稍微好點。

我感受到顏夏的好心，心情得到些許舒展。如果沒有顏夏，我不曉得今晚的自己會成什麼樣子……

我們的交談到一個段落，我交叉雙臂，將臉埋進自己的臂窩中，悶聲說道：「謝謝你，是眞的謝謝，沒有你我不知道該怎麼辦。」

我看不見顏夏的臉，我想他肯定會害羞地搔頭，笑得靦腆。

「妳之前跟我說的，那個被推下樓的男生怎麼樣了？他叫什麼？」

「他叫白靜宸，還在昏迷，不知道什麼時候會醒來，都已經過去一年多了。」

「是同一個人嗎？妳曾經一直寫信給他，然後一直都沒有回的那個人？他不是叫蘇景昀嗎？」

「是啊，你一直以爲是不同人？」

「名字不一樣我當然以爲是不同人啊，所以如果他們是同個人的話……我突然想到奇怪的事情，萬一這個男生也一直在寫信給妳，只是妳不知道？」

我爲顏夏的純眞大笑，「不可能，他唯一知道的我的聯繫方式就只有台中老家地址。陳月雲每個月都會去整理環境，我不是沒問過她，可她說她不曾收到給我的信，我也回去過，是眞的沒有信件。」

「假設妳媽媽把信藏起來了呢？她有多久沒有回台中老家了？」

我想了一會兒，「大概有三年多了。」

「假設有信呢？在妳媽媽沒有回老家的這段期間，如果蘇景昀有寫信給妳呢？」

「你在說笑嗎？我聽得出來你只是在安慰我，這種事不可能發生。」

這麼說是騙人的，我的心中確實燃起了一丁點希望，小小的希望在短暫的時間內燃成微小火花。

然後我們繼續瞎聊其他事情，許久之後，我才繞回信件的話題，起因於顏夏說自己是台中人，偶爾回台中如何如何。

「那我告訴你我的老家地址，能幫我去看看嗎？」

顏夏很開心能被我託付，咧嘴笑了，「當然，暑假時我會回去，我到時候會妳找看看有沒有蘇景昫的信件。」

「好，謝謝。」

我低頭一看，矮桌上的海鮮炒飯被我吃得一粒米都不剩。我突然覺得，所謂的悲傷是不是經常被誇大？此時我回頭看看自己，好像也沒有想像中慘。

我如此想著，終於覺得自己不再鑽牛角尖。

我以爲今夜失眠會找上門來，結果沒有。在顏夏的陪伴下，我安靜地、普通地入睡，沒有過於激動的情緒。

隔天一早，我在顏夏的陪伴下回到醫院。

何淨儀不是笨拙的人，她只是看見我紅腫的眼皮立刻就知道我發生了點事。

「發生什麼事了？」她問道，是眞的關心，不是虛假的探聽。

「我跟夏常芳離婚了。」說出這句話的同時，我竟然很平靜。

「爲什麼？」

「當然是因爲我一直來照顧白靜宸，他不爽了。」

「妳不是說他釋懷了嗎？」

「可能事實上不是那樣。」

「陪你來的小男生是誰？」

「就一個朋友。」

何淨儀不再詢問，看向病床上的白靜宸，又扭頭看著我，「現在怎麼辦？」

「我會搬出去，可以幫我介紹住的地方嗎？」

「這我是幫得上忙，可是房租呢？不工作不行，妳還是不要我給你薪水？」

我搖搖頭，「我有接到前公司的電話希望我回去工作，放心，很多時候是遠端工作，我一樣能照顧白靜宸。」

何淨儀順了一下自己的長髮，「好吧。我這部戲也快結束了，應該可以暫時休息一下。」

事情就這麼定了。

沒過幾天，在何淨儀的人脈幫助之下，我趁著夏常芳外出工作時，回家搬走了我所有東西，留下有我簽名的離婚協議書在餐桌上，迅速地搬進新家。

一切塵埃落定後，我一個人坐在空蕩蕩的新家沙發上發愣，看著全白的天花板，只覺得不可思議，有種一切重新開始的感覺。

我打開筆電，聯絡了前上司，表示想要加入新的商品研發團隊……不，是請讓我參加。

很快地，她回信告訴我，她很歡迎我的加入。生活將要回到正軌，我終於走在正確的路上，這次我想我能走得平穩順利。

晚間，夏常芳傳訊息問我：「東西是不是都搬走了？」我想他該是被我嚇了一跳，工作完一回到家，發現我的物品突然清空，沒有任何懸念。

「對啊。」我的回答僅僅兩個字，簡單明確。

傳完訊息，我的視線又回到天花板，思考許久關於夏常芳與盧詣脩的事情。我沒有興趣知道他們是怎麼開始，也沒有興趣知道盧詣脩有沒有對夏常芳提到我的事情，我只是思考他們的未來。

良久，我以筆電傳了一封電子郵件給夏常芳，如同交代一般公事般，用非常正經的文書方式撰寫，文末故意寫上「順頌時祺」，以這封郵件切開我們的關係，而不是以訊息與他聯繫。

我沒有洋洋灑灑，像寫給蘇景昀那樣長篇大論，只是告訴夏常芳，關於我告訴他的，關於倒楣警察藍珂瑋的故事的另外一個版本。

警察在下著暴雨的雨夜中被撞飛，而撞飛她的兇手林品妍的副駕駛座上坐著我。她是因爲要逃離盧詣脩，加上她需要帶著被性侵的妹妹就醫，車子才會開那麼快，也才因此撞上藍珂瑋。

在她發現撞到人後，她與我將車子推到低窪暴漲的溪流中，溪水很快地沖走車子，那是一條很陡的下坡路，兩個女生借助風勢將車子推進路旁的溪流並不困難。

與此同時，藍珂瑋因爲傷勢在下著暴雨的樹林裡動彈不得。

雖然在颱風過後，冷靜下來的林品妍採取了不同措施，她沒有承認自己是肇事者，表示我才是開車的人。

不過我的信不是要控訴林品妍，而是想告訴夏常芳盧詣脩做的事情，就算之後盧詣脩找我報仇，要置我於死地，我也無所謂。

反正很快我就要楊詩怡付出代價，然後……然後就沒有然後了。

我告訴夏常芳，如果有一天我出了什麼事，一定是因爲我向楊詩怡復仇不成引發的結果。所以楊詩怡是首個最有嫌疑的人，另一個人，就是盧詣脩。

常芳，倘若我死去了，請你將藍珂瑋的警察服務證交給李知雲，告訴他，開車撞到藍珂瑋的人就是林品妍。如果我被謀害，請告訴他，我不可能自殺，殺死我的人是楊詩怡或是盧詣脩，除此之外，沒有別人。

我沒有完成關於夏常芳的任務，所以直到現在我才知道我寫了這樣的信件給他，也才知道夏常芳除了將警察證交給李知雲外，同時提供了這封信件。

夏常芳眞傻。

我恍然大悟爲什麼他想結束自己的性命。他愛上的人是個性侵犯，還可能是「殺死我的人」，畢竟那時楊詩怡還在被軟禁，無法對我做任何事。

夏常芳明白，殺死我的兇手，就是盧詣脩。所以他深深自責，對夏常芳來說，是自己識人不清傷害了我，這句道歉，他必須在地獄找到我，親口對我說，因此他在鏡子上寫下了「品涵，等我」。

時序進入六月，眞正的夏季來臨，我與顏夏的聯繫沒有間斷，他仍經常傳訊息給我，我也常常和他聊天，當然我們之間不是會見面的那種關係。我們成了朋友，什麼都可以瞎聊。

時間已經過去兩年，白靜宸依然沉睡。

何淨儀對外宣布暫別演藝圈半年多，打算專心一意照顧白靜宸，而她也做到了。我們交替時間輪値，託何淨儀的福，我也可以正常到公司參加研發工作，每天都過得很踏實。

暑假來臨之前，顏夏打算履行他與我的約定，去我的老家一趟，看看有沒有蘇景昀寫給我的信件。

我打趣問道：「我以爲你已經忘記這件事了。」

顏夏的對話框總是很快跳出，好像他已經迫不及待，「沒有，我眞的會去，不管有沒有他的信我都會跟妳說。如果有信，可以當面拿給妳嗎？」

我在公司吃著便當，右手拿著筷子，左手點著螢幕寫下：「可以啊。」

他傳了個「喜歡泥（❁ˋ◡ˊ❁）」的熊貓貼圖，竟然與白靜宸用的一樣。

顏夏與蘇景昀有很多地方相似，我一方面覺得他和我這樣的老女人持續對話是在浪費時間，一方面又覺得是我自己陷在泥淖，也不是脫不了身的程度，只是需要一些勇氣。

我非常寂寞，而顏夏出現的時間實在剛好。

到了七月，學生的暑假正式開始，我非常期待顏夏會為我帶來怎樣的消息。下班回到醫院的我坐在白靜宸床邊，看著他睡得安詳和緩，我忍不住說起話來。

醫生說，白靜宸還是能聽到聲音，所以我和何淨儀每天都會和他說話，什麼話都可以，什麼內容都無所謂。

「你有寫信給我嗎？有吧？你知道我寄給你的信都去哪裡了嗎？如果你有收到，應該就能回信寄到台北給我，而不是把信寄到台中了吧？」我突然非常失落，「所以你根本沒有收到半封我的信……但我相信你應該有寫信給我，而我終於可以收到你的信了，我很期待。」

儘管內心一直有個負面的聲音嘲笑我不可能，不過另一個聲音否定了它。如果白靜宸真的到我的夢中道別的話、如果他說的是真的的話，他應該有試著聯絡我才對。

不過現在想來，那個夢很有可能是假的，畢竟他現在還活著，並且活過兩年，雖然是以沉睡著的姿態。

我看了一眼手機，最後一則訊息停留在昨天早上，顏夏說他與家人回到台中老家，之後便毫無消息。

我當然不可能期待顏夏剛回到台中的第一天，就直奔那麼遠的山區為我取信，然而我的失落卻騙不了人。

夏天很熱，心跳很快，我很忐忑不安。

最終我等待了整整快一個夏季，顏夏完全沒有聯繫我，我也知道如果主動傳訊息問他有沒有找到信的目的性太明顯，也太勢利，所以我給自己的最後期限是暑假結束。當然，暑假一結束他就得回台北，而他一定一回台北就會跟我聯絡，一定會的。

我忍著逼問他的衝動，按兵不動，他不聯絡我一定有理由，我只需要相信顏夏就好。

八月進入尾聲的那天清晨，天氣陰，難得涼爽，顏夏終於傳了訊息給我。我揉開惺忪的睡眼，努力聚焦在手機畫面上。

「品涵，我拿到信了，今天晚上能見面嗎？我想親手拿給妳。」

我頓了一會兒，腦子還沒全醒，三秒之後，顏夏傳來一張照片。

畫面上應該是顏夏的書桌，書桌上攤開了好幾封因爲時間天氣而破爛模糊的信件，有台灣本地寄出的也有國際郵件，收件人都寫著我，寄件人寫著蘇景昀。

我被那照片嚇得整個人從床上彈了起來，眞的有，他眞的寫了信給我，而且不只一封！

我顫抖的手指飛快回訊息給顏夏：「今天晚上可以！在哪裡？」

顏夏回了一個定位給我，是台北的北投山區，「我和家人還在度假，如果可以的話，請妳過來吧，但我們不能在飯店見面，被我家人看到就糟了。」

「當然、當然，我去找你，這是我拜託你的事情，怎麼可能還要你送過來？」

「好的，晚上見。」按滅了手機螢幕，我飛快整理儀容準備提早上班，工作完成之後我打算趕往北投取信件。

我穿著櫻花粉色的襯衫與黑色的窄裙，站在立鏡前的同時聽著新聞播報今日氣象──午後會下一場大雨，一定要帶傘出門。

出門之前我傳訊息給顏夏，請他不要因為大雨取消約定，我一定會赴約，也不用擔心我。顏夏表示他知道了，之後去上班的我心情好得簡直是用飛的在工作。

同事們看到我都跟我說：「妳今天是怎樣，心情很好耶？」

「今天我會收到一個超棒的禮物，所以心情超讚！」

我回公司上班後沒有因爲照顧白靜宸請過假，今天難得向上司請了早退，他也批准。

搭乘捷運前往北投的路上，陰濕的天空開始下起細雨，沒有如同新聞說的那樣嚴重，這令我覺得慶幸，沒有因爲大雨取消約定眞是太好了。

出捷運站是下午五點，該是燦爛的黃昏時刻因雨天黯淡，我隨意攔了輛計程車前往顏夏所說的地點。

那裡距離他與家人下榻的飯店有一段距離，從地圖ＡＰＰ的鳥瞰圖看，是個荒煙漫草的地方。

到了指定地點後，我下了車，撐著飯店雨傘的顏夏在路旁等著我。

我一臉歉意，「久等了，怎麼樣？我請你吃一頓飯？」

顏夏笑得不好意思，「不用了，我等一下還要回去飯店跟我家人會合，不能讓他們知道我偷溜出來。」

「蛤？」甫一下車，才剛與顏夏剛打完招呼，雨勢驟然轉大，使我聽不清顏夏說了些什麼。

顏夏笑了笑，側身指向後方蜿蜒的的石徑，「這裡有個石徑，陪我散步一下吧，晚飯就免了。」

我只聽見「晚飯免了」，呆呆跟上顏夏的腳步，目不轉睛地看著他背著的大包包，想著信件應該就在背包內。

我們兩人在石頭窄道上走著，四周只有雨聲迴盪，而雨聲淹沒了我們的腳步聲，放眼所見是密集的樹林。

眼看雨勢越來越大，顏夏指著偏離石徑的小木屋道：「先去那裡吧？」

我雖聽不清顏夏在說什麼，但大概知道是什麼意思，點點頭，和他一前一後走進沒有上鎖的小木屋裡。

我收起傘，環顧破舊的小木屋一圈，看來是某個人存放農具的小倉庫。小倉庫中有鐮刀、鋤頭、畚箕、柴刀等等工具，還有兩張矮塑膠椅。

顏夏喜出望外，「太好了，有地方可以稍微躲一下。」打開手機的手電筒察看環境，屈身將兩張塑膠椅排列得很靠近，招手要我過去坐下。

我不疑有他，坐了下來。

「對不起，委屈妳到這個偏僻的地方，因為如果被我家人看到就死定了。」顏夏伸手按下自屋頂垂落下來的燈泡開關，然後坐了下來。我們很幸運，燈能亮。

「發生什麼事了？」

顏夏面有難色，「其實這整個暑假，我原本的手機被沒收了。」

「所以你才不能跟我聯絡啊？」

顏夏點點頭，「我爸媽發現善婷老師的事情，他們非常生氣，要我跟善婷老師分手。」

「太遺憾了，你一定很難過。」

「不，我反而鬆了一口氣，老實說，我已經膩了……和老師在一起，我時時刻刻都在擔心她會被誰搶走，因爲她是自由的，我年紀還小，沒有能力留住她。我剛好也藉這個機會好好思考，靜下心後，我覺得可能和老師分開比較好。今天能傳訊息給妳，是因爲借用了我妹的手機。」

我點點頭，沒想到短短一個暑假顏夏竟然發生那麼多事情。

顏夏繼續說道：「我早上傳訊息給妳的時候，也正式跟老師提分手了。」

「那很好啊，學生就是應該要以學業爲重。」

顏夏淺淺一笑，彷彿下定某種決心。他轉身打開卸在地上的背包，拿出厚厚一疊捆好的信件，交給我，「這是妳要的東西。」

第十八支箭　最後一箭（原諒的那天）

我看著手上沉甸甸的一疊信件，眼眶不禁紅了，手也不停顫抖，「謝謝你，這些真的是在我老家那裡找到的嗎？」

「嗯，就在信箱裡，我去的時候信箱都塞爆了，有很多封信不只是三年前寄的，而是不斷重複投遞，看得出郵戳的也有四五年前的信，更別說爛掉的信件可能更久。妳媽媽可能都沒有動過，我撿的是信箱裡的，還有看起來完整的信件，差不多就這些。」

「謝謝你。」我將信件緊緊擁在懷中，心中的急迫令我顧不得外頭大雨，立刻站起身，「那我就先回家了，我想要快點回家看信。」

我推開那不堪一擊的木門，顏夏伸手拉住了我，「就這樣嗎？妳以後還會跟我聯絡嗎？」

我尷尬地笑了，就算我現在的態度看來很現實，但不表示我們再也不是朋友，「你在說什麼？我們以後也是朋友啊，是朋友當然可以聯絡。」

顏夏急得哭了，他大概不那麼覺得，「我不是那個意思，我的意思是，我跟老師不是分手了嗎？這樣妳就不會繼續當我的諮詢，而且妳又拿到信了，我很怕妳之後不會繼續和我當朋友。」

「爲什麼你會那樣想？」

「我喜歡妳，我喜歡品涵，我喜歡上妳了。」很突然地，顏夏脫口說道。

我不知道怎麼回應他，只好乾笑，「同學，我不是說過了，你不應該把時間浪費在年紀比你大那麼多的人身上，老師也是，我也是。時間眞的不早了，我先回去，你也趕快回飯店。」

語畢，我拿起傘，退後至門口準備離開。

顏夏的情緒變得激動，再度伸手抓我，「老師！」

僅一瞬間，我看到顏夏驚恐的眼神與從我懷中飛出去的信件，一片一片、一封一封地在空中近乎停滯般地緩慢飛舞，如同櫻花花瓣，凋零得寂寥又沉默。後腦勺有股推力令我身體向前傾倒，不過我已經感覺不到痛了。

從感覺不到痛開始，我就知道自己快死了。

我的臉朝下趴在地面，隨之而來響起的是顏夏的尖叫，他跌坐在地，不斷地哭喊著：「老師、老師……爲什麼……」

他說的老師是誰？我一時間無法想到李善婷，因爲我也沒有做什麼需要被李善婷攻擊的事，勸她放過顏夏算嗎？和楊儀華做愛算嗎？

我使盡全身的力氣，只爲了做到轉頭與轉動眼珠這件事。最終，我看見門口佇立著身穿黃色輕便雨衣的李善婷，她手執高爾夫球桿，如同颱風夜那天的林品妍一樣直挺挺地站著。

她發覺我的視線，毫不介意地摘下雨衣的帽子，露出一臉憤怒，「妳在對我的學生做什麼？他才十七歲，爲什麼勾引他？」

我什麼話也說不出來，眼看灑落在地的信件沾上我的汙血，我伸手將信件撥回我的懷中，試圖保護它們，它們是我的寶物，誰也別想拿走。

「回答我啊！」李善婷叫道，跨步上前將我轉回正面。

我染上血的視線盯著她，沒有想到血流進眼睛會如此難受。

李善婷又一次地揮動高爾夫球桿，這次敲在我的額頭與眼睛。

我的視野瞬間一片黑暗，只聽見再一次的敲擊聲在耳畔響起。

顏夏試圖阻止，「爲什麼老師要這樣？不要再打了，她死了！她已經死了！嗚嗚嗚，老師，停下來……」

我想李善婷不只敲了我三次，她一定持續了許多下，直到我的頭部模糊不堪。我已經死了，如同顏夏說的那樣，可我還是聽得見聲音。

我想起白靜宸的醫生說過的話，原來這是眞的，這個狀況下是眞的還能聽見聲音。

「是她活該，她做了很多傷害我的事，現在她又要傷害我的學生，我不能讓這樣的事情發生。」李善婷說，而後脫下雨衣揉成一團塞進包包，牽起顏夏拿走球桿和我的傘，「走了。」

顏夏慌張喊道：「還有信！」

李善婷這才注意到散落的信，她悻悻然放下球桿與傘，彎腰撿起一封封信件，連被我壓在身下的也不放過。她以穿著高跟鞋的腳翻過我的身體，命令顏夏取出信件。

顏夏取出後，鈴聲轟然大作——我的手機響了。

「拿出來。」李善婷命令道。

顏夏全身發抖，自我的口袋掏出手機，將畫面給李善婷看，以脆弱的聲音說明：「是……『公司』。」

顏夏因太過害怕，手機沒有拿穩掉在地面，不過還繼續響著。

沒等鈴聲響完，李善婷揮動球桿敲碎手機，敲至近乎粉末，碎得比搗藥粉還要徹底。

「信要怎麼辦？」顏夏顫抖著聲音，與李善婷一起將信件包進攤開的雨衣中，胡亂綁緊抱進懷裡。

「找個地方和雨衣一起燒掉。」李善婷重新拿起球桿與我的傘，有些上氣不接下氣，頓了頓，又警覺地問道：「你還摸了哪裡？」

見顏夏嚇得無法動彈，她機警地抬頭看著垂吊的小燈開關，取出濕紙巾擦拭。

顏夏仍駐足看著我該被打馬賽克的部分，直到李善婷著急喊他的名字，他才像被閃電劈到一樣，劇烈地震了一下。片刻後，他抬起彷彿千斤重的雙腳，跟上李善婷的步伐。

他們兩人離開之後，我的靈魂也跟著離開身體。我看著四周圍，再看看自己，看看自我體內不斷湧出的鮮血。

我被李善婷殺死了，怎麼會？我做了什麼？

在我還來不及傷心難過時，一個陌生女人的聲音自我身後響起，「走吧。」

我還以爲是李善婷回來了，轉過身一看，映入眼簾的陌生女人穿著乾淨整齊的警察制服，一頭男生才會剪的俐落短髮。

我見過她，在警察證上、在苟延殘喘的病榻上，是藍珂瑋，躺在病床上足足十四年的藍珂瑋。

「妳是死神嗎？」

藍珂瑋搖搖頭，「是愛神喔，原本帶妳走的死神趕不上，所以換成我。」

死亡的衝擊過於巨大，我連問都不想問爲什麼是愛神來迎接我的靈魂。

她伸出手，「離開這個世界之前有什麼願望想達成嗎？」

我沒有思考很久，堅定地握住了藍珂瑋的手，「我希望白靜宸能康復，他像妳一樣躺在病床上兩年了。我希望他能重新過幸福快樂的日子，這就是我的願望。」

「如果這個願望必須要用妳的記憶交換呢？連同與白靜宸的記憶一起。」

我點點頭，「無所謂。」想要就拿走，只要白靜宸可以幸福。

「如果要妳成爲愛神呢？」

「愛神？」

「成爲愛神去成全、原諒所有妳傷害過還有傷害過妳的人，讓他們和白靜宸一樣得到幸福，妳做得到嗎？包含原諒李善婷，妳做得到嗎？」

我哭了出來，也笑了起來，心臟陣陣刺痛，如同針扎，如同刀割。

原來，原諒竟然是這麼困難的事情。

「什麼啊，這麼簡單嗎？原諒這種事很簡單啊，我可以的。我想親手讓白靜宸獲得幸福，所以要我原諒多少人都可以，甚至原諒殺我的人也完全可以。」

我不自覺抓緊身上的黑色裙子，自我催眠般地說服自己，「我會原諒李善婷，爲了白靜宸，我會原諒她。」

李善婷，我原諒妳。

兇手，我原諒妳。

見我下定決心，藍珂瑋沉默了一會，話語中夾雜著嘆息，「好吧。」

藍珂瑋抬起眼簾直視著我，而我能從她的眼神中看見悲傷，與此同時，放開我的手的她的手心憑空出現一支純白色箭羽的箭。

「當這支箭刺入妳心臟的同時，妳將會成爲愛神，作爲交換條件，妳的記憶也會一併消失，眞的好嗎？」

我點點頭。

「妳會想不起蘇景昀、白靜宸、妳必須眞心原諒那些人，白靜宸才會痊癒，眞的可以嗎？」

藍珂瑋一定相當明白原諒的代價如此疼痛，才會一而再再而三地確認、詢問。

但我下定決心了，「我會原諒所有人。」

我閉上眼睛，接受白色的愛神箭刺入心臟。

心臟被刺後，我的眼前倏然陷入眞正的黑暗，身體向後傾倒。我並不是跌在地面，而是往更深的地方下沉，一個沒有終點、沒有盡頭的黑洞。

墜落的途中，我插著白色箭的心口裂開一個洞，洞口之中竄出一條長長的底片，底片不斷向上、向上、向上，直到最後一段底片竄出心口，我才終於停止下墜，腦中一片空白，然後睜開雙眼。

我看著自己的身體慢慢僵硬——這是多麼詭異的敘述，但實際狀況確實是這樣。

看著還溫熱的血液從腦袋裡緩緩流出，我試圖用手撥弄，愚蠢地以爲血液會回到腦殼裡，然而我根本觸碰不到自己，當然也碰不到血，連造成漣漪都沒有辦法。

我坐在地上，沒有太多情緒。

我碰不到任何東西，就像古今中外任何文章對幽靈的敘述一樣——它們透明得像空氣，能存在於所有奇妙狹小的窄隙……

我是空氣……噢，是啊，我竟然現在才驚覺「我已消失」，只剩下一個冰冷的空殼還在失去溫度。

從我被殺的記憶中回到現實世界的深夜，我坐在醫院對面建築上的陽台圍牆，迎風擺動雙腳，楊詩怡的卡片在我手中靜靜燃燒。我看著手心那團火焰，想著蘇景昀的信件不知道在哪裡被燒成了灰燼。

對面的窗裡是何淨儀辛勤整理病房的畫面，她趁著花店休息前買了一束鮮花，還有依然沉睡的白靜宸。

聽說，當何淨儀在白靜宸耳邊輕輕告訴他我已經死去的事情時，白靜宸竟然哭了，之後幾天，他的枕頭都是濕的。

「好想知道他寫了什麼給我喔。」

一旁的藍珂瑋輕笑，「我覺得他已經把寫給妳的內容都對妳說了。」

「所以我也必須原諒楊詩怡嗎？是她害白靜宸變成那樣的。」

比起李善婷，我發現我更難放下楊詩怡。

藍珂瑋靠著陽台吹著風，短髮飄揚，「白靜宸是爲了救她才摔下去的，不管妳信不信。」

我一臉狐疑，藍珂瑋見狀笑了，「就知道妳不信。」

「但妳必須原諒她，如果不這麼做，白靜宸就無法痊癒。」

「我知道，我會原諒。」

「萬一他醒過來沒多久就死了呢？我的意思是，他曾經向我道別，說他要走了。」

「因爲死神的魔咒消失了吧，所以他才大難不死。」

「爲什麼？」

「因爲妳啊。」

「我才不相信。」

「不相信？我說眞的，因爲妳是成爲愛神最好的人選啊。」我不再繼續搭理藍珂瑋，而她隨著我的視線一起看向窗裡的一切，「我注意到只要輪到她照顧白靜宸時，她都會換新鮮的花。」

「嗯，我比較懶，她確實做得比我好。」頓了頓，我開口問道：「妳知道爲什麼白靜宸在我死後三天才來找我嗎？」

藍珂瑋瞇起眼睛，「妳最想知道的，不是他妹妹和火災的事是不是他搞的嗎？現在問題變了？」

「嗯，問題變了。」

藍珂瑋看著前方，「看來關於白靜宸的記憶只有恢復妳生前的部分，並不是全部……也難怪，因爲這是死後的記憶。」

隨著藍珂瑋娓娓道來，我缺損的記憶拼圖總算塡上了最後一塊。

「死神最大的禁忌，就是更改人類的死期，白靜宸試著延長妳的性命，但是妳拒絕了。就算這樣他還是得被處罰，在那三天，他能做的只有等待，等到妳完全將他忘記，他才能在妳面前現身，因爲那懲罰對他來說最殘忍。

「如果他是妳的任務對象，妳將會給他一個他不要的眞愛，然後得到記憶，從此無法再見到他，如果他不是妳的任務，妳將會永遠不記得他。要不是我，妳也不會得到關於他的回憶，」

我瞪大眼睛，「得到『上鎖的盒子』很困難嗎？」

藍珂瑋點點頭，「因爲妳眞的是成爲愛神最好的人選，我才把盒子送妳。」

我現在終於知道白靜宸在說什麼了，他說聽別人敘述的我不是我的記憶，只是別人對我的印象，我終於理解那是什麼感覺了。

那又是什麼原因，我拒絕了白靜宸呢？似乎不重要了，我好像就是會那樣做的人。

「決定了嗎？」良久，藍珂瑋突然問道。

「決定了。」

「不進去看白靜宸？」

「不了，我會猶豫。」我從箭筒中拿出紅色的愛神箭，架在弓上，拉緊弓弦，瞄準何淨儀，果斷地放開弦。

我沒想到自己可以這麼乾脆，一切比我想的簡單許多。

何淨儀似乎突然感受到異常的悲傷、情感沉重，重到承受不住而放聲大哭，她身體頹軟趴在白靜宸身上，哭了很久很久。

我能想像那些曾經困擾她的、照顧病人的疲憊與厭煩瞬間煙消雲散，相反的，她難過地自責，自責自己怎麼會萌生離開白靜宸的想法。

我看著窗裡的何淨儀，她的粉紅色煙霧重新繚繞在白靜宸身上，不禁問道：「眞的原諒了他們，白靜宸就可以痊癒是嗎？」

藍珂瑋點點頭，「可是必須要妳親手給他幸福。」

「我知道。」我拿出紅色箭羽的愛神箭重新架在弓上，拉緊弦，一切行雲流水，對我來說輕而易舉。

然而不知道爲什麼，我瞄準白靜宸的視線開始模糊，眼淚不受控制地湧出，拉緊弓弦的手不停顫抖。

我想像著飛箭將會劃破空氣，朝著白靜宸筆直前進，精準命中之後，他將會醒過來，看著自己的眞愛，此後與她白頭偕老，過著幸福快樂的日子。

我希望他這樣……可是爲什麼我的手在發抖？爲什麼我在哭？爲什麼瞄不準？

我放下弓箭，手抽痛得不行，「我不知道怎麼了，也不曉得我到底在怕什麼？我的手好痛。」

「加油，這很困難，深呼吸，妳可以的。」

「可是我手很痛。」我仍然哭著，像個賴皮的孩子。

藍珂瑋見我仍拿不定主意，拿出自己的弓箭，「還是我來？」

「不要，我要自己來。」我重新舉起弓箭，以顫抖疼痛的手將箭架在弓上，「我要親手讓他幸福。」

就像他也曾經爲我著想。

我的手指逐漸麻木，感受不到繃緊的弓弦，握著弓的手像是骨折一樣的劇痛不已。我還是不停哭著，已經不知道是因爲手痛，還是因爲遲遲下不了決心，我明明想讓白靜宸獲得幸福，事到如今卻膽怯了。

我無法射出這支箭，無法成全白靜宸與何淨儀……可是不行，我不能這麼做。

弦在我的手中拉扯到極限，我明知道放開很簡單，只要鬆開四隻手指就能辦到，但我就是覺得不行。

我明明知道只要深呼吸，只要想著都是爲了白靜宸……只要想著這一切都是爲了他，爲了他的幸福。

想著那些日子、沐浴在晨光與黃昏金光的公車、他手中飛舞的撲克牌、在學校頂樓度過的時間、振筆疾書寫下的信，以及深夜中燃著大火的房子……

想著用盡全力保護我不受欺負的他、分開之後曾經爲了我的幸福、爲了我的眞愛向愛神祈求的他。

倏然間，我好像都懂了。

我們只不過爲對方做了一樣的事情。

我用力且不斷地深呼吸，在第三次深呼吸結束同時，失去知覺的手指放開弓弦，愛神箭朝著前方，劃破初秋夜晚的空氣與微涼濕潤的風，穿過玻璃窗戶，乘載了所有的時間、情感以及我重重的思念。

這是我的最後一箭。

正文完

番外 use me[1]

顏夏坐在李善婷的車的副駕駛座上，方才發生的一切事情彷彿過眼雲煙卻又歷歷在目，上一秒覺得一切都是夢，此刻又覺得不是，一切都如此眞實。林品涵在他面前死去，她的鮮血炙熱得彷彿會燙人，點點滴滴在他的手上、臉上揮灑，在他的皮膚上造成灼傷。

李善婷斜睨了顏夏一眼，伸手打開副駕前的抽屜，拿出濕紙巾，「喏，把血擦一擦。」她的聲音寒冷得像是冬季，車窗外頭卻是瀰漫著低氣壓的夏季。

顏夏顫抖著手接過濕紙巾，心神未定地擦拭自己的手與臉，擦著擦著，眼淚隨著汗水一併掉了出來。他看著蜷皺在大腿上的信件，忍不住哭泣，「老、老師，爲什麼要這樣做？爲什麼要殺了品涵？」

李善婷看著下著大雨的前方道路，在腦中飛快地尋找自己許久前在山區看見的廢棄隧道。那時她拗不過周瑜安的苦苦央求，兩人走進陰森的隧道中來了場刺激的探險。

想起隧道的地點，李善婷將車子迴轉。

1 〈use me〉爲歌手Charlotte Sands於二〇二四年發行專輯《can we start over?》之收錄曲。

顏夏腦中所想的是李善婷或許也會殺死他，一旦這個念頭浮上心間，他就無法抑制自己發狂的心跳，不自覺地將身體往車門靠近。

他胡亂地想著，爸爸媽媽是對的，沒有一個正常人會跟小她十七歲的人在一起，李善婷一定有哪裡不對勁。他果然應該聽爸媽、林品涵的話，早點離開李善婷就不會發生後面的事……林品涵也不會死。

顏夏的啜泣聲越來越大，終於將李善婷的注意力勾了回來。她掠過顏夏難受的表情，以沙啞的聲音回應：「因爲林品涵是不對的。」

「什麼？」

「我和我丈夫也差了十七歲，我當時錯了，不應該和楊儀華在一起。現在，林品涵要重複我的錯誤，我不能讓她這樣下去。」

顏夏瞪大驚恐的雙眼，「她並沒有和我交往，一切都是我的一廂情願。」

「她來找過我。」

「什麼？」

「她曾經來找我，勸我放棄，說我不應該和你在一起。」

「可是她並沒有要和我在一起，她只是爲了蘇景昀寫給她的信才持續跟我聯絡。」

「誰寫的信？」李善婷問道。

顏夏低頭再度確認了一次，惶恐地念出寄件人的名字，「蘇、蘇景昀。」

「喔，我想起來了，葉曉琪跟我說過這個人。」見顏夏還無法反應過來，李善婷逕自說道：「葉曉琪是以前林品涵轉學到台中時的同班同學，曾經是我的粉絲。以前我曾經參加選秀，在雜誌上頻繁曝光，小有名氣。

「當我確定落選的時候，是葉曉琪開始頻繁地寫信、mail給我，那陣子我因為與楊儀華談師生戀的關係沒有朋友，曾經唯一一個朋友，也就是林品涵，背叛我，然後拍拍屁股轉學離開了。

「我一直很孤單，所以我將所有的心事告訴葉曉琪，而她也將我當作朋友般，告訴我在她身邊發生的事情。世界很小，林品涵轉學去了他們班，蘇景昀也是他們的同班同學。」

「呃……然後呢？」

「聽說蘇景昀的爸爸是殺人犯，但是整個班上只有林品涵願意相信他的樣子，所以他們走得很近，或許是因為這樣蘇景昀才寫信給她吧？」說到這裡，李善婷莫名其妙地嗤笑出聲，「你說一切都是你的一廂情願？除夕晚上拋下家人跟林品涵出去還是一廂情願嗎？」

「妳怎麼知道？」

「當然是你家人說的，他們以為是我把你拐了出去，臭罵了我一頓。」頓了頓，李善婷繼續說道：「你知道蘇景昀現在昏迷不醒嗎？」

「我知道。」

「所以我說了，你怎麼認為她會不要你，轉而選擇一個躺在床上半死不活的人？林品涵就是因為想跟你在一起才和你保持聯絡，信這種東西還不簡單？她自己拿不到嗎？就是因為這樣，我才要阻止她犯錯。」

「老師現在和我還有周瑜安在一起不也是犯錯嗎，妳憑什麼阻止林品涵？爲什麼要殺了她？」

「林品涵沒有辦法給你幸福。」

顏夏激動起來，「難道老師就可以？難道老師可以選擇拋棄周瑜安和我在一起嗎？」

「顏夏，我知道你現在在鬧脾氣，但你好好聽我說，我這麼做都是爲了你。」

聞言，顏夏卻嚇得更靠近車門。

李善婷的眼神流露出難過，無法理解顏夏爲什麼恐懼他曾經深愛的對象，「老師都是爲了你，你不應該將未來孤擲在林品涵身上，老師愛你，很愛你。」

顏夏無法說出任何話，思緒停滯在他的喉頭，心中只迴盪著一種近乎感動的情感。他怎麼樣也沒有想到會在這樣的狀況下聽見李善婷的告白。

李善婷見自己成功打動顏夏，繼續說道：「老師很愛你，老師可以爲了你放棄周瑜安，眞的，相信老師，好嗎？」

「那老師告訴我林品涵背叛了妳什麼？」

李善婷的表情爲難，卻也只能放下身段盡力說服顏夏，「我的初戀就是我的高中老師，而林品涵誘惑了他，讓他出軌，後面還拿自己拍攝的影片去陷害高中老師，讓他離開學校、最後只能在補習班工作。

「當然，那個影片也是造成我當時選秀落選的原因，所以你說我能不恨她嗎？但是當我知道她接近你時，我只想著不想要她像我一樣。我已經不恨她了，有的只是生氣。

「她明明知道那會有多慘，我當時只有十七歲，人生大好的青春全浪費在楊儀華身上。我好恨不懂事的自己，也好恨楊儀華，可是她現在卻想做出和楊儀華一樣豬狗不如的事情。」

顏夏聽出李善婷在意的事情，辯駁道：「除夕夜那天，我們什麼也沒有發生。」

「你騙人，你們去了旅館，怎麼可能什麼都沒有發生？」

「是眞的，我們只是各自洗澡、吃飯，然後睡覺而已，什麼事都沒有做，她對我沒有那個意思，都是我的一廂情願。」

李善婷的聲音顫抖，哽咽得快哭出聲音，「眞的嗎？」

顏夏點點頭，「嗯。」

「你沒有背叛老師？」

這回他搖搖頭，「沒有。」

此時正好是紅燈，李善婷將顏夏的脖子攬了過來，深深親吻上顏夏嚇得發白的唇瓣。

顏夏不知所措，明明渴望著李善婷眞心的吻渴望得不行，好不容易得到之後，腦子卻跳出林品涵的臉。

他想起除夕夜那天，林品涵將海鮮炒飯塞滿嘴巴，直到沒有空間說話爲止，她鼓鼓的臉頰白裡透紅，令他不禁心疼，在那麼冷的除夕夜裡，她究竟在外頭凍了多少時間？

她還會冷嗎？如果現在給她一個擁抱會不會踰矩？林品涵會不會嚇到？嚇到會怎樣呢，會不會從此逃得遠遠的？

顏夏思考了很多問題，最終，他只是看著林品涵的臉、聽著林品涵說話，想著如果蘇景昀繼續睡下去，他們之間會有可能嗎？

然而現在所有的可能成爲了零，林品涵死了，在他的面前死了，而他卻在和李善婷接吻。想到這裡，他哭了起來，眼淚順著臉頰的弧度流進兩人交纏的舌尖，滲透進苦澀與鹹。

李善婷不解，「怎麼了，爲什麼哭？」

顏夏第一次推開她，粗魯地擦去臉上的狼狽，「沒有，我沒事。」餘光看見紅燈轉綠後，趕緊轉移話題，「老師，快點，綠燈了。」

李善婷這才不甘心地轉回視線，重新往廢棄隧道前進，「顏夏，請你相信老師好嗎？老師沒有想到自己會失去控制，我不是預謀的，只是覺得林品涵做了錯的事情。她不應該那樣，你有很美好的未來和人生，不應該浪費在她身上。」

「老師覺得自己浪費了時間在楊老師身上嗎？」

車窗外的世界仍然下著滂沱大雨，景色向後飛逝而去，兩人的沉默蔓延在車內悶熱潮濕的空氣間，冷氣失去效果，嗡嗡作響。

車子走了許久，久到顏夏不禁擔心父母會走出飯店尋找，甚至可能會發現林品涵的屍體也說不定。他鼻尖一皺，當他又開始想哭時，李善婷將車子停在廢棄隧道前。

此時下著大雨，天色已完全黑暗，廢棄隧道前只剩下稀微的月光，當李善婷終於找到此處時，顏夏能聽見她鬆了一口氣的輕嘆。她將車子開進隧道，以車燈照亮前方，兩人下車，顏夏手中還抱著蘇景昀的信件，而那些信件以沾血的輕便雨衣包裹。

李善婷環顧四周，先是抽出香菸點燃，渴求安慰地深深吸了一口。

車燈只能照亮一半的隧道，另外一半是無窮無盡的黑洞，吸進了光，吞噬一切。

顏夏就這麼抱著信件靠著車子呆站，嗅聞來自李善婷的二手菸。

一根菸的時間結束，李善婷將後座打開，取出高爾夫球桿，以手機燈光尋找適合藏匿球桿的管線。

當李善婷一離開，顏夏屈膝坐下，眼神呆滯地看著懷中的信件，然後取了其中一封，就著車頭燈拆開閱讀。

嗨，品涵，好久不見，妳過得好嗎？

之所以跟妳說好久不見，是因爲當我寫下這封信時，距離我的死期已經不久了，或許這個時候我已經死了。雖然能和妳再度見到面我很開心，但是死亡時間越來越接近，我就越來越不敢告訴妳我將要離開的事實。

因爲不敢告訴妳，所以我故意將信件寄到妳的台中老家，希望有一天妳會發現，並且希望妳能明白，我從來沒有放棄和妳取得聯繫，雖然當我們終於能見到面時，我又膽怯了。

趁現在我還能對你說出眞相，我想告訴妳關於我一直在隱瞞的事情。

關於靜晨的事情，已經很久了，老實說我很難分辨那時候究竟發生什麼事，究竟是我將靜晨推下懸崖，還是有個陌生男人將靜晨從我手中搶走，把她丟了下去，亦或是靜晨自己摔下去……我對這段記憶有缺失，怎麼樣也想不起眞正發生的過程。

事實只是隨著時間流逝越來越難辨明、越來越模糊，靜晨也在我記憶中慢慢變得稀薄，我至今還沒有辦法釋懷這樣的自己。我好像只能無奈被迫接受這樣的發展，我想告訴妳、想和妳分享我的全部，但我沒有辦法，我只能告訴妳一些我確定的事情。

靜晨的父親白令誼有個同父異母的哥哥，他叫白令文。白令文其實不是白家的人，是白令誼父親在外面生的孩子，但是白令文以白家的名聲招搖撞騙，結識了我的母親，也就是徐秀敏。

在酒店工作的徐秀敏以爲自己能飛上枝頭變鳳凰、能脱離苦海，與白令文過著幸福快樂的日子，然而在懷了我之後，白令文不要她了。徐秀敏那陣子過得很痛苦，她對白令文死纏爛打，而白令文翻臉好比翻書，對徐秀敏一下子好，一下子粗暴、辱罵，後來徐秀敏就得了憂鬱症。

當徐秀敏的病情終於惡化到無法在酒店上班時，她輾轉到應召站上班。那時即使徐秀敏在家，她經常動也不動，她無法、也不想做飯給我吃。

蘇復然是應召站的司機，因爲經常看見我挨餓受凍，所以幫了我很多。我記得很清楚，當時我經常吃泡著冷水的統一麵，當他來家裡接徐秀敏上班時，總會爲我帶來一塊紅豆麵包與牛奶。

有時候客人會買下徐秀敏整個晚上，蘇復然就會帶我去兜風，我們會到港口吹風，聽浪濤聲此起彼落、到山上吃深夜仍在營業的燒肉粽攤、看台中夜景如繁星閃耀，或是穿梭在繁華璀璨的街道之間。

好景不常，徐秀敏年華老去，被應召女郎的市場淘汰後，蘇復然帶著她搬到山上。沒有一技之長的他在山腳下的垃圾掩埋場工作，那份工作雖然不偷不搶，薪水比接送應召女郎還要固定，但徐秀敏比之前更不開心。

我想她的心中一定還懷抱著和白令文共譜戀曲的夢，如今這樣的生活與她所規畫、想像的大相逕庭，大概是因爲這樣，她才有許多不滿。

不知道從什麼時候開始，白令文又開始與徐秀敏聯絡，除了暗通款曲之外，白令文還聯合徐秀敏綁架靜晨。

原本他們想要贖金，然而一旦索要到贖金就會有曝光的危險，白令文也不可能有機會回到白家，所以他們計畫讓靜晨失蹤一段時間，再由白令文帶靜晨回家。

一個浪子回頭的大伯，帶著失蹤多年的姪女回家的感人故事於焉形成。

白令文得以回到白家，徐秀敏也可能隨之名正言順嫁入豪門。而蘇復然深愛著徐秀敏，自願加入綁票行動，協助他們一起隱瞞靜晨活著的事實，養育她直到時機成熟的那一天。

原本應該是那樣，但是靜晨死了，白令文恨我、徐秀敏更加恨我。計畫泡湯後，白令文再次銷聲匿跡，徐秀敏的精神狀況更加惡化。

然後，就是妳所知道的那樣，她不願意接受靜晨死去的事實，將我當成靜晨，抹煞我的存在，也對我視若無睹。

我的老家有個壁爐，每到冬天，徐秀敏都會升起壁爐中的柴火取暖，她非常怕冷，這樣的她卻經常將我丟在寒風中受凍著涼。

發生火災的那天夜晚，壁爐熊熊燃燒，她裹著毯子躺在搖椅上喝了很多酒，她比預計的還要早睡去，因此沒能起身放下壁爐隔板。等到她發現壁爐外有火星時，嚇了一跳被自己的毯子絆倒，本來就老舊的櫥櫃倒了下來，壓在她身上。

最後，她只能絕望地看著火焰升起，產出煙幕。

「顏夏。」

「啊！」李善婷冷不防的呼喚令顏夏倒吸一口氣驚呼出聲，下意識將手上信件藏在身後，而出現在車燈前的李善婷手上已沒了高爾夫球桿，「老、老師，球、球桿呢？」

李善婷拍散手中的塵土，「我藏在其中一根管線裡了，我也不知道是哪個管線，反正就是這樣，你在做什麼？」

顏夏趕緊回答：「沒有啊。」

李善婷拿出手機看了下時間，隧道內沒有訊號，不過這樣也好，顏夏的父母沒有辦法打過來煩她。不過出了隧道也差不多了，這個時間孩子沒有事先通知就缺席晚餐，哪個父母不會操心。

「把信和雨衣拿出來燒掉。」

「呃……好的。」顏夏乖順道，藏起讀到一半的信件，將剩餘的信件與雨衣堆在地上，他驀地想起趴在地上垂死之間仍在守護這些信件的林品涵，「一定要燒掉嗎？」

「當然啊，你在想什麼啊？這是證據，當然要燒掉。」

「如果我藏著呢？」顏夏緊張得直嚥口水，「我是說，我絕對不會將證據交給任何人，死也會守護這些證據，老師可以相信我嗎？」

「留著這個要幹麼？」

「還給蘇景昀……」

話音未落，李善婷笑了起來，「顏夏，蘇景昀總有一天會死，他就算活著也會像現在這樣一直睡下去，你還給他做什麼？告訴他，是『我們』殺了她嗎？」

「是老師做的，是妳殺了林品涵，這件事和我沒有關係。」

「不對，顏夏，是你把林品涵約出來，你是她最後一個見到的人。別忘了，你們約好了今天見面，然後她就在今天死了，你是嫌疑最大的人。」

「怎麼這樣？」

「所以，聽我的，老師會保護你，我們把證據毀了好嗎？這樣你就不會被找到，我也不會被找到。你可以繼續和老師在一起，這樣不是很好嗎？」

顏夏的視線游移，忐忑不安地看著雨衣上的紅點，那是林品涵的血液，「可是我喜歡她。」

「顏夏，你清醒一點，你沒有喜歡林品涵，你只是想太多，那不是愛，你對老師的感情才是愛。」

顏夏哭了起來，好不容易因爲蘇景昀的信件而被轉移的注意力被無情喚醒，狠心地令他必須接受事實。

當他的手機被父母沒收無法聯絡林品涵時，他意識到自己對她的情感越發鮮明。他很冷靜，並且相信自己的感情不是被其他因素左右，他與林品涵並沒有如同處於曖昧期的人一般，每晚熱線傾訴愛意，所以他才能明白自己確實喜歡著林品涵。

所以顏夏下定決心，他要在將信件交給林品涵的時候告白。

然而，林品涵死了。

雨衣燃燒的時候發出塑膠的臭味，伴隨著信件一封一封落入火焰之中，隧道內的火光如同鬼火靜靜燃燒，蘇景昀的存在伴隨著信件被一點一點燒毀。

最終，顏夏沒能堅守住立場，李善婷將信件全搶了過去，那是顏夏第一次看見她表情如此猙獰。

在那之前，顏夏對李善婷重申：「可是我喜歡她，她是我喜歡的人！」

李善婷有些驚訝顏夏何以有膽如此抵抗她，「好好跟你說你也不會懂。」不耐煩地撥動黏在臉頰的碎髮後，彎身抽出其中一封信件，以那封信爲火種，點火燃燒。

將紙燒得一點也不剩並不困難，蘇景昀對林品涵長年以來訴說的愛意與思念很快就全都付之一炬，消失在熊熊火光之中。

顏夏看著，左手偷偷輕按塞在腰間的信件，心忖可不能讓李善婷發現。

看著信件和雨衣燒得精光，李善婷將灰燼踢散，滿意地抽起菸，深深吸進一口尼古丁試圖使自己沉著冷靜，「走吧，但是我要你先打電話給你爸媽報平安，說你要去住同學家之類的。」

顏夏自口袋拿出從妹妹那借來的手機，這才發現螢幕已碎得亂七八糟，無法開機，難怪這麼安靜。

李善婷拿出自己的手機遞給顏夏，他僵硬地接過，手機畫面已貼心地先行輸入＃31＃。

顏夏遲疑了幾秒，待編織好理由向李善婷確認過後，才撥通媽媽的電話。

「喂？媽媽，我在北投晃的時候遇到陳子維了，對啊，就是那個陳子維，跟我很好的同學，我今天想住他家，他家也在北投。對不起沒有先跟你們說……」

好不容易打發掉媽媽掛掉電話，下一通電話顏夏打給他口中所說的陳子維。

陳子維早已經幫顏夏掩護多次，每次都是因爲李善婷，這次也是，不需要多說，陳子維便知道顏夏又是因爲要和李善婷約會。

掛掉電話後，李善婷載著顏夏前往汽車旅館，他們在汽車旅館洗好澡，再由李善婷出門購買新衣服換上，整個犯行越來越像預謀，而不是像李善婷所說的只是一時衝動。

顏夏穿著浴袍在房內瞎晃，確定李善婷的車子開出車庫後，趕忙將被丟進垃圾袋的衣物撈起取出信件。他一直沒有機會將信件塞進背包中，進入浴室沐浴前，託毛玻璃的福，他將信件塞進沾血的髒衣服中包好。

幸好李善婷沒有第一時間提出銷毀衣服的要求，他因此才能保留住蘇景昀的信件。

顏夏將它打開，繼續讀著。

發生火災的那天夜晚，壁爐熊熊燃燒，她裹著毯子躺在搖椅上喝了很多酒，她比預計的

還要早睡去，因此沒能起身放下壁爐隔板。等到她發現壁爐外有火星時，嚇了一跳被自己的毯子絆倒，本來就老舊的櫥櫃倒了下來，壓在她身上。

最後，她只能絕望地看著火焰升起，產出煙幕。

以上是我的想像，事實是我當時人在倉庫，因爲妳的事情她又將我趕進倉庫受凍。當我聽見櫥櫃倒下的聲音進入家中時，她人已經被壓在櫥櫃下面了。

周圍已經開始煙霧瀰漫，她朝著我伸手喊著「景昀、景昀，媽媽錯了，救我，幫我把櫥櫃抬起來」。

我站在那裡，精神有些恍惚，像回到靜晨死去的那天。我不記得她到底是被一個陌生男人害死，還是我害死她？還是是她選擇結束自己的生命？我全都不知道，也全都無法判斷，記憶是模稜兩可的東西，無法信任。

但我很清楚地看見了徐秀敏的死期，就是此刻。我能看見那些「東西」，而那些東西取代了我的眞實，取得了我的信任。我看見死神降臨，祂問我要不要再交換一次條件。

我搖搖頭，因爲我知道我該向前走了。

我看見徐秀敏的手被壓斷，血慢慢流出來。隨著我的猶豫，她哭得越發厲害，大喊著「景昀、蘇景昀，你在幹麼！快來救我」。

火苗開始四處亂竄，像被驚動到的小動物。

我問她是不是叫我「景昀」了，當時我的心境變得有些奇怪，難以形容當時的想法。徐秀敏哭著說我是她和白令文的兒子，怎麼可能把我當成靜晨。

可是太遲了，不管她說什麼聽起來都像爲了活命而編織的藉口，我抽離地看著她，等待一個合理的說明，否則我不會救她。

我冷眼看著她，蹲了下來，掀開瀏海，好讓她能看看我像蜂窩一樣的額頭。

我問她知不知道我遭遇了什麼，她哭著說知道，說她對不起我。她一面說，一面伸出尚未斷的右手。

我最終還是伸手拉她，奮力地拉，努力地扯，直到終於看見她的肩膀移出櫥櫃。她鬆了一口氣，感激涕零地看著我，聲音哽咽地道謝。

然而，她在那一刻又叫了我「靜晨」。

聽到這個名字的一瞬間，我的心一下子就死了，所以她之所以叫我「景昀」不過只是想要博取同情，爭取活命的機會罷了。

我沒有辦法克制自己不那麼想，沒有辦法壓抑自己失望的心情。

「你手上的是什麼？」李善婷的聲音響起，闖入顏夏的思緒之中。

顏夏一臉茫然，從抓著信件的指尖開始變得冰冷、僵硬，而後逐漸麻痺，「是、是蘇景昀的信件。」

李善婷姣好的臉龐瞬間刷紅，她將優衣庫紙袋丟到一邊，跳到床上壓制顏夏，眼淚不受控地掉落。

顏夏被那樣的她嚇到，雙唇不斷顫抖，說不出任何話。

「顏夏，老師究竟要怎麼做你才不會欺騙我？」

「我沒有欺騙老師。」顏夏一臉驚恐，臉色蒼白，不斷被迫回想即將被殺害的恐懼。

「那爲什麼你偷藏信？你知不知道這會害了我們？」

「我知道，但我不會說出去，我會藏好，這是品涵的東西，我只剩下這個了。老師，我很抱歉，但我眞的只剩下這個了。」

失去這封信，他將會失去與林品涵的連結，如此一來，林品涵才是眞的死去。

李善婷看著顏夏，看著眼前心再也不屬於自己的顏夏，瞪大的眼睛餘下困惑。她知道不論她再怎麼說、再怎麼勸，顏夏都不會改變心意。

硬要他毀了信件也只會造成反效果，他只會更加恨她，恨到把所有的事情都說出來，到那個時才是後悔莫及。

「好吧，信你可以留著。」李善婷將身上的舊衣脫掉，那是她上班時總會穿的黑色西裝套裝，外套之下是白色荷葉領緊身襯衫，那件襯衫、那套套裝總給予李善婷禁慾的感覺，而襯衫之下是黑色內衣。脫到這裡，李善婷將顏夏的手放在自己的胸上。

不，她並不禁慾，她是一個會在下課時間將學生以其他理由留下，與學生苟合的人。

顏夏想起自己與李善婷的第一次，同時也是他的第一次。他的第一次有點痛，在灑滿夕陽餘暉的教室中，金色的汗從李善婷的肩上、豐滿的乳房上滑下，她坐在顏夏的雙腿間，不斷稱讚顏夏有個令她舒服的好東西，晃動的背部不斷碰到課桌，發出叩叩叩的聲音，而顏夏所坐的那張椅子也發出咿呀的聲音。

除夕夜那天，當他告訴林品涵這件事時，林品涵的眼神告訴他，她覺得他很可憐。

「我問你，你當時明白她那是犯罪行爲嗎？你那個時候連十六歲都沒滿。」

顏夏搖搖頭，「可是我覺得很舒服。」

「那也是犯罪，不能對像你這樣的孩子出手，這是不對的。」頓了頓，林品涵繼續道：「她對你做了那些事……是在剝奪你，我覺得……你很可憐。」

林品涵竟然還曾經爲了自己去找過李善婷，現在想到這件事，顏夏突然感到遲來的噁心想吐。

李善婷親吻顏夏，在兩人深吻的空隙之間，顏夏哽咽問道：「老師，兩年前，我們第一次發生關係的時候，我有說可以嗎？我有同意嗎？」

李善婷繼續親吻，輕而易舉地脫下顏夏的浴袍，露出他年輕緊緻又彈潤的肌膚，「幹麼說這個？這很重要嗎？只要我們兩個舒服就好了，不是嗎？性不就是這樣？」

性不過就是這樣……顏夏閉上眼睛，兩行淚順著顴骨流至耳朵輕輕落下。

李善婷並沒有發現，她只是不斷叮囑顏夏，林品涵的事情就到此爲止，出了旅館就不可以再提起。顏夏雖然答應了她，她卻一再向他確認似的不斷索求，直到天終於亮，晨光照進厚重的窗簾間隙，在李善婷的裸體上切割開來。

顏夏看著她，輕輕喚道：「老師，我想回家了。」

爲圓借宿同學家的謊言，李善婷將顏夏載到北投捷運站，而顏夏也乖順地上了捷運，履行承諾會好好回家，回家之後，整理心情，就此將林品涵的事情放下。

他的家人度假結束已先行返家，而顏夏在捷運站打電話給媽媽，告知自己將要搭車回家後，卻在捷運停靠聖明醫院站時反悔下車。

他曾經陪林品涵來過這裡，也記得蘇景昀在哪一層樓。他懷著忐忑不安的心情，編織好謊言後詢問護理站，「我想請問一下，蘇景昀、蘇醫師在哪一間病房？還是說……白靜宸，白醫師？」

「你是他的誰？他只開放給家人探視。」護理師警戒道。

「我曾經是他的患者，可以查一下，我想看看他、謝謝他。」顏夏遞出健保卡。

他心情七上八下地嚴陣以待自己被拆穿，誰料正好被何淨儀看見他的身影。

何淨儀上前，「這是我弟弟，走吧。」語畢，牽起顏夏的手朝著病房走去。

顏夏被何淨儀帶進白靜宸的單人病房中，心臟猛烈跳著。

甫將病房門闔上，何淨儀將顏夏逼至牆壁，「你來這裡做什麼？」

顏夏全身發抖，將信緩緩自口袋抽出，全身上下散發著一種害怕被拆穿什麼的氛圍，「這、這是白靜宸先生寫給林品涵的信，我想還給他。」

何淨儀一邊的眉峰挑起，下意識覺得顏夏有點詭異，「什麼意思？這應該是要給林品涵的吧？既然是寫給林品涵的信。」

顏夏瞪大眼睛，屏住呼吸愣了好一會兒。

這令何淨儀不禁覺得詭異，可她不願意胡亂猜測。沉默凝滯了時間，最終她還是打破沉默，「林品涵出事了？」

顏夏好不容易緩過來，也早就想好要怎麼控制情緒，現在卻再也繃不住，鼻尖皺起、眼眶濕潤。信件被他捏皺，他點點頭，「她死了。」

何淨儀愕然，直覺認爲是楊詩怡搞的鬼，「她怎麼死的？被殺，還是意外？」

顏夏只是大哭，夢囈一般喃喃自語：「我不知道，接下來的事情我不知道，也不能說。」

他將信件塞到何淨儀手中，原本他打算見白靜宸一面，現在反而不曉得應該怎麼面對白靜宸。即使他只是躺在床上一動也不動，即使他不會坐直身子指責自己，他對白靜宸還是感到很恐懼。

「求求妳不要問了，剩下的我眞的不知道。」

顏夏轉身奪門而出，留下一臉愕然的何淨儀，僵硬地回到白靜宸身邊，攤開信件。

信中文字所書寫的是她完全不懂，且白靜宸也完全沒有傾訴過的世界。

她與他已經訂婚，但是白靜宸從來沒有對何淨儀坦白過過去的事，她也從來沒有問過。她自認自己很聰明、擅長把控，知道什麼事該說，什麼不該，因爲這是屬於白靜宸的黑暗，只要他不想要被知道，那麼她就會學著閉嘴。

只是她一直沒有想到，從來都只是對象的問題，並不是因爲白靜宸出了意外躺在床上沒有辦法及時對何淨儀傾訴。

白靜宸竟然對林品涵坦承了當年火災與白靜晨的眞相，而不是對自己說，這讓何淨儀心

痛得無法言喻，

落下的眼淚一點一點浸濕信紙，何淨儀哭得悄無聲息。

片刻後，她稍微緩過氣息，出聲對白靜宸道：「……林品涵死了。」

良久，她將信細細撕碎，丟入洗手間的垃圾桶。她看著鏡子裡的自己，擠出委屈又彆扭的笑，「沒有什麼好怕的了。」

因爲現在已經沒有林品涵的存在，她已經死了。

在這時何淨儀才感受到眞切，感受到她終於可以放心，可是她還是好難過、好悲傷。

入夜之後，顏夏並沒有回到家裡。他從妹妹那裡借來的手機壞了，沒有父母親與李善婷隨時打來吵他、罵他，他難得享受了一整天的寧靜，躺在鬱鬱青蔥的草坡上看著天空，偶爾小睡一下。

顏夏在這裡待到感覺不出時間，直到夜空披上星辰，才悠然坐起身體，重新思考自己究竟該怎麼活下去。

本以爲撒點小謊微不足道的顏夏，竟然在何淨儀的面前手忙腳亂，再這樣下去，他誰也瞞不了，更別說爸爸媽媽，彷彿只要一踏進家門就會被他們看穿。

一旦如此，他是共犯的事大家都會知道。

不對，就像李善婷說的，他是林品涵最後一個聯絡的人，他有最大嫌疑，他是兇手。

思及此，顏夏便覺頭痛欲裂，雙手抱頭，痛苦不已。

林品涵死後令顏夏重新認識了自己的感情，他對李善婷可以冷靜地割捨、放下，卻沒有辦法以同樣態度對林品涵。

好不容易在草坪上花了一個下午汲取的陽光與能量消失殆盡，顏夏明明覺得自己有稍微好了一些，但是現在他又不那麼確定了。

早知道他就不要提議去台中拿信了，事情的源頭就是因爲自己愚蠢開了那個口——是他害死了林品涵。

顏夏站起身，視線落在不遠處的公園池塘。

他脫下背包與鞋子，赤腳踩在有時扎人有時柔軟的草地上，慢慢地，一步一步接近蓄積黑水的小池塘，周圍沒有任何人，月明星稀，分明是夏天卻吹著冷風。

顏夏踩上池塘邊的大圓石，看著幾朵睡蓮閉合，像是微弱的火焰。

他並非戲劇性地跳了下去，而是慢慢伸下一隻腳，再來另一隻腳，池塘並不深，水位約莫在他腰際。他持續向池塘中心走去，最後一眼望向星空之後，屈膝蹲下，整個人埋進黑水之中。

池塘中心僅有微弱燈光的涼亭裡，藍珂瑋身著警裝站在涼亭圍欄上，拉起紅色箭羽的愛神箭瞄準水面的氣泡。

愛神箭呼嘯而過，隨之出現的顏夏探出水面，上氣不接下氣。

池畔驀地傳來李善婷的聲音，「顏夏，回來老師身邊好嗎？」

顏夏聽聞李善婷的告白，登時熱淚盈眶。

番外 Half[2]

得知藍珂瑋遇難時，白靜宸人在明尼蘇達的學校宿舍中。

台灣正值盛夏，明尼蘇達卻陰涼舒適，他一個人待在交誼廳，不可置信地盯著幽暗燈火之下，發著刺眼光線的筆電裡的一則小小新聞紀事——〈英勇女警颱風夜爲撤離山村居民重傷昏迷〉。

白靜宸甚至不是主動搜尋台灣的新聞，只是上網查資料而已，藍珂瑋的通知突然送了出來，宛如訃聞。

他明明警告過藍珂瑋，不明白爲什麼還能發生這樣的事。

白靜宸深深吸進一口涼氣，惴惴不安繼續閱讀新聞內容，這才眞正確認了文中的倒霉警察就是藍珂瑋，不是同名同姓還巧合當警察，而是眞的她。

此時此刻，白靜宸感覺到自己握著滑鼠的手逐漸僵硬，沒想到再次得知藍珂瑋的近況竟

2 〈Half〉爲美國三人樂團PVRIS於二〇一七年發行專輯《All we know of heaven, All we need of hell》之收錄曲。

是噩耗。

白靜宸繼續向下看，另一張圖片驀然躍入視野，那是經歷了浩劫重生的倖存者們。文字說明寫道：在風災中受到藍珂瑋幫助，得以全家平安脫險的林帆先生與其家人，身旁是受到林帆先生協助的外地遊客林品妍與林品涵姊妹。

那張照片既小解析度又不佳，不論白靜宸怎麼放大、怎麼仔細盯著都一樣，無法百分之百確認那就是林品涵，卻又依稀看得出輪廓。自從分開以後已經過去兩年多，他從這則新聞紀事中得知噩耗，同時獲知喜訊——林品涵還活著。

白靜宸忍著喉中的一股酸楚與哽咽，雙手交握，將臉埋進臂彎之中。他無法想像，倘若林品涵死去，他會變成什麼樣子。

大受打擊的白靜宸回到宿舍房間，室內空無一人，一片暗黑。他不懂藍珂瑋在想些什麼，明明已經警告過她了，爲什麼她就是沒有聽進去。

火災發生之後，蘇景昀休養了好些時日，待他身體恢復大半，蘇景昀默默地跟著白靜晨父母回到高雄。

他們之間沒有特別說什麼，白靜晨父母只在蘇景昀睜開眼睛後問了句：「要不要跟我們回高雄？」

坐在病床上的他感覺不到真實，一切像是假的一樣，恍惚很久才終於點頭，「嗯。」

白令誼與古梅萱顯然還沒有做好準備迎接新的家人，病房中瀰漫著尷尬與一種說不出的恐懼。

「請問，你們爲什麼對我這麼好？」

白令誼不語，注視著蘇景昀許久才問出：「額頭，是誰做的？」

蘇景昀恍若大夢初醒，伸手探向額頭，摸到一個又一個小型窟窿。諷刺的是，在這個時候，他才終於感覺到自己身在此處，正在呼吸、心正在跳，他還活著。

「是同班同學。」

白令誼神色複雜，只是將手覆在蘇景昀的手上，「辛苦了，以後再也不會有這種事了。」

一旁的古梅萱面露欣慰的笑，那是蘇景昀第一次如此完整地聽見屬於自己的故事，「你是令誼同父異母哥哥的孩子，你的親生父親是白令文，他和徐秀敏生下你之後，與白家斷絕關係，不知道身在何方。雖然他已經不屬於白家，但你是白家的人，從今以後，不會再讓你過那樣的日子了。」

蘇景昀仍舊恍惚，覺得古梅萱的語氣與口吻都相當輕佻，像是玩笑。

他出院那天，晴朗的天空看來既寬廣又高深，古梅萱與白令誼帶著他去學校辦理手續。手續完成後，他坐在白令誼的車子裡，轉頭望向學校留下最後的印象，以及他與林品涵的回憶。

就這樣了，蘇景昀不禁想，從今開始，這些都將被封存，鎖進抽屜。所以他仔細看著學校，儘管沒有開口，但是他期待、祈求著林品涵會出現。

回想起他們上一次見面的晚上，林品涵對他說再也不想見到他了，現在他又癡想著能見到林品涵……簡直無可救藥的愚蠢。

回過頭，他將視線放在前方。離開學校的道路就在眼前，這個時候，蘇景昀才眞正地感受到，他的生活即將發生轉變。一股哽咽蓄積在胸口，他只能屈下身，摀住口腔，否則將會忍不住發出悲鳴。

好像有人這麼說過，當人長期處在不幸的狀態，終於變得幸福時，會失去體會幸福的感受，覺得抽離、像是假的一樣，然後他們總會回頭選擇痛苦。

以前蘇景昀不明白這段話的意思，現在他好像能想像得到，自己好像會成爲那樣的人。

高雄的生活相當順利，順利到令蘇景昀經常反思他剛離開台中時所想到的話。他變得沒有辦法體會幸福快樂，每一天都過得一模一樣，每一天都過得渾渾噩噩，每一天都感覺不到自己活著。

在高雄的新家，早上一起床就能看見大海、聽見海風、嗅聞清香，是許多人求之不得的夢幻生活。一開始，他也覺得住在這裡很棒，再也不是潮濕陰冷的環境，晚上也沒有夜夜糜醉的瘋子逼自己穿洋裝。

他比誰都還要清楚，他應該要知足滿意，所以他打死都不會抱怨，甚至連提意見都不敢。古梅萱爲他準備的房間，他從入住到去美國之前，擺設連動都沒動過。

古梅萱若問他「有沒有需要什麼」，他一向只回「不用」。

就連吃的也是，如果問蘇景昀「吃得怎麼樣？還習慣嗎」，他永遠都是客氣地回答「非常好，謝謝」。

他從來沒有任何意見，因爲這一切全都不屬於他，這些本該屬於白靜晨，而他不過是借用而已。

爲了開始新的生活，蘇景昀改名爲白靜宸，他覺得這樣挺好的，正好他也快被自己搞瘋，不知道要被這種想法糾纏到什麼時候。

蘇景昀是在小文具店偷了原子筆後遇見藍珂瑋的。當他沉著地走過巷口，藍珂瑋立即從巷內鑽出，上前擋住蘇景昀的去路。

她伸出手，「你剛剛是不是偷東西？」

蘇景昀不以爲然，「妳以爲妳是誰？」

「我是警察。」

噗嗤一聲，蘇景昀緊抿的嘴唇洩出冷笑，提起腳步要走，「可是妳現在穿便服耶，警察連休假都那麼累嗎？」

藍珂瑋箭步上前，將蘇景昀的手臂往後扭，以身體的力量將蘇景昀推至牆面，控制住他。

藍珂瑋的眼神冰冷，在他的耳畔開口問道：「蘇景昀，對吧？」

蘇景昀瞪大眼睛，名爲「過去」的鬼魂從地獄伸出手，緊緊抓住了他。

「你應該不缺買筆的錢吧？你現在不是白家的小孩嗎？」

「妳很煩。」

念在對方還是學生，藍珂瑋很快將手放開，還蘇景昀自由。她拍了拍手中的灰，朝著他伸出手，「我是藍珂瑋，我還在台中時，曾經是調查白靜晨失蹤案的人。」

蘇景昀感受到一股從腳底竄上腦殼的涼意。他想立刻離開現場，可全身不聽使喚。

蘇景昀不自覺地抓著書包背帶，嘴角揚起戲謔的笑，與心中的恐慌相反，不自覺說出違心之論：「哈、哈哈，你們就是那群無能的警察？白靜晨失蹤了七年，你們有這麼多的時間可以用，竟然找不到一個孩子？」

藍珂瑋冷哼一聲，「你跟白靜晨有什麼關係？聽起來你很生警察的氣，你不是協助藏匿人質的『共犯』嗎？」

蘇景昀惡狠狠地瞪著她，「我不是共犯，我爸媽與白靜晨一點關係都沒有。我很久以前就跟你們說過了，白靜晨被藏在村子裡其他地方，不是我家。」

「所以白靜晨跟你很好？好到能相信你、跟著你在漆黑的夜裡走山中小徑？」

「對，我和她很好，就像兄妹一樣。」

「像兄妹一樣的感情，卻從來沒有對你求救過？沒有試著告訴你，她被誰囚禁？應該不困難吧，村子裡也才那些人。」

蘇景昀握緊雙拳，他已經十八歲，思考深度與當年截然不同。當時他只有十四歲，能編造的故事很有限，若不是他表現得很崩潰，警察也不會那麼快放過他。

四年過去，他低估了人爲了探尋眞相所展現的野心，也沒想到仍有人在追查這件事情。心中有一種無以名狀的詭異感受，他與白靜晨相處的那段時日，沒有一天不祈禱警察盡快找到她、還她自由。可隨著日子一天一天過去，白靜晨逐漸消失在大眾心中，漸漸地，沒有人在乎她是否回得了家，就連她自己也放棄了，將地下室當成自己的家。

蘇景昀曾經以爲警察也是，時間久了就會放棄找她，然而現在卻出現了一個在乎事實的警察。

身爲唯一知道事實的人，他突然想告訴藍珂瑋眞相，因爲白靜晨一定希望他這麼做。她一定不希望自己已經走了那麼長的一段時間，卻沒有人成功接近事實核心。

蘇景昀陷入天人交戰，焦慮不安的視線無處安放，只能無助地看著地面，不敢看向藍珂瑋的眼睛。

藍珂瑋突然意識到，對方不過是個高中生，不管事件過去多久，他也還是個孩子，自己或許有些咄咄逼人。

藍珂瑋退後半步，還給蘇景昀安全距離。

「對不起，我太認眞了，這件事已經結束，而且我人現在在高雄工作，完全不關我的事。我只是有些困惑，一直想不通。」看著蘇景昀警戒的模樣，藍珂瑋繼續說道：「白靜晨失蹤的時候才五歲，那時我還很菜，空有滿腔熱血。有一天，我被交代不要插手，雖然我一直很介意，也一直想辦法調查，但是……」

她雙手一攤，「就是你看到的這樣，就把我當成一個好奇的陌生人吧。」

蘇景昀還反應不過來，「偷東西的事呢？」

藍珂瑋聳聳肩，「我剛剛拿了九枝筆，但是付了十枝的錢，店員沒發現。」

語畢，她轉過身，正準備離開，蘇景昀叫住了她。

藍珂瑋停下腳步，「怎麼了？還是覺得不好意思的話，就把筆偷偷放回去。」

蘇景昀內心忐忑不安，他從來沒有將自己知道的事情告訴他人過……可是藍珂瑋放過了他，不止是筆的事，還有「共犯」的事。

藍珂瑋是個聰明人，比誰都還要清楚他在撒謊。

蘇景昀深吸了一口氣，握緊拳頭，「接下來我說的事情，我希望妳不要當成玩笑或是謊話，因爲我不希望世界少了個像妳這樣善良的警察。兩年之後的夏天，颱風將會重創南部，甚至毀了一個村莊。妳將死於風災，所以請妳在那個時候避開颱風。我不知道避開後妳能不能成功逃過一劫，又或許死於其他意外，但是請妳當作那件事一定會發生，有生之年請好好和妳喜歡的人過生活。」

語畢，蘇景昀抬眼看向藍珂瑋，她並沒有露出他預料中的驚愕神色，有的反而是恐慌。

藍珂瑋伸出食指，在鼻頭處輕點了下，「蘇景昀，沒事吧，你流超多鼻血……」

蘇景昀這才看見水泥地上的一灘鮮血。

在失去意識之前，他的腦海竄進一道極其低沉沙啞的聲音，祂齜牙咧嘴地說著：「死神最大的禁忌，就是透露死期、做出可能改變死期的事。」

在醫院重新遇見古梅萱，是藍珂瑋想都沒想過的事情。她將蘇景昀送到醫院，才知道蘇景昀已經改名白靜宸重新開始，名字與白靜晨僅差一字。

藍珂瑋自塑膠椅上站起，面對緩緩走來的古梅萱深深鞠躬，「您好，您可能還記得我，我是第一批承辦白靜晨失蹤案的警察，我姓藍，名珂瑋。」

古梅萱不著痕跡地上下打量藍珂瑋，面對曾經嫌惡的警察擺出淡漠的神色，「妳好，請問『靜宸』怎麼了？」

藍珂瑋一開始不知道古梅萱問的是誰，只能瞎猜是病房裡的蘇景昀，「呃，我在路上發現令公子疑似身體不舒服，他流了很多鼻血，現在沒事了，血止住了，但還需要檢查。」

古梅萱揚起眉峰，盯著藍珂瑋的眼睛，「藍小姐，我想妳應該知道，這孩子在台中發生了什麼事，他精神狀況不好，妳是不是說了什麼不該說的話？」

「不，沒有，我只是關心他而已。」

「是嗎，靜晨的事情已經過去了，大家都要向前走，也都要過生活，我希望妳也能放下。」話音方落，古梅萱伸手欲推開病房門。

藍珂瑋握緊拳頭，「夫人，您真的覺得好嗎？就這樣不知道真相？」

古梅萱看著藍珂瑋的眼神有些惱怒，卻淡薄得難以察覺，「誰說我都不知道？我只是覺得應該放下，這樣對大家都有好處。況且，歸根究柢，一切開頭都是因爲警察辦事不利不是嗎？你們找一個人找了七年，而她竟然就被藏在一個小村裡，我眞的不曉得你們是怎麼做事的。」

藍珂瑋的喉頭一緊，不想與古梅萱爭辯下去，「是，我也感到很遺憾。」

「總之，謝謝妳。」古梅萱說道，開啓門扉進入病房內，獨留下藍珂瑋一人佇立於走廊。

蘇景昀與藍珂瑋再度見面時，是在學校活動結束後的返家路上。眾多警察與義警聚集，在那團人影之中，蘇景昀看見了藍珂瑋。

這回他大方迎上前去，「嗨，女警小姐。」

藍珂瑋匆匆瞥了蘇景昀一眼，「走開，我還在上班。」

「爲什麼這麼多人？」

藍珂瑋沒好氣地翻了白眼，「還不是因爲貴校出現炸彈威脅。」

「是眞的嗎？」

「當然不是，是模仿炸彈客寫聲明的屁孩，總之，他剛剛在下課路上被逮捕了，我們也準備收隊了。」

「所以有空可以說話嗎？」

「沒有，我還要做報告，沒空。」

「好吧，我只是想謝謝妳送我去醫院，不然我可能會死。」

「沒那麼嚴重吧，流鼻血而已耶？」

蘇景昀若有所思，「我其實也不知道會不會死，因爲我犯了禁忌。」

藍珂瑋嘆了一口氣，指著自己額頭，「對不起，我應該在看到你的燙傷時就該警覺，是我不對，還硬要揭你的瘡疤。我跟你的新媽媽說過話了，她希望讓事情過去，不要追究，也不要深入。」

身爲最後一個知道眞相的人，蘇景昀應該要覺得鬆了一口氣，甚至該高興再也沒有人對他窮追不捨，可他卻沒有感到輕鬆，只覺得空虛。

蘇景昀愣了神，身體有些發軟，「這樣啊……好，我知道了。」

他提起腳步要走，藍珂瑋喚住了他。

「除了你妹妹的事情，我倒是能跟你聊聊其他事。如果你需要跟人聊聊的話，我大部分都休禮拜四，平常的晚上擠出喝一杯飲料的時間也不是不行。」

蘇景昀的表情寫滿驚愣，良久，一抹既破碎又淒涼的笑容浮上臉面。他點點頭，「好。」

於是，在他離開台灣前往美國之前的日子，他與藍珂瑋一週見一次面，天南地北隨便瞎聊，就是再也不曾聊過白靜晨的事情。

朵嘉颱風事件發生後的一年間，白靜宸刻意搜尋藍珂瑋的新聞，都一無所獲，颱風的新聞很快就被隔年的地震新聞覆蓋，地震的新聞又很快地淡出人們視野。

他不斷搜索，就是沒有更新的消息，但他不想放棄，終於在一年後的夏季深夜得知，藍珂瑋昏迷不醒已經一年——她沒死，卻比死還要痛苦。

都是他害的。

得知此事，白靜宸蜷曲在床上痛哭失聲，如果他當初不要多嘴，或許藍珂瑋便死得成。

「對不起……對不起……我不應該告訴妳的。」

白靜宸不知道這個嚴重的處罰會波及到什麼人，他只希望及時止血，千萬不要拖累林品涵。只要林品涵能平安無事，他願意犧牲任何事物去交換。

他跪在床上，全身像要被什麼給掏空似的，倘若不抱緊腹部，怕是將要變成一團血肉，不成人形。

「求求祢，我有個喜歡很久的女孩。

「求求祢，請讓品涵幸福。

「求求祢，請賜給品涵靈魂伴侶。」

他知道能給林品涵幸福的人不會是自己，所以白靜宸祈求能有別人帶給林品涵開心，重點是她能開心、幸福。

如果這可以成為結果，要他永遠離開林品涵也可以。

破曉之前，天色自深黑轉為深藍，白靜宸看著星空即將褪去顏色，眼皮沉重垮下。

下一瞬間，藍珂瑋竟然現身在他床邊，調皮地咧嘴一笑，一屁股坐在對面的空床，「嗨，好久不見。」

白靜宸瞪大眼睛，不敢置信地自床上起身，「妳怎麼會在這裡？妳不是在醫院？」新聞明明說藍珂瑋昏迷臥床，怎麼可能在這裡？而且她竟然背著弓箭，不是槍也不是警棍，而是弓箭。

他懂了，這不過是一場滑稽的夢。

「不是夢喔，是真的。」藍珂瑋微微一笑，看穿了白靜宸心中所想。她卸下箭筒的背帶卡榫與弓，將它們放在床上，「嗯——我好像變成愛神了。」

「妳在說什麼？」

「應該說，你把我變成了愛神。」

白靜宸的眉頭皺得差點打結，「等一下，我想先知道，為什麼妳明明知道會出事還要去山上，我不是告訴妳了嗎？」

「可我不是那種早知道自己會出事就不去做的人，如果我不去就會有別人去，事情一樣會發生。我不能這麼自私，該救的人就要救，救幾個算幾個。而且先說清楚，我不是不相信你喔，我相信你，所以才下這個決定。」

「但妳沒有死……反而活成人不人鬼不鬼的樣子。」一旦想起這件事，白靜宸便覺得悲傷、愧疚，對藍珂瑋只有深沉的抱歉，「都是我的錯，是我害妳變成這樣。」

「不是，是我自己造成的，你不要想太多……不過，成為愛神，我倒覺得是你的鍋。」藍珂瑋語氣輕快，從口袋拿出一張僅手掌大小的粉紅色卡片，「這是我的第一個任務，林品涵。」

白靜宸下意識地嚥下唾液。

「颱風還沒轉彎的時候，我以爲我逃過一劫，不是我主動去躲，是逃過。其實我有想過聽你的話，不要冒險。雖然在那之前我已經做好心理準備，也準備和喜歡的人分開。

「當時其實我是決定要去的，但隨著時間越來越接近，我猶豫了，直到颱風轉彎，我還是躊躇不前。可不管我的決定導致我是死是活，我都做好準備了。那天下午，我收到消息，那村子的村民死活不肯撤走，本來不關我的事，我打算不要冒險，直到……我聽到李知雲，噢，他是我喜歡的人，收到命令要去勸導居民。

「他中午的時候就去了，效果不彰，沒有人想放棄家園，而且那時還無風無雨，居民都覺得沒事，是我們小題大作。下午他收到回隊命令，他選擇不回隊，那個時候我就知道了，這就是我貪生怕死、猶豫不決的懲罰。如果我不去，走的人就會是李知雲。

「下午時已經開始颳風，小雨稀稀落落，我上山尋找李知雲，以上司的身分命令他歸隊，不照做的話，我不僅會請示上級懲處他，還用隨著我調派北部這件事威脅他，甚至對他說了很難聽、很重的話。」

直到現在，她仍然忘不了李知雲的表情，他既錯愕又傷心，不懂自己究竟哪裡做錯。

「我對李知雲說『我討厭因爲自我膨脹感罔顧命令的人，像你這種沒有任何覺悟的人，應該重新考慮是不是要放棄當警察』、『你是哪門子警察？你在一頭熱什麼？正義感嗎？現在由你判斷強制撤離嗎？搞清楚，你現在只是勸導，還沒有強制命令，風雨預測沒有達到標準，你一點都不需要擔心』。」

李知雲被罵得灰頭土臉，紅了眼眶。

「我成功勸走了李知雲，他回隊上報到，我則獨自一人前往指定避難地點待命。傍晚時，風雨越來越大，我拿著手電筒上山勸離村民，部分人這個時候才肯聽勸。當我勸走了一些人後，整個村都停電了，那個時候，我又猶豫了。」

「猶豫什麼？」白靜宸問道，聲音發著抖。

「因爲你說我會死，知道死期將臨、沒有未來，感受眞的很奇怪。我又在想，我應該聽你的話，可是如果我不在那裡，就會是李知雲遭殃啊。」藍珂瑋說著說著，突然哽咽哭出聲音，「他年紀還那麼小，還有許多可能，我怎麼可能、也不可以讓他替我冒險。」

被藍珂瑋的悲傷感染，白靜宸的眼眶也紅了。

「山上其實有兩個村莊，我沒能來得及去另一個村看同事的狀況，伸手不見五指的夜裡，我站在路邊引導災民疏散，接著就發生車禍，變成現在這樣。我以爲我會死，但是沒有，我沒死。

「在睡了一年之後，我聽到你的聲音就醒了過來。這張卡片當時敲在我的腦殼上，有個老太太將弓箭交給我，說我是繼她之後的下一個愛神，而我的第一個任務目標就是林品涵。」見白靜宸震驚得說不出話，藍珂瑋無奈地笑了，「所以不是你的錯，知道嗎？我變成這樣是因爲我猶豫了，和你告訴我死期沒有關係。」

「爲什麼是愛神？」

藍珂瑋聳聳肩，「可能是因爲我希望李知雲幸福吧。」

「爲什麼是品涵？妳跟品涵有什麼關係？」

藍珂瑋沒有說出車禍的眞相，歪頭裝傻，「這個嘛，我想是我和你之間關係的延伸吧，因爲你很重視林品涵，所以她才會是我的任務一號？」

「妳來究竟想做什麼？撮合我和品涵嗎？」

藍珂瑋的臉龐浮現一抹得意的笑，右手執起紅色箭羽的愛神箭，「答對了，這不是很明顯嗎？你們是靈魂伴侶。」

白靜宸慌張地搖搖頭，「不對，不是。」

「怎麼可能，你們是，就是。」藍珂瑋一臉篤定，「你到現在還在寫信給她，難道這還不算是理由嗎？」

藍珂瑋站起身，準備將箭刺向白靜宸。

「不要。」白靜宸抱著頭部，如同深深恐懼著什麼，全身顫抖。

「爲什麼?你不是喜歡她嗎?」

朝陽升起，彷彿在宿舍房間灑下漫天銀粉，藍珂瑋這才看見，白靜宸額頭的傷痕已經完全痊癒。

她突然懂了，「你還在自卑，還在自以爲自己是『蘇景昀』配不上人家，可是你已經不同於以往了，清醒一點好嗎?」

「妳跟李知雲沒有辦法談戀愛，就要把妳的期待放在我身上?」

藍珂瑋愕然，無法反駁。

「算了，就當作我在對牛彈琴吧。」藍珂瑋倔強地背起弓箭準備離開，「我知道了，我會讓林品涵愛上別人，如你所願，包君滿意。」

白靜宸深吸進氣，一鼓作氣說出：「因爲我三十二歲就會死……妳告訴我，我能給她什麼幸福?」

在那之後，白靜宸也經常用這句話詢問自己，即便是在林品涵死去之後。

番外 can we start over?[3]

白靜宸三十二歲時，從六樓的診療間摔至草坪，昏迷了兩年。這兩年間，他作爲死神送走了各式各樣的人，有認識的，也有不認識的人，其中有一位最爲重要也最令他心碎。

白靜宸從沒想到，林品涵的死期就在兩年後，她的生命短暫得令人扼腕。

接收到林品涵的死亡期限通知時，白靜宸正跟著林品涵擠著捷運。他一向喜歡跟著林品涵上下班，如此一來，總會令他有種兩人交往的錯覺。

林品涵在上班時特別喜歡看地獄梗短片抒解緊張心情，有時她甚至會忍不住笑出聲音、眼角流出淚水。

「什麼東西那麼好笑，也給我看一下？」白靜宸總會這麼問，即使他明明知道林品涵聽不見。這點倒是與白靜晨很像，就像他一開始誤以爲林品涵也是聽障一樣。

可是就算寫字、比手語，現在的他也沒有辦法和林品涵溝通，只能假裝林品涵會回覆他。

白靜宸湊過去，與她一起看著短片，林品涵播放了幾次、忍笑了幾次，他就跟著如此做

---

3 〈can we start over?〉爲歌手Charlotte Sands於二〇二四年發行專輯《can we start over?》之收錄曲。

幾次。

下班時，林品涵喜歡看貓的影片，白靜宸也喜歡，他喜歡看林品涵看見笨貓笑得莞爾的側臉，非常好看。

他會對林品涵說：「我也喜歡貓，貓好可愛。」即便她聽不見。

死期預告來得非常突然，捷運到站時，林品涵的包包掉出一張名片大小的黑色卡片。

白靜宸上前撿起，只見白色文字一如它所預告過的其他人一樣，預告林品涵將會在七天內死去。

他曾經想過是自己會收到林品涵的死期通知，只是沒有想到會這麼快，才經過兩年，從他昏迷成爲死神開始，林品涵就注定要在這段期間離開世界。

白靜宸佇立在原地，看著林品涵的背影消失在視野中。

那天開始，白靜宸千方百計地想讓林品涵避開她的死期。

他控制了林品涵的手機，使她早上被推播〈在家接案工作除了自由更能增加生產力〉的廣告文章與〈職場革命，勇敢離職享受接案人生〉。

他沒有辦法直接告訴林品涵死期，如果再犯，他就眞的再也看不到林品涵了，他非常清楚觸犯禁忌的下場會有多悽慘。

他知道林品涵想養貓，所以每到下班時間，他就會讓她的手機出現貓咪認養資訊，只要林品涵養了貓，就會願意待在家裡，如此一來，她就能順利躲過劫難。

然而林品涵沒有一次中招，精神力強悍得很。

和緩的方式沒用，白靜宸甚至以水氣在林品涵的家中浴室寫下：七夜怪談。

結果林品涵只是盯著看了半晌，伸手將水氣擦掉。

幾天下去，眼看方法即將用罄，白靜宸只剩現身給林品涵看一途。

這天輪到林品涵照顧白靜宸，她總謹記醫生吩咐的話，經常和白靜宸聊天，模式如同白靜宸之於她一樣，對話總是有去無回。

白靜宸如此對林品涵說話已經兩年，她對白靜宸也是。

「跟你說喔，最近不知道爲什麼有很多鼓勵人辭職在家接案的文章，剛好我想養貓，我在想，這樣我就有多一點時間可以照顧貓了。」

白靜宸看著林品涵說話的側臉，有些愣神。

「還有我家發生怪事，浴室鏡子竟然有人寫字……是你嗎？」林品涵突然問道。

即便白靜宸明知林品涵聽不見他的聲音，也不知道他就在身旁，可面對林品涵的問題，白靜宸還是有些動搖。他眞的很希望自己就在她的身邊，告訴她，就是自己，勸她在家工作的是他、勸她離職養貓的人也是、在鏡子上寫字嚇她的人也是。

林品涵接著自顧自說道：「我知道是你，你說你有特殊能力可以知道人的死期，所以你知道了我的嗎？七天內嗎？不，剩下五天，唉，不知道顏夏來不來得及，我想看你寫給我的信，尤其是『我們重逢之後你仍然寄到台中的信』。我想知道內容有多難以啓齒，沒有辦法當我的面說。

「其實五天後死，我完全能接受，只要我能讀完你的信就好，只要我能理解一部分的你就好。」

過往的畫面一幕一幕相繼閃逝，每當他們酒過三巡，每當他們想一吐爲快時，朦朧又曖昧的氛圍總會變得異常清晰與現實，在在提醒著白靜宸他無能爲力的事實。

一個早死的人要怎麼讓心愛的女人幸福？倘若他們現在跨出一步又如何，時間一到只會徒增傷痛。

他不願意看見林品涵爲了他傷心破碎，因此這樣就好。於是白靜宸將難以啓齒的話交付信紙，將它們寄到台中，等待著總有一天能被林品涵發現——沒想到林品涵早看穿了他。

死期預告的第四天下著大雨，林品涵與顏夏約好取信，兩人窩在一間破舊的小木屋。而李善婷剛打完高爾夫球，正在回程途中，巧合發現顏夏與林品涵正在見面，孤男寡女躲在小木屋中，怎麼想也盡只有幹骯髒的事。更何況，她知道他們一起去過賓館。

李善婷越想越生氣，打從心裡爲顏夏的遭遇忿忿不平，這孩子才十七歲，根本還沒成年，而林品涵大他十七歲。光是想像就令她感到噁心反胃，卻沒想到自己其實也一樣。

她跑去買了拋棄式雨衣，她只要想到自己有可能被林品涵的血給濺到便難以忍受。接著，她從後車廂取出高爾夫球桿。今天的手感很好，桿桿進洞，她本來因爲這樣心情很好，可是卻看到髒東西染指自己的學生。

僅一瞬間，天崩地裂，她的心情不好了。

李善婷見到林品涵的同一時間，高舉起高爾夫球桿朝著林品涵的頭部揮下，血以噴射的方式濺上雨衣，她自己也嚇到了。

白靜宸連日以來都跟著林品涵，他不知道林品涵正確的死期，因此只能等待。預告第四天，當他跟著林品涵搭乘捷運到北投時，藍珂瑋正在月台上。見到她的瞬間，他便曉得就是今天。

「離開吧，靜宸，你還有機會活下去。」

白靜宸不解，「怎麼了？」

藍珂瑋的表情難受，「還記得你跟我因爲私欲一起選擇了夏常芳成爲林品涵的靈魂伴侶，我害怕受到懲罰，所以你說，你願意代替我，要罰就罰你。」

「我記得，因爲那是我欠妳的。我一直認爲，如果我沒有多嘴透漏死期給妳，或許妳就不會繼續受苦，可以痛快死成了。」

捷運車門響起即將關閉的催促聲，白靜宸才正要踏出步伐，車門便關了起來。

「現在，我們都要爲我們的私欲受到懲罰。」

白靜宸敲著車窗，紅了眼眶，「爲什麼啊？」

「你和我一樣躺在床上動彈不得，你看盡世間醜惡，而我看著那些美好的感情心生嫉妒。我們以活死人的樣貌成爲愛神與死神就是懲罰，作爲你洩漏死期給我、我嫉妒林品妍的懲罰。」她淒然一笑，兩行清淚滑下，「林品涵與李知雲都會因爲我們的自私而離開世界，我們束手無策，只因爲該死的我們仍然懷抱活下去的希望。」

隨著藍珂瑋的一字一句，周圍場景重新堆砌，此處再也不是捷運車廂，而是林品涵與顏夏約定的小木屋。背景的聲音由車內廣播換成傾盆大雨，雨聲淹沒了白靜宸痛苦的吶喊。

此時的李善婷緊握染成血紅的高爾夫球桿，因興奮而喘息。

白靜宸瘋狂擂著呈現透明的車廂門，「讓我出去！」

眼前的林品涵臉頰貼齊地面，視線朝著不存在於現實的白靜宸。

「拜託妳，站起來、站起來，妳有機會活下去……」

白靜宸急得哭了，捶打車廂門的手不知何時扎進了玻璃碎片，血流不止。

可林品涵顯然失去力氣，她連眨眼都顯得困難，更何況站起來。然而，她竟還有心思理白靜宸的信件，顫抖著伸手將信撥進懷裡。

「拜託妳不要這麼傻，不要管信了，求求妳，站起來。」白靜宸沙啞嘶吼，四肢又打又踢，透明的車廂門仍然堅不可摧。

藍珂瑋聲淚俱下，「這是品涵的選擇，她知道今天會死，還是選擇來拿信，你什麼都做不了，也幫不了她。」

眼看此刻李善婷與顏夏離開了小木屋，車廂門倏然消失，白靜宸跪著爬到林品涵身邊，抱起她，輕輕撫摸她那因血液而濡濕黏膩的髮。

藍珂瑋預知了白靜宸的下一步，「蘇景昀，別做傻事。」

她呼喚的名字不是白靜宸，而是蘇景昀，一如她遇見白靜宸那一天。

「我要帶走她的靈魂，讓她可以依附在其他人身上繼續活著。對了，妳嫉妒的林品妍是很適合的人選，李善婷也可以，她們年紀一樣。」

「你這樣跟殺人有什麼不同？一旦這麼做她們等於死了，而你也別想活下去。」

「我現在跟死了有什麼兩樣？我最後會變怎樣？跟妳一樣變成會呼吸的屍體，全身長滿爛瘡死去嗎？」

藍珂瑋耐不住氣，揮手給白靜宸一記耳光，「死神不能傷害人類、不可以延長性命，連『想』都不行，你清楚下場是什麼，你會成爲最下等的鬼魂，直到被她忘得徹底，這樣眞的好嗎？如果林品涵一直忘記你，你就沒有恢復的一天，那時她還會是你喜歡的她？你不是要陪她走最後一段路嗎？」

白靜宸一雙冒火的眼睛怒瞪著藍珂瑋，與此同時，一隻虛弱無力沾滿鮮血的手舉起，輕輕擦過白靜宸的臉頰。

那不是林品涵的手，眞正的林品涵已經死去，那是她的靈魂，珍貴且溫暖的靈魂。

她脆弱地笑了，「……請你，什麼都不要爲我做，這輩子，我都不想看到你，永遠。」

如果她見到了白靜宸，那麼便表示白靜宸不在人世，她不要這樣，她希望白靜宸活下去，千萬、千萬不要見到死後的她的靈魂。

如此說著的林品涵笑得燦爛，咧開一口血紅的牙。如果她可以再多說幾句話，或許她會等個幾秒再淘氣地接著說「好笑吧，是不是很地獄」。

可是，一切都只是或許。

實際上的林品涵虛弱的血手垂落，而白靜宸的身體逐漸變得透明。他還沒實踐延續林品涵的性命，就落得這樣的下場，也不知道什麼時候能再見到林品涵。

藍珂瑋將手覆在白靜宸手上，「景昀，除了等待，什麼都不要做。」

良久，白靜宸抬起蒼白模糊的臉，「請妳保護品涵，直到我來接她爲止，可以嗎？」

「我不知道能拖幾天。。」

藍珂瑋與白靜宸心裡都很清楚，成爲最下等鬼魂之後的死神能否恢復原樣，端看重要之人是否還能記得，時間長短並不一定。

可白靜宸有信心，他也不曉得爲什麼。

他抱緊林品涵，想像著林品涵對他說話：「你會跟我再見吧？會吧？」

「會，只要妳記得我，我就會來見妳。」

「你會成爲死神嗎？」他想像中的林品涵如此問道。

白靜宸自信地笑了，「會，只要妳記得我，我就會來見妳。」

不論幾次，他都能一而再再而三地承諾，他一定會去見她。

「三天，就三天吧，我相信品涵，無論怎麼樣，就算只是一小部分，她也一定深深記得某個部分的我。如果三天後我沒有出現，請麻煩妳陪著品涵離開，我不想她被其他死神嚇到。」

藍珂瑋躊躇一會兒，輕輕點頭應允，嘆息般地吐出回應：「好吧。」

白靜宸滿足地留下一抹淺笑，逐漸消失飄散。

靜謐無聲的病房中，僅有醫療機械規律且冰冷的運作聲，病房的窗戶分明緊閉仍吹來冬夜的晚風，外頭星空燦爛，夜景宛如碎了一地的寶石。稀稀疏疏的談話聲無意流洩進笨重的門縫中，卻不至於吵醒人。

這裡每天能聽見的聲音都是一樣的，沒有任何變化，一天過了一天，直到邁入兩年又兩個多月。

冬季晚風與星辰光屑之下，一個微小的變化正在發生，那是眼皮掀開為始的微渺變化與進展。

白靜宸看著天花板無限延伸的空白，清脆的鏗鏘聲驀然響起，一支紅色箭羽的飛箭自天花板落下，不是充滿魄力地直插地板，而是愛神不小心跌了一跤，將飛箭遺落人間。

後記　身爲一個花園園丁

首先，感謝所有閱讀與購買《成爲愛神之前》的大家。

從二〇二四年比賽以來，《成爲愛神之前》就一直受到支持與愛護，我感到很驚訝也很榮幸。二〇二二到二〇二三都沒有入圍的我，這年憑著《成爲愛神之前》得到二〇二四POPO原創小說大賞首獎。雖說本來就相當有自信，但是得到首獎還是令我相當驚訝與驚喜。

去年十二月，我的第一本書寶寶出版了，書腰上馬賽克了兩個字，介紹我是二〇二四年度的某個獎得獎者，我以爲是「佳作」或是「優選」，直到獎項慢慢公布，我才逐漸有預感下一個可能是我。於是，我趕緊拿出chat gpt找出之前設計的得獎感言，才不至於出糗。

得獎感言的內容是參考我的筆名由來——福岡北九州市河內藤園主人的故事，我那時想著那位種紫藤花的老爺爺，而現在我的花園終於盛大開花了。

二〇二四到二〇二五，我有幸能在POPO連續出版兩本書寶寶，除了自己很努力，我想，我也有幾分運氣。

它是我放棄了好幾次的故事，最近一次放棄是二〇二三年的夏天，責編告訴我，這個故事非常吸引她，而當時它僅只有八千字。

《成爲愛神之前》是在二〇二一年就開始寫的作品，敘述人稱我改了將近五次，最後在二〇二三年的冬天拿出來重寫。

一開始的設計與現在看到的樣子不一樣，李知雲才是男主角。現在回頭看看這個故事，覺得男主角改成蘇景昀之後，總算有了我喜歡的樣子。

不論是比賽期間還是修文期間，我都很感謝我的老公幫我處理家務，每當我虛情假意地要去洗碗洗菜切菜（我不會煮飯）的時候，他都會把工作搶走，讓我能擠出更多時間創作。

故事中的「游曲」是眞的我的外婆的名字，雖然我沒有問過她，她也早就不在這世界，但我想她一定很開心，我想讓她知道，我用各種方式在懷念著她。

得到首獎的時候，我哭了，回家的時候，我也哭著打電話跟爸媽說，我完成了一件很棒的事。雖然未來還很長，還有很多關卡，對我而言，《成爲愛神之前》只是開始，得獎也只是開始，眞正的路途現在才開始展開。

身爲一個花園園丁，長久的耕耘之路現在才正要開始。

我期許未來我能繼續說故事給大家聽，也請大家繼續聽我說，謝謝。

藤山紫

於二〇二五年　春天

國家圖書館出版品預行編目資料

成爲愛神之前／藤山　紫著. -- 初版. -- 臺北市：POPO原創出版，城邦原創股份有限公司出版：英屬蓋曼群島商家庭傳媒股份有限公司城邦分公司發行,
2025.05
面；　公分. --
ISBN 978-626-7710-19-7（平裝）
863.57　　114006132

成爲愛神之前

作　　者／藤山　紫
責任編輯／林辰柔　行銷業務／林政杰　版　　權／李婷雯

內容運營組長／李曉芳
副總經理／陳靜芬
總 經 理／黃淑貞
發 行 人／何飛鵬
法律顧問／元禾法律事務所　王子文律師
出　　版／POPO原創出版
城邦原創股份有限公司
台北市南港區昆陽街 16 號 4 樓
電話：(02) 2509-5506　傳眞：(02) 2500-1933
email：service@popo.tw
發　　行／英屬蓋曼群島商家庭傳媒股份有限公司城邦分公司
聯絡地址：台北市南港區昆陽街 16 號 8 樓
書虫客服服務專線：(02) 25007718 · (02) 25007719
24小時傳眞服務：(02) 25001990 · (02) 25001991
服務時間：週一至週五09:30-12:00 · 13:30-17:00
郵撥帳號：19863813　戶名：書虫股份有限公司
讀者服務信箱 email：service@readingclub.com.tw
城邦讀書花園網址：www.cite.com.tw
香港發行所／城邦（香港）出版集團有限公司
地址：香港九龍土瓜灣土瓜灣道86號順聯工業大廈6樓A室
email：hkcite@biznetvigator.com
電話：(852) 25086231　傳眞：(852) 25789337
馬新發行所／城邦（馬新）出版集團 Cité(M)Sdn. Bhd.
41, Jalan Radin Anum, Bandar Baru Sri Petaling,
57000 Kuala Lumpur, Malaysia.
電話：(603) 90563833　傳眞：(603) 90576622
email：services@cite.my

封面設計／也津
電腦排版／游淑萍
印　　刷／漾格科技股份有限公司
經 銷 商／聯合發行股份有限公司
電話：(02)2917-8022　傳眞：(02)2911-0053

■ 2025 年5月初版　　Printed in Taiwan

定價／420元

ISBN　978-626-7710-19-7

本書如有缺頁、倒裝，請來信至service@popo.tw，會有專人協助換書事宜，謝謝！

POPO原創出版 www.popo.tw
城邦讀書花園 www.cite.com.tw